Bruno Varese

DIE TOTE AM LAGO MAGGIORE

Ein Fall
für
Matteo Basso

Kiepenheuer
& Witsch

MIX
Papier aus verantwortungsvollen Quellen
FSC® C083411
FSC
www.fsc.org

Verlag Kiepenheuer & Witsch, FSC®-N001512

1. Auflage 2016

Umschlaggestaltung: Barbara Thoben, Köln
Umschlagmotiv: © plainpicture/cultura
Gesetzt aus der Dante
Satz: Felder KölnBerlin
Druck Bindung: CPI books GmbH, Leck
ISBN 978-3-462-04819-3

DAS BUCH

Am italienischen Ufer des Lago Maggiore, wo die Frühlingssonne das klare Wasser wärmt, versucht Matteo Basso vergeblich, seinen ersten Fisch zu fangen. Der ehemalige Mailänder Polizeipsychologe hat seinen Job an den Nagel gehängt und ist zurückgekehrt nach Cannobio, um die Macelleria seiner verstorbenen Eltern zu übernehmen. Am Wochenende soll das große Oldtimer-Rennen stattfinden und Gisella ihm bei den Salsiccia-Kreationen helfen, die ihm leider noch regelmäßig misslingen. Doch dann wird Gisellas Leiche am Ufer des Sees gefunden. Man vermutet, sie sei ertrunken. Matteo glaubt nicht an einen Unfall, denn Gisella war eine exzellente Schwimmerin. Er ermittelt auf eigene Faust. Warum wollte sie ihn in der Nacht zuvor so dringend sprechen? Und was hatte sie mit Maldini, dem windigen Gran Signore aus Stresa, zu tun? Als es beim Autorennen zu einem mysteriösen Unglück kommt und Matteo selbst in Gefahr gerät, ahnt auch Kommissarin Zanetti, dass sie es mit einem verzwickten Fall zu tun haben.

DER AUTOR

Bruno Varese lebt im Valle Vigezzo und in der Schweiz. »Die Tote am Lago Maggiore« ist sein erster Kriminalroman.

KiWi

1489

1

Jetzt. Matteo atmete einmal. Atmete zweimal. Vorsichtshalber holte er noch ein drittes Mal Luft. Dann drehte er, behutsam, Millimeter für Millimeter, die Kurbel. Die Augen – als könne das die Intensität dieses Augenblicks noch einmal steigern – geschlossen, hörte er, wie das Wasser in unregelmäßigen kleinen Wellen gegen die Steine am Ufer schwappte, und darüber, etwas heller, das feine Surren der sich aufrollenden Schnur.

Plötzlich ruckte es, die Kurbel blockierte. Matteo stutzte, öffnete die Augen und sah, dass sich der Köder zwischen zwei Steinen verfangen hatte. Das Wasser des Lago Maggiore, dessen Klarheit ihn jeden Morgen aufs Neue überraschte, ließ wenig Möglichkeiten, den Misserfolg schönzureden. »Porca miseria«, murmelte Matteo und zerrte ungeduldig an der Rute, mit dem Ergebnis, dass die Sehne riss. Er seufzte, stellte die Angel zur Seite und lehnte sich an den Olivenbaum, der in einer fast schon artistisch anmutenden Krümmung um die felsige Böschung herum seinen Weg in Richtung Himmel gefunden hatte.

Das Aufschnappen des Zippos besserte seine Laune augenblicklich, der erste Zug an der Futura noch mehr. Matteo behielt den Rauch für ein paar Sekunden im Mund, bevor er ihn in die Lungen sog. Warum die Menschen nur alle diesen amerikanischen Einheitsbrei rauchten. Wahrscheinlich hatten die meisten die gute alte Futura noch nicht einmal probiert. Oder auch nur geschnuppert. Sie roch leicht derb, zugegeben, aber wie schön war es dann, ihren würzigen Geschmack auf der Zunge zu spüren. Der Tabacchi an der Piazza von Cannobio zählte zu den wenigen Läden, die immer eine stattliche Menge Futura im Sortiment hatten. Das musste so bleiben, und wenn Matteo die Bestände Monat für Monat selbst aufkaufte.

Er nahm einen zweiten Zug und blickte zum gegenüberliegenden Ufer des Lago, das in jenes für diese Tageszeit typische diesige Licht getaucht war. Den Bergen verlieh der nur vage angedeutete Nebel stets etwas Unwirkliches. Unwillkürlich verspürte man den Reflex, sich die Augen zu wischen, als wäre der sanfte Schleier, der über den Hängen lag, in Wirklichkeit nur Tränenflüssigkeit, die sich auf der eigenen Netzhaut gesammelt hatte.

Hinter den Gipfeln, die durch ihren üppigen Bewuchs mit Esskastanien, Traubeneichen und Buchen zart gewellt erschienen, tatsächlich aber genauso schroff und zerklüftet waren wie die Täler auf dieser Seite des Sees, stieg die Sonne wie ein forscher, ein wenig zu hart konturierter Ballon erstaunlich schnell auf, und noch ehe sie sich in voller Größe am hellblauen Horizont abzeichnete, umspielten erste wärmende Sonnenstrahlen Matteos Gesicht.

Es versprach, ein schöner Maitag zu werden. Vom Unwetter der vorangegangenen Nacht war nichts mehr zu spüren. Nur ein paar Zweige, die auf dem Wasser trieben, erinnerten daran, wie vor wenigen Stunden der Sturm durch die Dunkelheit gepeitscht war. Ob die Fische nach so einem Unwetter tiefer als üblich schwammen? Matteo musste sich eingestehen, dass er keine Ahnung von den Gewohnheiten der Seebewohner hatte. Sei es drum. Vielleicht sollte ein Fleischer ohnehin nicht angeln. Vielleicht war es ganz einfach nicht das Los eines Fleischers, Fische zu fangen. Es hieß zwar *Chi dorme non piglia pesce*, aber nur früh aufzustehen genügte ganz offensichtlich nicht, um einen Fisch an den Haken zu bekommen.

Auf den hinteren Bergspitzen, auf der Schweizer Seite, über San Nazzaro, lag noch Schnee. Matteo schüttelte sich, nahm einen letzten Zug von seiner Zigarette und schnippte sie ins Wasser, was er sofort bereute. Vor Kurzem erst hatte Cannobio wieder die Erlaubnis erhalten, auch in dieser Saison die blaue Flagge zu hissen, eine Auszeichnung für Gegenden mit besonders hoher Wasserqualität. Nicht an allen Stellen des Sees, der sich über mehr als sechzig Kilometer erstreckte, herrschten noch diese paradiesischen Zustände. Aber außer zwei Haubentauchern gab es keine Zeugen für seinen Fauxpas. Was sich an schlechten Angewohnheiten während mehr als zwei Jahrzehnten Großstadtleben eingeschlichen hat, das legt man nicht in ein paar Monaten ab, dachte Matteo.

Ein Geräusch lenkte seine Aufmerksamkeit auf die winzige Bucht zu seiner Rechten, ein kleiner Streifen Kies eigentlich nur, bevor die steile, steinerne Böschung ansetzte. Eine Wasserschlange hatte einen kleinen Barsch aus dem See gezogen und versuchte nun, sich windend und unter beharrlicher Anstrengung, den Fisch so zurechtzulegen, dass sie ihn verschlingen konnte. Blitzschnell schlängelte sie sich von einer Seite auf die andere und schlug den Fisch, der sich in nicht unbegründeter Todesangst zu wehren schien, auf die glatt geschliffenen Ufersteine.

Oder war der Kampf schon vorüber? War der Fisch längst

tot und nur das Hin- und Hergeworfenwerden durch die Schlange gab seinem kleinen, glänzenden Körper einen letzten, trügerischen Anschein von Lebendigkeit? Fasziniert und mit einem Hauch von Abscheu beobachtete Matteo das Spektakel, als die Schlange plötzlich innehielt. Mit einer Eleganz, die mit dem vorhergehenden Kampf wenig gemeinsam hatte, glitt sie rückwärts, den Fisch halb im Schlund, und entzog sich Matteos Blick, indem sie unter der Wurzel einer Kamelie verschwand, die ein Stück weit aus der Böschung hinausgewachsen war und unter die das Wasser einen kleinen Hohlraum gespült hatte.

»Recht hast du«, murmelte Matteo. »Jeder muss tun, was er tun muss. Auch wenn es nicht immer schön ist.« Die Zeiger seiner Courage, an der er nicht nur wegen ihres aufmunternden Namens sehr hing, auch wenn das Armband eigentlich längst hätte ausgetauscht werden müssen, erinnerten Matteo daran, dass es Zeit zum Aufbruch war. Es gab eine Menge zu tun heute.

Übermorgen fand zum ersten Mal das Oldtimer-Rennen statt, das nach dem Vorbild der berühmten »Mille Miglia« vom Tourismusverband und den Betreibern der Grandhotels ins Leben gerufen worden war, um gut betuchte Gäste an den See zu locken. Schon seit ein paar Tagen hatte Matteo immer wieder herrliche Wagen vorbeifahren sehen. Ein silberner Porsche 356 Speedster hatte ihn besonders beeindruckt. Dennoch. Was für ein Unsinn, das alles. Wenn jemand die Leidenschaft für alte Autos teilte, dann war es Matteo. Aber eine Liebe, die genoss man doch für sich allein. Er sah diese Lackaffen-Parade schon vor sich, je teurer die Autos, desto unerträglicher waren vermutlich ihre Chauffeure. Doch die Veranstaltung schien ein Erfolg zu werden, über dreihundert Teilnehmer aus ganz

Europa hatten sich, wie er im *Corriere* gelesen hatte, angemeldet.

Unglücklicherweise hatte er sich vor einiger Zeit von Gisella überreden lassen, am Sonntag an der Strecke einen Stand aufzustellen und Würste und Koteletts zu verkaufen. »Matteo, du bist ein Sturkopf«, hatte Gisella lachend gesagt, als er ihr die Idee hatte ausreden wollen. »Du bist Fleischer, so viele Feste gibt es hier nun auch wieder nicht. Das wird ein großer Spaß. Und außerdem«, und dann hatte sie ihm auf übertrieben verschwörerische Weise zugezwinkert, »werden wir einen herrlichen Reibach machen.«

»Wir?«, hatte Matteo gefragt. Spätestens damit hatte er sich natürlich geschlagen gegeben. Allerdings hatte er auch seine Bedingungen gehabt: An den Stand würde er sich nicht stellen. Auf gar keinen Fall. Er würde gemeinsam mit Gisella alles vorbereiten, dann aber lediglich in der Macelleria ausharren und für Nachschub sorgen. Wobei er sich nicht nur bei dieser Gelegenheit gefragt hatte, ob er nicht besser beraten sei, Gisella die Vorbereitungen allein treffen zu lassen.

Ihre Kochkünste, die das Kreieren immer neuer Salsiccia-Mischungen einschlossen, waren ein Geschenk. Im Vergleich dazu kam Matteo sich nach den paar Monaten, die er den kleinen Laden nun betrieb, immer noch täppisch vor. Wenn Gisella hin und wieder bei ihm aushalf und er beobachten konnte, wie sie mit entschiedenen, aber nie groben Bewegungen die Kräuter hackte, die Gewürze abmaß oder das Fleisch in den Wolf füllte, dann hatte er immer den Eindruck, dass das Geheimnis in der natürlichen Selbstverständlichkeit lag, die ihren Gesten anhaftete. Jetzt, nachdem sein eigenes Leben diese Selbstverständlichkeit verloren hatte, nahm er sie in solch kleinen Verrichtungen des Alltags mit aller Deutlichkeit wahr.

Matteo warf einen letzten bedauernden Blick auf die Stelle auf dem See, an der immer noch der orange leuchtende Blinker von seinem Missgeschick zeugte – es war der dritte innerhalb von zwei Wochen, den er einbüßte, von den teuren Ködern ganz zu schweigen. Dann goss er, wie jeden Morgen, das Wasser aus dem ansonsten leeren Eimer und verstaute ihn, wie jeden Morgen, gemeinsam mit der Angel in der schmalen Felsspalte hinter dem Olivenbaum.

Und wie jeden Morgen war Matteo ein wenig erleichtert. Vielleicht weil er einen Grund hatte, morgen früh, bevor er die Rollläden seiner Macelleria hochzog und bevor das Leben im Ort erwachte, wieder hierherzukommen und seine Gedanken auf der weiten ruhigen Oberfläche des Sees dahintreiben zu lassen.

Womöglich war seine Erleichterung aber auch einfach nur darauf zurückzuführen, dass er gar nicht recht gewusst hätte, was er mit einem Fisch hätte anfangen sollen, der ihn aus traurigen Augen ansah und an einem Haken zappelte, der sich ihm schmerzhaft, anders konnte Matteo es sich gar nicht vorstellen, in den Kiefer gebohrt hatte.

Halbherzig dekorierte Matteo auch noch den Ast, den vermutlich ein länger zurückliegendes Gewitter vom Baum gerissen hatte, vor die Felsspalte. Obwohl es sehr unwahrscheinlich war, dass jemand außer ihm das Ufer an dieser Stelle hinuntersteigen und die Spuren seines morgendlichen Rituals entdecken und sich womöglich künftig zu ihm gesellen wollen würde, sodass es vorbei wäre mit seiner Ruhe.

Es gab zahlreiche Stellen, an denen man leichter ans Wasser gelangen konnte. Abgesehen davon würde man den Garten seiner Macelleria durchqueren müssen, der zwar nicht offiziell sein Garten war, sondern eigentlich der Gemeinde gehörte. Aber durch die kleine Terrasse mit der von Wein bewachsenen Granitstein-Pergola, die sein Vater vor Jahren mit Steinen aus den Bergen hinter dem kleinen weiß getünchten Haus angelegt hatte, sah es noch einmal mehr danach aus, als ob es sich um ein privates Refugium handelte. Bisher hatte auch noch niemand dagegen protestiert. Weshalb auch? Der Lago und die Bergwelt, die unmittelbar an seinem Ufer begann, boten mehr als genug Platz. Hier musste niemand jemand anderem ein Stück Natur streitig machen. Anders als auf den winzigen grünen Inseln in den Städten oder weiter südlich am Mittelmeer, wo jedes Strandstück fein säuberlich abgemessen und tageweise vermietet wurde.

Bevor er hinaufstieg, besann Matteo sich noch einmal kurz und tastete nach dem Kästchen mit den Haken. So gut wie leer. Er unterdrückte ein Seufzen. Er hatte den Eindruck, dass er, gemessen an der Tageszeit, schon mehr als genug geseufzt hatte für heute. Und gemessen daran, wie er sich noch vor ein paar Monaten gefühlt hatte, ging es ihm in seinem neuen Leben doch ziemlich gut. Selbst an das Zerlegen der Kälberhälften, das Lösen großer Fleischstücke vom Knochen, hatte er sich erstaunlich schnell nicht nur gewöhnt, die Handgriffe, die ihm sein Vater vor einigen Jahrzehnten beigebracht hatte, waren ihm bereits nach kurzer Zeit mit einer Routine von der Hand gegangen, die ihn selbst verwunderte. Selbst wenn er an die Dutzenden Zicklein dachte, die er zu Ostern in festmahltaugliche Braten und Keulen portioniert hatte, schauderte es ihn nicht. Das war Teil einer uralten Tradition, und die Tiere wurden zu eben diesem Zweck geboren, so war das nun mal.

Wer Seelen sezieren kann, der wird es doch mit ein paar Kälberhälften aufnehmen können, der Satz war ihm eingefallen, als er die drei Kartons, die er aus seinem Mailänder Leben mit an den Lago Maggiore genommen hatte, in seinem dreißig Jahre alten Lancia Gamma Coupé verstaut hatte. Dann war er losgefahren, den Blick starr auf die Straße gerichtet. Erst als er sich auf der *Autostrada* in den Verkehr eingefädelt hatte, hatten sich seine Arme entspannt. Er hatte das Radio eingeschaltet und versucht, ein Gefühl dafür zu bekommen, was es bedeutete: nicht die alte Heimat zu besuchen, wie er es in den letzten Jahren hin und wieder gemacht hatte, um seinem alt gewordenen Vater unter die Arme zu greifen, sondern nach Hause zu fahren – jetzt, wo sein Vater tot war und er den kleinen Betrieb fortführen wollte.

Oben bei der Macelleria angekommen, stellte Matteo fest, dass der Lieferant sich mal wieder verspätete. Wie oft hatte er seinem Vater gesagt, dass dieser Platz kurz vor dem Ortseingang von Cannobio denkbar ungeeignet für eine Fleischerei sei. Auch wenn es nur ein paar Minuten bis ins Zentrum waren, konnte man auf Laufkundschaft kaum zählen, zu wenige Parkplätze gab es noch dazu. Während des Feierabendverkehrs und während der Feriensaison war das Ausparken ein fast halsbrecherischer Akt, weil durch die scharfe Kurve erst im letzten Moment zu erkennen war, ob sich andere Autos oder, noch tückischer, einer der zahlreichen Motorroller näherten. Es war nur eine Frage der Zeit, bis sich hier ein Unfall ereignen würde. Mehr als um seine oder die Gesundheit seiner Kunden sorgte sich Matteo allerdings um die Unversehrtheit seines Autos, das er auf eine lächerliche Weise liebte, auch wenn seine schöne Diva ihn regelmäßig im Stich ließ.

Sein Vater hatte über Matteos Vorbehalte stets nur unbeeindruckt die Lippen geschürzt, sich an das kleine Fenster im Hinterzimmer des Verkaufsraums gestellt und auf den See geschaut. Seit Matteo die Macelleria wiedereröffnet und sich das kleinere der beiden Hinterzimmer leidlich wohnlich eingerichtet hatte, wusste er, warum. Dieser Ausblick wog alles andere auf. Und über mangelnde Kundschaft konnte er sich entgegen seiner Vermutung ebenfalls nicht beklagen.

Matteo setzte sich hinter das Steuer des Lancias. Der Lieferant konnte die Ware in den Vorraum stellen, da war es ausreichend kühl. Er würde nach Cannobio fahren und schauen, ob Gisella schon wach war, dann könnte er sie gleich mit zur Macelleria nehmen. Je früher sie anfingen, desto besser. Dass er bei dieser Gelegenheit auch noch kurz im Salon von Gisellas Schwester Anna vorbeischaute, war da ja eigentlich eine Selbstverständlichkeit.

Matteo fuhr sich durch die Haare und blickte in den Rückspiegel. Eigentlich hatte er es ganz gern, wenn seine Locken ihm in die Stirn und über die Augen fielen, auch wenn er sie bei der Arbeit dann mit einer ziemlich albernen Spange zur Seite klemmen musste. Auf die Haube, die zu tragen ihn der Gesetzgeber verpflichtete, verzichtete er. Madonna mia, sollte ihn doch einer dieser schwachsinnigen Bürokraten anzeigen. Er war Metzger, nicht Chirurg. Hin und wieder aber musste er seine Locken wohl oder übel ein wenig kürzen lassen. Schließlich brauchte er regelmäßig einen Grund für einen Besuch bei Anna. Ihr Salon nämlich hatte den unschlagbaren Vorteil, dass er im hinteren Teil, im

Herrensalon, ein zwar nicht üppiges, aber sorgfältig zusammengestelltes Sortiment von Angel- und Jagdartikeln führte. Ein Spleen von Annas Mann Renzo, über den sie regelmäßig und mit zur Schau gestellter Empörung die Nase rümpfte. Aber am Ende hatte Renzo nicht nur den längeren Atem gehabt, sondern auch recht behalten. Das Geschäft florierte. Während man sich im vorderen Teil, dem Damensalon, über die jüngsten Ereignisse im Ort austauschte, wurden im Herrenzimmer, während die Rasiermesser schabten, Fachgespräche über Blinker, Barschspinner und die Effektivität von Weitwurfspulen geführt. Und im Herbst, mit dem Beginn der Jagdsaison, machte Renzo ein nicht unerhebliches Geschäft mit Schrotpatronen und Büchsen. Wie Devotionalien legte er seine Ware in Glasvitrinen aus. Durch die Spiegel in dem kleinen Raum ließen sie sich von fast allen Seiten betrachten. Dank einer gewieften Deckenspiegelkonstruktion, auf die Renzo besonders stolz war, sah man sie sogar, wenn der Kopf für die Rasur weit in den Nacken gelegt werden musste.

Die Via Umberto lag noch im Schatten, als Matteo die leicht abfallende Gasse hinunterging. Die Sonne erreichte die engen, mittelalterlich anmutenden Gassen der Altstadt erst um die Mittagszeit, und auch dann bewahrten die alten Gemäuer selbst in den Sommermonaten eine angenehme Kühle. Gisella war Frühaufsteherin, so wie er selbst, auch wenn ihre Veranstaltungen sich oft bis tief in die Nacht zogen. Sicher würde, sobald er klingelte, ihr gut gelauntes Gesicht in einem der oberen Fenster erscheinen.

Gisella hatte sich das Dachgeschoss ausgebaut. Darunter, in der ersten und zweiten Etage, gleich oberhalb des Salons, lebten Anna und Renzo Rosario mit ihrer Tochter. Lisa oder Lara, Matteo konnte sich den Namen einfach nicht merken. Wie alt war sie jetzt? Dreizehn Jahre? Vierzehn? Auf jeden Fall in diesem fürchterlichen Alter, in dem Mädchen nur mit gelangweiltem Gesicht und viel zu dicken Lidstrichen herumliefen. Und selbst diese scheußlichen Balken über den Augen sah man nur in den seltenen Momenten, wenn sich die Gardine aus Haaren, hinter der diese Geschöpfe den Großteil des Tages verbrachten, zufällig einmal lüftete.

Auch auf das zweite Klingeln an Gisellas Tür erfolgte keine Reaktion. Gerade, als Matteo einen Blick durch die Scheibe des Salons werfen wollte, flog die Ladentür auf, und Anna trat hinaus.

»Was tust du um diese Zeit hier?«

Matteo runzelte die Stirn angesichts dieser schroffen Begrüßung.

»Buongiorno, Anna. Ich wollte Gisella abholen. Du weißt doch, wir bereiten heute alles für das Rennen vor.«

»So, tut ihr das.« Anna zog hörbar die Luft ein, und Matteo meinte eine leichte Gänsehaut auf ihrem Oberarm zu sehen. Sie trug ein malvenfarbenes Kleid mit einem Ausschnitt, der gerade tief genug war, um den Ansatz ihrer Brüste nicht sehen, sondern auf verführerische Weise erahnen zu lassen. Anna, wenngleich sie zeitlebens in der schmalen Via Umberto gelebt und gearbeitet hatte, war eine Frau, mit der man sich auch in Mailand sehen lassen konnte. Dass ihre Haare immer in perfekten Wellen um ihr Gesicht lagen, verstand sich von selbst.

»Du klingelst umsonst. Gisella ist nicht da.«

»Verstehe. Ich hatte schon befürchtet, sie durch mein Klingeln ausnahmsweise geweckt zu haben.«

»Vielleicht schläft sie tatsächlich noch«, in Annas Stimme lag Schärfe. Sie senkte den Blick. »Fragt sich allerdings, in welchem Bett.« Brüsk drehte sie sich um und ließ die Ladentür hinter sich so hart ins Schloss fallen, dass die Türglocken erschreckt klirrten. Unschlüssig sah Matteo sich um, dann drückte er die Tür wieder auf, steckte zaghaft den Kopf in den Salon und schob, ebenso zaghaft, seinen hageren Körper hinterher. Anna stand am Waschbecken und befreite eine Bürste von Haaren, indem sie mit schnellen, ungeduldigen Bewegungen einen Kamm über die Borsten fahren ließ.

»Anna, was ist denn?«, setzte Matteo an und versuchte dabei gleichzeitig einen unauffälligen Blick in den hinteren Teil des Ladens zu erhaschen, der durch einen Vorhang aus hölzernen Ketten vom Damensalon abgetrennt war.

Zwischen den Holzschnüren tauchte der Kopf von Renzo auf.

»Meine liebe Frau ist mal wieder davon überzeugt, dass ihre reizende Schwester mit irgendeinem verheirateten Mann eine Affäre angefangen hat«, erklärte er übertrieben theatralisch und gab sich keine Mühe, seinen Spott zu verbergen. »Was für ein Gerede das nur wieder geben wird! Und wie kann es überhaupt sein, dass deine Schwester immer noch nicht unter der Haube ist, stimmt's, Liebes?«

Offensichtlich war seine Laune ebenso glänzend wie sein kahler Schädel, den er regelmäßig hingebungsvoll mit den verschiedensten Duftölen massierte. Wenn er mit seinen weißen Leinenanzügen und dem polierten Haupt durch die Gassen schlenderte und alle paar Meter zu einem kleinen Schwätzchen anhielt oder einen Gruß in eines der Cafés warf, fühlte Matteo sich immer vage an eine alte Filmlegende erinnert. Und er war sich sicher, dass Renzo es genau auf diese Ähnlichkeit abgesehen hatte.

Matteo kratzte sich hinter dem Ohr und schnupperte: Lavendelöl hatte heute den Weg auf Renzos Kopf gefunden. Dazu mischte sich ein Zitrusduft. Eine Spur zu intensiv für Matteos Geschmack. Aber der Duft würde spätestens verflogen sein, wenn Renzo auf der Piazza angekommen war und für den ersten Blick auf den Lago Maggiore sein Winken und Plaudern unterbrach. Matteo hatte ihn einmal dabei beobachtet. Er war nicht der Einzige, der ein morgendliches Ritual am See hatte. Vielleicht sollte er mal über Renzos Modell nachdenken. Es schien nicht nur unaufwendiger, sondern auch weniger frustrierend als die Angelversuche, die er sich auferlegt hatte.

Matteo zuckte zusammen, als Anna wütend die Bürste ins Regal schleuderte, um sich sogleich die nächste vorzunehmen. »Sie ist die ganze Nacht nicht nach Hause gekommen.«

»Deine kleine Schwester, verehrte Signora Rosario«, rief Renzo, der sich inzwischen den Vitrinen mit den Angelutensilien zugewandt hatte, aus dem hinteren Zimmer, »ist zweiunddreißig Jahre alt. Und, falls du das vergessen haben solltest, sie arbeitet vor allem abends. Da kann es schon mal sein, dass sich eine Veranstaltung in die Länge zieht. Oder auch«, Renzo steckte erneut den Kopf durch den Vorhang, was offenbar vor allem den Sinn hatte, der Pause, die er nun machte, eine gewisse Bedeutung zu verleihen, »dass sie sich nach einer Veranstaltung noch ein bisschen vergnügen möchte. Was ist denn schon dabei?«

»Gisella ruiniert ihren Ruf. Und das weißt du. Im Sommer hüpft sie mit den Touristen am Strand herum und nennt sich Tanzlehrerin. Und statt ein ordentliches Ristorante zu eröffnen, verführt sie allabendlich irgendwelche Gesellschaften mit ihren Kochkünsten. Lässt sich buchen wie eine, eine … du weißt schon.« Annas Stimme klang auf einmal gepresst, sie starrte auf die Bürste in ihrer Hand. »Das kann nicht auf Dauer gut gehen. Ich spüre das.«

Renzo zwinkerte Matteo zu.

»Wen hat deine männerverschlingende Schwester – die ich übrigens für gar nicht so männerverschlingend halte, aber bitte sehr – denn deiner Meinung nach heute Nacht am Wickel gehabt? Einen gut situierten, aber von seiner Ehefrau vernachlässigten Geschäftsmann? Oder hat sie sich mit deinem Liebling Paolo die Nacht am Strand um die Ohren geschlagen?«

»Was redest du für einen Unsinn!«, fauchte Anna. »Ich mache mir einfach Sorgen. Und hör mir mit diesem Paolo auf, diesem langhaarigen, verzottelten, halb nackten Kerl. Wenn ich an den nur denke, dreht sich mir der Magen um. Wovon lebt der, hast du dir darüber mal Gedanken gemacht? Ich frage dich, muss man sich mit solchen Typen herumtreiben?«

Renzo schüttelte den Kopf, aber nun eher beschwichtigend als belustigt, und verschwand wieder hinter seinem Vorhang. Matteo stand etwas verloren im Raum, dann sagte er Anna, sie solle sich keine Gedanken machen, umarmte sie flüchtig und verließ den Laden. Ohne neue Köder und ohne neuen Haarschnitt. Der Moment war ihm irgendwie ungünstig vorgekommen.

Damit er den Lieferanten nicht ganz umsonst verpasst hatte, machte Matteo noch einen Abstecher in die Via Giovanola, um eine *Gazzetta dello Sport* zu kaufen. Gegenüber dem Zeitungsladen war Beppo dabei, liebevoll seine Sammlung von Basketballmützen zu ordnen. Was eigentlich nur bedeutete, sie einmal am Knie seines zerbeulten Blaumanns auszuschlagen und wieder auf die Haken zu hängen.

»Ciao Beppo«, rief Matteo und winkte dem alten Mann zu.

»Ciao Matteo, du alter Hornochse. Hast du deine Vollblüter etwa in dieser Herrgottsfrühe anspannen lassen? Die braven Bürger unserer Gemeinde bekommen doch nervösen Reizhusten, wenn sie nicht genügend schlafen.« Beppo imitierte das satte Röhren von Matteos Wagen, das in einen ungeheuren Hustenanfall überging, von dem man nicht ganz sicher sein konnte, ob der nicht vielleicht echt war.

Seit Matteo nach Cannobio zurückgekommen war, ließ er keine Gelegenheit aus, Beppo und seinen zwei Compagnons Luigi und Flavio einen kurzen Besuch in ihrer Werkstatt abzustatten. Mal für einen Plausch, mal, damit sie sich seines störrischen Gefährts annahmen. Oft genug spielte die Zündung des Lancias verrückt oder die Kühlung, die dummerweise unterdimensioniert war, zickte. Was die Männer verband, war die Verachtung, die sie all diesen gesichtslosen Neuwagen entgegenbrachten, die nicht nur teuer und hässlich waren, sondern ihre Fahrer obendrein zu erziehen versuchten, als säßen sie nicht am Lenkrad eines Autos, sondern in der ersten Reihe eines Priesterseminars.

»Das ganze Unheil« – Beppo echauffierte sich regelmäßig, wenn sie darauf zu sprechen kamen – »begann damit, dass man sich irgendwann anschnallen musste. Und heute fahren die Autos erst gar nicht los, wenn du den albernen Gurt nicht einstöpselst. Und habt ihr gelesen, dass sie das Rauchen verbieten wollen? Ich rauche nicht im Auto, aber ich fange damit an, an dem Tag, an dem die Idioten in Rom das durchsetzen.«

Matteo grinste. Er liebte die drei Alten, die bis spät in die Nacht in ihrer offenen Garage an alten Motorrädern und Autos schraubten. Sie waren nicht einfach Mechaniker, sie waren Koryphäen. Besonders die Kleinwagen aus den 1950er-Jahren, allen voran der Fiat Topolino und sein Nachfolger, der Cinquecento, und die frühen Vespas, hatten es ihnen angetan. All die Fahrzeuge, mit denen sie selbst in jungen Jahren die Gegend unsicher gemacht hatten und mit denen in ganz Italien die Motorisierung der einfachen Leute eingesetzt hatte.

Aber auch den Sportwagen jener Zeit widmeten sie sich mit kindlichem Eifer, und es machte sie glücklich, dass ihnen die Wagen, denen sie früher nur sehnsuchtsvoll hinterherschauen konnten, nun von reichen Sammlern zur Pflege und Restauration angeboten wurden. Aber meistens sagten sie ab. Zu wenig Platz, zu wenig Zeit. Heute aber stand ein 1962er Alfa Romeo Giulietta SZ auf der Bühne. Gerade einmal zweihundertfünfzig Stück gab es davon. Matteo nickte anerkennend und ließ sich von Beppo die Vorzüge einer Aluminiumkarosserie darlegen.

Wenn sie nicht schraubten, saßen die drei Alten in der Sonne vor der Werkstatt und stritten. Nicht ohne unter den Vorbeikommenden um Unterstützer zu buhlen.

Luigi war flammender Kommunist, seit er in den Sechzigerjahren in einer Pariser Wohngemeinschaft untergekommen war. Eigentlich war er – einer romantischen Idee folgend – nach seiner gescheiterten ersten Ehe nach Paris gegangen, um ein neues Leben als Maler zu beginnen. Zu einem Studienplatz hatte es, ob nun seines Alters oder des Talentes wegen, nicht gereicht. Auch zu einem Atelier auf Montmartre nicht. Immerhin zu einer Anstellung als Hilfskoch in einem Bistrot auf dem Künstlerhügel und eben jenem Studentengeist, der immer noch in ihm loderte.

Flavio hingegen war nicht ganz so flammender Anhänger der Lega Nord, aber doch konservativ genug, um Luigi regelmäßig einen ideologisch verbrämten, hirnlosen roten Deppen zu schimpfen, den Paris seinen letzten Funken Verstand gekostet habe.

Was die Fußballvereine anging, Inter und Juventus, stand es kaum besser. Dabei war die Regel eigentlich einfach: Hier am Westufer des Sees, das zum Piemont gehörte, hielt man zu Juventus, drüben, auf der anderen Seite, in der Lombardei, zu Inter, oder noch schlimmer, zum AC Milano, dem Berlusconi vorsaß, das einzige Amt, das man ihm wohl nicht entreißen konnte. »Aber wer weiß«, pflegte Luigi zu sagen, »ob der saubere Cavaliere nicht auch da schon seit Jahrzehnten die Schiedsrichter bestichtt«, was Flavio stets die Zornesröte ins Gesicht trieb. »Und du meinst also, die Angellis wären einen Deut besser? Hurensöhne, allesamt, aber Berlusconi hatte wenigstens ein Herz für die kleinen Leute. Er ließ sie leben, statt sie mit sinnlosen Gesetzen zu gängeln, wie dieser Renzi. Der kommt doch auch aus deinem Stall.«

Nur Beppo hielt sich bedeckt, was seine Überzeugungen anging. Was ihn jedoch nicht daran hinderte, sich an jeder Auseinandersetzung lautstark zu beteiligen. Seine eigentliche Leidenschaft gehörte, neben den Motoren, seinen Mützen und der heiligen Maria. Jeden Morgen zündete er in San Vittore eine Kerze für sie an.

»Bringst du mir später ein, zwei Koteletts mit, schön abgehangen? Für das Rennen am Sonntag muss ich eine gute Grundlage haben«, rief Beppo Matteo nach, als er sich verabschiedet hatte. Matteo drehte sich noch einmal um.

»Fährst du denn mit?«

Beppo schüttelte den Kopf. »Nein, aber Maldini, dem dieser Prachtwagen gehört, den er leider gleich wieder abholen wird. Zu schade.« Er ließ die Hebebühne herunter und streichelte zärtlich über die Motorhaube des Alfa Romeos.

»Ich habe Maldini versprochen, morgen die Strecke mit ihm abzufahren. Von hier aus den See entlang, hoch ins Ossolatal, vorbei am Lago di Mergozzo, ins Valle Vigezzo und dann übers Valle Cannobina zurück nach Cannobio. Im Valle Cannobina gibt es eine Bergprüfung. Dafür wird Sonntag sogar die Straße gesperrt. Wusstest du das? Wer die Kurven nicht kennt, hat auch mit dem besten Rennwagen keine Chance. Also gebe ich dem werten Herrn ein bisschen Nachhilfe.«

»Wie selbstlos du bist, mein Lieber, ich staune!«

Beppo winkte großmütig ab.

»Sonntag setze ich mich dann gemütlich mit meinem Liegestuhl an die Strecke und gucke mir an, was die Stümper sich zusammenfahren. Professionelles Zuschauen ist eine ganz eigene Disziplin, das würdest du wissen, wenn du nur einen Fingerbreit Ahnung von Sport hättest. Oder von Autos. Oder vom Essen. Deine Salsiccia taugen ja immer noch nichts. Sie schmecken, als würdest du als Hauptzutat einmal kräftig reinspucken. Hat dir dein Vater denn gar nichts beigebracht?«

»Va bene. Aber du weißt ja, dass ich dir irgendwann mal ein paar Gramm Zyankali untermische«, lachte Matteo.

»Was meinst du, warum ich Koteletts nehme und nicht Salsiccia«, Beppo wieherte vor Vergnügen.

Die Zeitungshändlerin schüttelte missbilligend den Kopf. Matteo fand sich selbst geschmacklos, aber er hatte schnell begriffen, welche Freude er den Alten machte, wenn er sich mit ihnen kleine verbale Boxkämpfe lieferte. Und wenn er ganz ehrlich war, dann fand er auch selbst ziemliches Vergnügen daran und hatte sogar eine Art sportlichen Ehrgeiz entwickelt im Ersinnen immer wieder neuer kleiner Boshaftigkeiten. Das überraschte ihn selbst. Aber wenn er sich eins vorgenommen hatte, dann war es, nicht mehr allzu viel über sein Leben nachzudenken.

Bevor er in den Wagen stieg, überlegte Matteo, es noch einmal bei Gisella zu versuchen, verwarf den Gedanken aber schnell. Sie wusste ja, wo er zu finden war.

2

Matteo ließ die Gewürzmischung, die er ein wenig unentschieden in der Hand gewogen hatte, in die Schale zurückgleiten. Er würde die Entscheidung auf später vertagen. Irgendetwas musste anders werden mit seinen Salsiccias.

Dass Beppo die Koteletts vorzog, war reine Bosheit. Oder humoristische Ausdauer. Die Würste waren nicht schlecht. Aber wenn nicht gerade mal wieder Gisella sie zubereitet hatte, waren sie noch längst nicht so, dass seine Kunden verzückt die Augen verdrehten. Das konnte Matteo ihnen nicht übelnehmen. Ihm selbst ging es nicht anders. Befund: ausbaufähig. Zimt, Muskat, Salz, Pfeffer, ein bisschen Rotwein. So schwer konnte es doch nicht sein, das richtige Maß zu finden, dachte er. Am Fleisch selbst jedenfalls konnte es nicht liegen.

Noch sein Vater hatte den neuen Produzenten ausgesucht: Ein Bauer aus der Nähe des Ortasees. Die beiden Betriebe im Valle Vigezzo, die ihn jahrzehntelang beliefert hatten, hatten aufgegeben, weil es sich für sie nicht mehr gelohnt hatte. Aus dem Speck der Schweine vom Ortasee stellte Matteo nach dem Rezept seines Vaters den butterweichen, luftgetrockneten Lardo her, mit dem er die besten

Restaurants der Gegend belieferte. Und über den Lardo hatte sich noch niemand beschwert.

Matteo warf einen Blick auf die Uhr, die über der durch den jahrelangen Gebrauch stumpf gewordenen Arbeitsfläche hing. Wenn er auch keine Haube trug, seine Courage legte er während der Arbeit ab. Beinahe elf Uhr. Wo Gisella nur blieb? Vielleicht stimmte Annas Vermutung, und sie hatte einen neuen Liebhaber. Vielleicht tatsächlich Paolo.

Über Liebesangelegenheiten hatten sie bisher nie gesprochen. Obwohl er sie erst kannte, seit er wieder am Lago lebte, war da von Anfang an eine große Vertrautheit zwischen ihnen gewesen. Gerade deshalb wahrscheinlich, weil jeder den Raum des anderen respektierte und weil weder er noch sie an einer Liebesbeziehung interessiert waren, sondern an Begegnungen und Gesprächen, die man hier in der Provinz nur mit wenigen führen konnte. Und dann war da ihre gemeinsame Begeisterung für die regionale Küche, die Gisella als Köchin jeden Tag neu interpretierte und die Matteo mit seinen Produkten bereichern wollte. Nun ja. Zumindest, wenn alles gut lief.

Matteo wischte sich die Hände an seiner Schürze ab und warf einen letzten zweifelnden Blick auf die Schüssel, die vor ihm stand. Telefonieren gehörte nicht eben zu seinen Lieblingsbeschäftigungen. Trotzdem hatte er Gisellas Nummer in seinem Handy gespeichert. Eigentlich nur, weil er das Zucken um ihre Mundwinkel gesehen hatte, als er gerade dazu ansetzen wollte, ihr zu erklären, dass er es ganz gern hatte, nicht ständig erreichbar zu sein. Er wusste ja selbst, dass das für die Ohren der allermeisten Menschen einigermaßen albern klang. Also hatte er gottergeben in der Schublade unter der Ladentheke gewühlt und Gisellas belustigten Blick ignoriert, als er zwischen allerlei Zetteln und Stiften sein Handy herausgefischt hatte.

Als er den Apparat nun hervorzog, zeigte der drei unbeantwortete Anrufe und eine Mailboxnachricht an. Ein Anruf mit unterdrückter Nummer, die beiden anderen stammten von Gisella. Sie hatte gegen ein Uhr nachts versucht, ihn zu erreichen. Vielleicht sollte er sich doch angewöhnen, sein Handy wie ein normaler Mensch zu benutzen, dachte Matteo. Dann wüsste er längst, dass Gisella ihm vermutlich gestern hatte sagen wollen, dass sie heute etwas später kam.

Aber auf der Mailbox vernahm er etwas anderes. Matteo kniff die Augen zusammen, er musste sich konzentrieren, um trotz der Nebengeräusche die Nachricht zu verstehen, die Gisella ihm hinterlassen hatte. »Matteo. Gisella hier. Ich …«, es folgte ein Rauschen, offenbar hatte sie in einer windigen Ecke gestanden. »Matteo. Ich weiß, es ist spät. Ich brauche deine Hilfe. Weißt du, wo Franco Maldini wohnt? Direkt am Ortseingang von Pallanza, die helle Villa. Kannst du kommen, sofort, wenn es geht?« Wieder ein lautes Rauschen, Matteo musste das Telefon ein Stückchen vom Ohr weghalten. »Wenn du das überhaupt hörst.«

Langsam erlosch das Display. Gisellas Stimme hatte angespannt geklungen. Oder war es nur die Anstrengung, gegen den Wind anzusprechen? Was konnte so wichtig sein, dass sie ihn nachts zu diesem Maldini bestellte? Sie hatte Maldini ein paarmal erwähnt. Reich, aber auch geistreich und kultiviert, so in etwa hatte Gisella sich ausgedrückt, was Matteo aufgesetzt vorgekommen war. Das war eigentlich gar nicht ihre Art. Klang eher, als würde sie Maldinis eigene Worte nachplappern. Matteos Hand tastete nach der Futura-Packung in seiner Hosentasche, mit spitzen Lippen zog er eine Zigarette heraus, während er die Hintertür öffnete und ins Freie trat, drückte er die Rückruftaste. Das Feuerzeug schnappte auf, und Matteo ließ seinen Blick über den See schweifen, der mittlerweile in sattem Blau erstrahlte. Die Mailbox sprang an. Matteo nahm rasch einen tiefen Zug. »Gisella«, er räusperte sich. »Matteo hier. Ich habe deine Nachricht gerade erst gehört. Ist alles in Ordnung? Ruf mich an, ja?«

Es war sinnlos, es zu leugnen. Er hatte ein komisches Gefühl. Es passte nicht zu Gisella, dass sie ihn versetzte. Und ihre Nachricht hatte sich auch nicht angehört, als ob sie einfach nur eine Verabredung hatte verschieben wollen. Sie hatte geklungen, als sei etwas Ernstes vorgefallen. Wobei in aller Welt hatte sie seine Hilfe benötigt?

Die Nummer von Annas Salon kannte Matteo auswendig.

»Pronto?« Gerade zwei Mal hatte es geklingelt, bis Anna an den Apparat ging.

»Anna, ich bin es. Ist Gisella aufgetaucht?«

»Wer ist *ich*? Matteo? Ich hatte gehofft, dass sie längst bei dir ist. Nein, hier ist sie nicht. Ich habe versucht, sie anzurufen, aber sie ist nicht ans Telefon gegangen.«

»Das habe ich auch probiert«, antwortete Matteo. »Anna, sag mal, ich will dich nicht beunruhigen …« – was für ein Blödsinn, dachte er im selben Moment, sie war ganz offensichtlich schon beunruhigt. »Aber mir kommt das seltsam vor. Ich werde mal schauen, ob ich sie irgendwo finde. Vielleicht hat sie nur einen Kater und ruht sich am See noch ein wenig aus.« Den letzten Satz hatte er eher zu sich selbst gesagt. Von Anna kam nur ein gepresster Laut, den er als Zustimmung wertete.

»Anna, eine Sache noch.« Matteo überlegte, wie er es am

besten formulieren sollte. »Ist dir gestern irgendetwas an ihr aufgefallen? War sie anders als sonst?«

»Verdammt, Matteo, woher soll ich das wissen.« Annas Stimme klang ungewöhnlich schrill. »Das musst du doch beurteilen können. Du bist der Psychologe, nicht ich.«

Damit hatte sie aufgelegt. Und damit hatte sie recht, wenn auch nicht ganz, genau genommen. Psychologe war er bis vor ein paar Monaten gewesen. Ein gut situierter, angesehener Psychologe in Diensten der Mailänder Polizei, der den Kollegen half, ihre traumatischen Erfahrungen aufzuarbeiten, sie therapeutisch begleitete, wenn der Tod eines Kollegen, eine selbst erlittene Schussverletzung oder der dauerhafte Umgang mit Schwerverletzten, Opfern sexueller Gewalt oder eines der anderen unzähligen tragischen Ereignisse, denen sie im Alltag ausgesetzt waren, sie krank machte. Er hatte in einer Wohnung gelebt, die man wohl als geschmackvoll eingerichtet bezeichnen würde, vielleicht sogar als elegant, nur wenige Straßen von der Scala entfernt.

Wenn er es nicht geschafft hatte, Teresa morgens in der Oper vorbeizubringen, hatte er sie abends abgeholt, und sie waren noch ein wenig durch die Straßen geschlendert, selbst in den Wintermonaten, in denen die Stadt häufig in dichten Nebel getaucht war. Er hatte meist keine Lust gehabt, von seiner Arbeit zu reden, von dem Korpsgeist der Polizisten, von ihrem Machismo, der oft genug dazu führte, dass sie erst dann zu ihm kamen, wenn sie bereits als Folge ihrer posttraumatischen Belastungsstörungen unter Magengeschwüren, Bluthochdruck, paranoiden Angstzuständen oder anderen schwerwiegenden Persönlichkeitsstörungen litten.

Viel schöner war es gewesen, Teresa zuzuhören, wie sie,

halb empört, halb mit Begeisterung, von den unmöglichen Entwürfen erzählte, die wieder mal ein Kostümbildner mit in die Gewandmeisterei gebracht hatte, ohne auch nur einen Schimmer davon zu haben, wie ein bestimmter Stoff fiel.

Matteo versuchte, das aufkommende Rauschen in seinen Ohren zu unterdrücken. Hastig zündete er sich eine zweite Zigarette an. An die Vorbereitungen für das Rennen war ohnehin nicht mehr zu denken. Er musste etwas tun. Und sei es nur, um seine Unruhe zu bekämpfen. Vielleicht würde dieser Maldini ihm weiterhelfen können. Auch wenn er keine besondere Sympathie für Menschen empfand, die beständig in eine Wolke aus Gediegenheit gehüllt schienen. Ein Affe bleibt ein Affe, auch wenn er in Seide gekleidet ist. Das war einer der Lieblingssprüche seines Vaters gewesen, und Matteo hegte einen ebensolchen Argwohn gegen Menschen, die ihre Großartigkeit aller Welt zur Schau stellten.

Während er das »chiuso«-Schild an die Ladentür hängte, versuchte Matteo sich zu erinnern, was Gisella sonst noch über Maldini erzählt hatte. Hin und wieder, das wusste Matteo, kochte sie bei ihm, wenn er Abendgesellschaften gab. Anscheinend war das auch gestern der Fall gewesen, als sie ihn von dort aus angerufen hatte.

Hinter einem cremefarbenen Citroën ID 19 reihte Matteo sich in den um diese Mittagszeit noch gemäßigten Verkehr auf der Uferstraße ein. Der Lancia schwebte sanft durch die Kurven. In drei, vier Stunden, mit dem Beginn des Wochenendes, würde das anders werden. Dann staute sich der Verkehr regelmäßig an einer der Baustellen, die immer woanders, aber immer verlässlich irgendwo auf der Strada statale 34 eingerichtet wurden, sei es, weil durch Überlastung Reparaturen nötig oder durch einen Sturm das Fundament unterspült worden war. Auch Erdrutsche waren nicht selten.

Das Schlimmste aber waren um diese Jahreszeit die verrückten Radfahrer in ihren am Po gepolsterten und sonst unangenehm engen Höschen, die Giro d'Italia spielten und dabei die Hälfte der ohnehin schon engen Straße blockierten.

»Du holst dir doch sicher auch noch ein paar Schrammen an den Leitplanken« brummelte Matteo und fuhr so dicht auf den Citroën auf, dass das Signal zur Erhöhung des Tempos relativ offensichtlich war. Zum wiederholten Male stellte Matteo eine gewisse, spontan auftretende Bärbeißigkeit an sich fest, die er früher nicht gekannt hatte. Wurde er langsam verschroben?

»Wobei, mit Mitte vierzig sollte man dafür noch ein paar Jährchen Zeit haben«, er klopfte auf das Lenkrad des Lancias. »Oder was denkst du, Lady, immerhin bist du auch nicht mehr die Jüngste.«

Vielleicht hing die mitunter aufkommende Wut auch mit seiner neuen Tätigkeit zusammen. Den Fleischern in dieser Gegend jedenfalls haftete ein gewisser Ruf an. Fünf Metzgersöhne aus Ronco sopra Ascona hatten der Legende nach im 13. Jahrhundert auf dem im See gelegenen Castelli di Cannero, an dessen Ruine er soeben vorbeifuhr, ihr Hauptquartier gehabt. Von dort aus, so hieß es, waren die fünf plündernd losgezogen und hatten die Umgebung unsicher gemacht, bis man sie schließlich mit einem Stein um den Hals in den See warf. Soweit würde es mit ihm nicht kommen. Matteo wollte doch nichts weiter, als seine Ruhe und wieder ein Leben führen, über das man nicht verzweifeln musste. Auf das man allenfalls ein wenig melancholisch schauen konnte.

Wenn ihn die Melancholie ereilte und er in sich versank, lachte Gisella jedes Mal laut auf und holte ihn rasch wieder in die Wirklichkeit zurück. Eigentlich hätte ihn ihr Spott kränken müssen. Aber er mochte sie eben gerade wegen ihrer Unverwüstlichkeit. Und dafür, dass sie sich keinen Deut darum scherte, was andere über sie dachten. Allein schon die weißblonden Spitzen, die gerade ihre ohnehin schon unmögliche, nach allen Seiten abstehende Kurzhaarfrisur zierten!

»Das ist Rock 'n' Roll, weißt du«, hatte sie ihm zugeraunt, als sie vergangene Woche bei Dino einen Wein zusammen getrunken hatten und sie ihm ihre neue Frisur präsentiert hatte, »das ist Rock 'n' Roll.« Schallend und wie immer eine Spur zu rau hatte sie gelacht. Ein Gianna-Nannini-Lachen, das Matteo so gefiel, dass er immer mitlachen musste, auch wenn er den Witz nicht verstand oder, wie letzte Woche, nicht begriff, was weiße Haarspitzen mit Rock 'n' Roll zu tun haben sollten.

Ein paar Mal hatte er sie abgeholt von den Tanzkursen, die sie am Strand gab. Strand war eigentlich das falsche Wort. Am westlichen Ufer des Lago Maggiore gab es fast ausnahmslos steinige Badestellen. Nur trainierte Füße konnten den Untergrund auf bloßen Sohlen ertragen. Die Bucht vor Cannobio aber hatte im Sommer den entscheidenden Vorteil, dass sich an das steinige Ufer eine weitläufige Wiese anschloss. Mächtige Platanen spendeten Schatten.

Auf den wenigen Schritten, die es vom Lido zur Piazza waren, reihten sich Palmen. Die Vegetation hatte etwas Unersättliches und schien vor Frische zu bersten. Der Regen, der sich in den Wolken sammelte, die an den Bergen hängen blieben, sorgte dafür, dass die Gegend zu fast allen Jahreszeiten in ein sattes Grün getaucht war. Laubbäume wuchsen hier ebenso wie Orangen. Nicht zu vergessen die Kamelien. Mit ihren buschigen weißen Blüten und den dicken Blättern verliehen sie Orten wie Stresa oder Pallanza, die ein paar Kilometer weiter den See hinab lagen, etwas Mondänes. Matteo war die Bescheidenheit von Cannobio lieber.

Am wohlsten fühlte er sich ohnehin an seiner einsamen Stelle am Wasser unterhalb der Macelleria, auch wenn man ein wenig mühsam die Böschung hinuntersteigen und achtgeben musste, sich nicht in Wurzeln zu verfangen oder auf dem glitschigen Fels abzurutschen.

Als die ersten Häuser von Pallanza auftauchten, drosselte Matteo das Tempo. Vor ein paar Wochen hatte Gisella ihn auf die herrschaftliche Hofeinfahrt von Maldini hingewiesen, als sie einen Abstecher zu einer Salumeria in Meina gemacht hatten, weil sie ihm das schöne Ladenlokal hatte zeigen wollen. Aber die Tore und die von Rhododendron bewachsenen Mauern sahen für ihn alle gleich aus. Matteo bremste bis auf Schritttempo ab und versuchte, einen Blick hinter die Mauern zu erhaschen. Der rote Alfa Romeo, der durch ein Tor zu erkennen war, kam ihm zur Hilfe.

Matteo musste ein paar Meter weiterfahren, um einen Parkplatz zu finden. Bevor er ausstieg, merkte er gerade noch, dass seine Haare immer noch von der Spange zurückgehalten wurden, die er beim Arbeiten statt der Kappe trug. Er nestelte sie aus seinen Locken und warf sie ins Handschuhfach. Als er auf Maldinis Haus zuging, hatte er es plötzlich eilig.

»Ja – bitte?«

Die Stimme aus der Gegensprechanlage klang müde. Oder gelangweilt.

»Hier ist Basso, Matteo Basso«, Matteo zögerte. »Der Fleischer aus Cannobio.«

Einen Augenblick war es still. Matteo befürchtete schon, Maldini hätte aufgehängt.

»Worum geht es?«

»Um Gisella. Ich muss mit Ihnen sprechen.«

Mit einem leisen Summen schwenkte das Tor auf und gab den Weg frei auf eine halbrunde Einfahrt, die zu einer breiten steinernen Eingangstreppe führte. Der Kies knirschte unter Matteos Schritten. Der sandsteinfarbene Palazzo, dessen große Fenster von aufwendig bemalten Fensterläden flankiert wurden, lag im Schatten mächtiger Kamelien. Die ausladende Rasenfläche war peinlich genau gemäht.

Als Matteo an der Treppe angelangt war, stand Maldini plötzlich am oberen Absatz. Nicht nur durch die fünf Stufen, die zwischen ihnen lagen, war er eine beeindruckende Erscheinung. Sicher so groß wie Matteo selbst – gut ein Meter fünfundachtzig –, dazu trotz seines Alters durchtrainiert. Matteo schätzte ihn auf Anfang sechzig. Das graue Haar fiel in Wellen bis in den Nacken. Der violette Kaschmirpullover, den Maldini um die Schultern gelegt hatte, war perfekt auf das Hemd abgestimmt. Dazu trug er eine luftige Leinenhose. Nur unter seine leicht geröteten Augen hatten sich tiefe Falten gegraben.

»Wie kann ich Ihnen helfen?« Maldini machte keine Anstalten, zur Seite zu treten oder seinen Besucher hereinzubitten. Matteo sah sich gezwungen, vor der Treppe stehen zu bleiben und zu Maldini emporzuschauen. Was für ein erbärmlicher Trick, dachte er. Grundstudium Psychologie, erstes Semester. Wenn überhaupt.

Matteo entschloss sich für die direkte Variante.

»Gestern Nacht hat Gisella mich angerufen, mit der Bitte, dringend hierherzukommen. Nun ist sie verschwunden. Können Sie mir sagen, wo sie ist? Oder was sie gestern Nacht gewollt hat?«

Nur ein kurzes unruhiges Flattern des rechten Augenlids schien ein Hinweis darauf zu sein, dass Maldini ein wenig aus dem Gleichgewicht gebracht war. Sogleich aber legte sich wieder ein gefälliges Lächeln über sein Gesicht.

»Ich bedaure, Ihnen in dieser Angelegenheit nicht weiterhelfen zu können. Warum Signora Tonetti Sie angerufen und Sie ausgerechnet hierher bestellt haben soll, ist mir ein Rätsel ...« Maldini breitete jovial die Arme aus. »Das kann ich mir nun beim besten Willen nicht vorstellen. Signora Tonetti war am frühen Abend zu einer kurzen geschäftlichen Besprechung bei mir. Es ging um eines meiner ausstehenden Dinner. Die Menüfolge. Aber sie hat mein Haus bereits gegen einundzwanzig Uhr verlassen.« Maldini lächelte, wie Matteo schien, eine Spur zu liebenswürdig. Aber natürlich war das diese falsche Art Liebenswürdigkeit, die den meisten Leuten diesen Schlags zur Gewohnheit geworden war.

»Wenn Sie mich nun entschuldigen wollen, mich erwarten einige geschäftliche Verpflichtungen, die keinen Aufschub dulden. Und ich hoffe natürlich sehr, dass Ihre Sorgen unbegründet sind. Signora Tonetti wird gewiss wieder auftauchen.«

Matteo hatte sich nie Gedanken darüber gemacht, in was für Geschäften Maldini unterwegs war. Ob er überhaupt in Geschäften unterwegs war. Er ließ den Blick die Fassade hinaufwandern. Kunst oder Investmentbanking vermutlich, ihm fiel es schwer, sich bei Leuten wie Maldini etwas anderes vorzustellen. Er konnte sich aber nicht erinnern, dass Gisella etwas in dieser Richtung erwähnt hatte.

Maldini deutete eine Geste in Richtung Gartentor an. Matteo spürte, wie die Wut über diesen Mann, der ihn hier einfach unten am Treppenabsatz stehen ließ, in ihm hochkam. »Ich würde Sie wirklich bitten, mir zu sagen, was gestern Nacht vorgefallen ist. Warum hat Gisella mich angerufen? Sie schien große Angst zu haben.«

Der letzte Satz war eine Lüge. Oder zumindest Spekulation. Er wollte Maldini aus der Reserve locken. An dem aber perlte Matteos Vorstoß ab. Kein Flackern der Augenlider mehr, sein Ton schien sich jeden Widerspruch zu verbitten.

»Wie gesagt, ich bedaure sehr, Ihnen nicht weiterhelfen zu können.«

»Vielleicht hat jemand anders Gisella später noch einmal hereingelassen? Ihre Frau?«

Franco Maldini zog geräuschvoll die Luft durch die Nase ein.

»Niemand außer mir lebt in diesem Haus. Und nun muss ich Sie wirklich bitten, mein Grundstück zu verlassen.«

Matteo setzte erneut an, aber Maldini war schneller.

»Vielleicht sollte ich lieber Sie fragen, was Sie mitten in der Nacht mit der Signora zu schaffen hatten. Und warum Sie mich hier belästigen. Warum sind Sie denn nicht gekommen, als die Signora Sie angeblich angerufen hat?«

»Ich habe das Telefon nicht gehört«, antwortete Matteo und ärgerte sich sofort darüber.

»Ach«, Maldini klang plötzlich erschöpft. »So, Sie haben das Telefon nicht gehört. Ja dann, was will man da machen?«

Er drehte sich um und verschwand hinter der mächtigen dunkelroten Haustür, die angesichts ihrer Größe erstaunlich leise hinter ihm ins Schloss fiel.

Matteo ging den Weg zurück, den er gekommen war. Maldinis Fassade war so perfekt wie seine Garderobe. Bei solchen Typen musste man länger hinschauen, um eine Schwachstelle zu bemerken. Matteo hatte keine ausmachen können. Nur die geröteten Augen passten nicht ganz ins Bild. Ob Maldini vom Fenster aus beobachtete, wie er das Grundstück verließ? Das aufschwenkende Gartentor sprach dafür, genauso gut konnte es aber von einem Bewegungsmelder gesteuert sein.

Beim Wagen angelangt, versuchte Matteo es noch einmal bei Gisella, wieder die Mobilbox. Bei Anna nahm ebenfalls niemand ab. Vielleicht hatte er sich allzu sehr von Annas Unruhe anstecken lassen, überlegte Matteo. Womöglich hing sein Unbehagen auch damit zusammen, dass er während des kurzen Telefonats mit Anna auf unliebsame Weise an Mailand erinnert worden war. Eigentlich behielt er sich das für die Nächte vor. Auf diese Weise hatte er die Sache gut im Griff. Das morgendliche Angelritual wusch die Schatten der Nacht auf fast magische Weise davon. Der See war seine Rettung.

Es war ohnehin gleich Siesta, also beschloss Matteo, nicht an der Macelleria zu halten, sondern zum zweiten Mal an diesem Tag nach Cannobio hineinzufahren.

Die Garage der drei Alten war verwaist, der Salon von Anna verschlossen. Nichts Ungewöhnliches um die Mittagszeit. Trotzdem hätte Matteo sich wohler gefühlt, wenn er ein kleines Schwätzchen mit den Alten hätte halten können. Noch einmal klingelte er vergeblich bei Gisella.

Ein Caffè auf der Piazza würde seinen Kopf wieder frisch

machen, befand Matteo und ging die Gasse weiter hinunter in Richtung See. Warum um alles in der Welt hatte man die am meisten frequentierten Gassen, sogar fast die gesamte Piazza, mit diesen furchtbaren, rund geschliffenen Steinen gepflastert? Selbst durch Matteos Schuhe war ihr Druck zu spüren. Dass Frauen auf hohen Absätzen und in zuweilen beeindruckendem Tempo über die Steine zu tänzeln vermochten, nötigte ihm allen Respekt ab.

Als sich die Gasse öffnete, zur Rechten das in sattem Rot gestrichene »Hotel Cannobio«, und den Blick auf den Lago freigab, realisierte Matteo, dass etwas nicht stimmte. Die Mittagsruhe in den Gassen erschien ihm plötzlich gespenstisch angesichts des Menschenauflaufs, der sich an der kleinen Badestelle an diesem Ende der Promenade gebildet hatte. Matteo beschleunigte seine Schritte, die letzten Meter bis zum Quai rannte er fast, um dann abrupt stehen zu bleiben.

Die wenigen Boote, die im kleinen Hafenbecken vertäut lagen, schaukelten im Wind, der zugenommen hatte. Über den Bergen am gegenüberliegenden Ufer zogen sich graue Wolken zusammen.

Außer ein paar Möwenschreien und dem unregelmäßigen Schlagen der Taue an die Mastbäume war es eigenartig still. Die Passanten, die am Rand der Badestelle standen, schwiegen. Allenfalls flüsternd tauschten vereinzelte von ihnen ein paar Worte aus. Ein weißes Absperrband hinderte sie daran, die Wiese zu betreten. Zwei Polizisten, die sonst für das Verteilen von Strafzetteln zuständig waren, bewachten mit wichtigen Mienen den abgesperrten Bereich. Matteo schwindelte. Er ging ein paar Schritte näher. Es war die Stelle, an der Gisella fast jeden Morgen schwimmen ging.

»Was ist passiert?«, fragte Matteo eine ältere Dame, die er vom Sehen kannte.

»Eine junge Frau. Sie ist ertrunken. Die Polizei sagt, ein Unfall.« Im Flüstern der Dame lag Entsetzen. »Sie vermuten, dass sie mit einem Boot kollidiert ist. Sie muss furchtbar ausgesehen haben. Ihr Kopf, er soll vollkommen zerschmettert gewesen sein. Mein Gott, wie schrecklich, so ein junger Mensch.« Sie verstummte.

»Es soll die junge Tonetti sein«, raunte eine andere Frau, die in ihrer Nähe stand. »Die Schwester von Anna, die den Friseursalon in der Via Umberto betreibt.«

Matteo hätte schreien mögen. Rennen, irgendwohin. Seinen Kopf gegen die steinernen Fassaden schlagen. Aber er tat nichts dergleichen. Wie paralysiert stand er dort, die Menschenmenge um sich herum nahm er nur noch als ein fernes Rauschen wahr. Irgendwann drehte er sich um, verließ die Piazza, ging langsam, wie ferngesteuert, die Gasse hinauf, ohne sich noch einmal umzublicken.

Als Matteo an Dinos Osteria vorbeikam, sah er Anna am runden Tisch in der hinteren Ecke sitzen. Das Gesicht hatte sie in den Händen verborgen. Wie recht sie gehabt hatte mit ihrer bösen Vorahnung. Matteo zögerte. Renzo hatte den Arm um Anna gelegt, recht ungelenk sah das aus, was unüblich für ihn war. Die drei Alten saßen daneben, schweigend. Lara oder Lisa, die Haare zu einem seitlichen Zopf gebunden, tippte wütend auf ihrem Smartphone herum.

Dino, die grauen Haare nur durch seine auf den Kopf geschobene Brille gebändigt, lehnte hinter dem Tresen und polierte im Zeitlupentempo Gläser. Normalerweise war er immer in Bewegung, ging von einem Tisch zum anderen und unterhielt seine Gäste.

In diesem Moment wurde die Tür der Osteria aufgestoßen, und ein junger Mann in dunkler Motorradkleidung drängelte sich an Matteo vorbei, ohne auch nur den Kopf zum Gruß zu heben.

Ein unangenehmer Kerl, der immer nur stumm vor sich hin starrte, leider aber Dinos Osteria zu seinem zweiten Wohnzimmer gemacht hatte. Auch er schien neu in der Gegend zu sein. Und obwohl er nicht viel sprach, wusste Matteo, dass er in einem Maklerbüro in der Via Umberto arbeitete.

Noch immer stand Matteo unschlüssig vor dem Fenster der Osteria. Er hätte hineingehen müssen. Ein paar Worte des Beileids sagen. Oder einfach bei ihnen sitzen. Er wusste doch eigentlich sehr genau, was jetzt zu tun war, kannte die unterschiedlichen Trauerphasen, den Schockzustand, der am Anfang stand, bis sich dann irgendwann, mitunter erst nach Tagen, Wut und Verzweiflung Bahn brachen. Er hatte doch so oft erlebt, mit welcher Wucht die Trauer die Hinterbliebenen in dieser Phase überwältigte. Irgendetwas aber hinderte ihn daran, die Tür zu öffnen und gemeinsam mit den anderen zu schweigen oder zu weinen.

So war es immer gewesen. Wenn er das Leben fremder Leute betrachtete, hatte er mit wenigen Sätzen, wie mit ein paar zarten Pinselstrichen, eine Situation entschärfen, eine emotionale Zwangslage auflockern können. Wenn es jedoch um sein eigenes Leben ging, um Menschen, die ihm etwas bedeuteten, war er stumm. Vielleicht sogar blind. Und Gisella hatte zu seinem Leben gehört, wenn auch noch nicht lange. Seit er aus Mailand hierhergezogen war, hatte er keinem Menschen mehr Nähe zugebilligt als ihr.

Matteo hatte keine Ahnung, wie er in die Macelleria zurückgekommen war. Das Gefühl für Zeit war ihm abhandengekommen. Er kam wieder zu sich, als er schon eine stattliche Menge Schweinebauch und Speck in den Fleischwolf gefüllt haben musste. Wie verwundert blieb sein Blick an den Fleischfäden hängen. Fast sanft erschien ihm dieser Vorgang, der innerhalb von Sekunden die Fleischstücke zu einer weichen Masse verarbeitete. Das leise Summen des elektrischen Fleischwolfes, durch den er das handbetriebene Modell, auf das sein Vater geschworen hatte, ersetzt hatte, mochte seinen Beitrag dazu leisten.

Als Kind hatte sein Vater ihm manchmal einen Stuhl herangerückt, auf den er sich stellen durfte, um die Fleischstücke in den Wolf zu geben. Stolz und mit hochwichtiger Miene hatte Matteo diese Arbeit verrichtet, Seite an Seite mit seinem Vater, bis er sich von einem Tag auf den anderen, er mochte acht oder neun gewesen sein, geweigert hatte. Plötzlich hatte ihn Widerwillen überfallen beim Anblick der Fleischmasse, die aus dem Wolf quoll und die er in seiner Fantasie zu schaurigen Gestalten fortspann.

Matteo drückte gerade weiteres Fleisch in den Trichter, als die Ladenglocke ihn aufschrecken ließ.

Wahrscheinlich hatte er zwar das »chiuso«-Schild an die Tür gehängt, aber das Abschließen vergessen. Matteo wischte sich die Hände an dem Handtuch ab, das er in den Hosenbund geklemmt hatte.

»Signor Basso?« Die Stimme klang ungehalten.

Als Matteo den Perlenvorhang zur Seite schob, bemerkte er, seltsamerweise zum ersten Mal, dass es der gleiche Vorhang war, der in Annas Salon hing.

Am Regal mit den Nudeln stand ein untersetzter Mann

mit Bürstenschnitt, den Mund zu einem süffisanten Grinsen verzogen, während er mit dem Zeigefinger über den Rand des Regalbrettes fuhr, als müsse er dort eine Staubschicht entfernen.

»Ach, der Signore bequemt sich auch einmal, wir danken!«

»Signor Basso – Sie sind doch Matteo Basso?«, schaltete sich die Kollegin neben dem Untersetzten ein. Matteo nickte. »Ich bin Nina Zanetti. Das ist Kommissar Buffon. Können wir Ihnen ein paar Fragen stellen?« Die junge Frau, in einen hellen Trenchcoat gekleidet, warf dem Untersetzten einen kurzen Blick zu. Erneut nickte Matteo mechanisch. Schließlich wusste er, was er nun hören würde.

»Ich muss Ihnen leider mitteilen, dass Signora Tonetti heute Vormittag aus dem See geborgen worden ist. Tot.«

Tot. Ausgesprochen hatte das Wort noch einmal eine viel stärkere Kraft. Für einen Moment flimmerte es schwarz vor Matteos Augen. Dann konzentrierte er seinen Blick auf den Rahmen der Ladentür, der dringend neu verfugt werden musste.

»Alles spricht dafür, dass es ein Unglück gewesen ist. Aber wir müssen natürlich ein paar Routineuntersuchungen durchführen.«

Die Kommissarin klang beinahe entschuldigend.

»Was ist passiert?«, fragte Matteo.

»Wie gesagt, wir gehen von einem Badeunfall aus, Gisella Tonetti ist ertrunken.«

Matteo hatte das Gefühl, langsam wieder zur Besinnung zu kommen. Das Reden machte ihn klarer.

»Das kann nicht sein. Nicht Gisella. Sie war eine großartige Schwimmerin.«

Der Untersetzte verdrehte die Augen, dann verließ er die

Macelleria, das Telefon am Ohr. Durch das Schaufenster sah man ihn wild gestikulierend auf und ab gehen.

Die Kommissarin war Matteos Blick gefolgt, dann wandte sie sich wieder an ihn. »Die Obduktion läuft noch. Vielleicht war Alkohol im Spiel. Wir wissen es noch nicht. Wie es aussieht, haben sich während des Unwetters Boote losgerissen. Eines dieser Boote«, sie zögerte und blickte ihn an, als wolle sie abwägen, ob sie ihm die Nachricht zumuten könne, »eines dieser Boote hat Signora Tonetti offenbar gerammt und ihr eine Kopfverletzung zugefügt, die schließlich zum Tod führte.«

»Ihr wurde der Kopf zertrümmert?«

Die Kommissarin ging über Matteos Satz hinweg, ohne eine Miene zu verziehen.

»Haben Sie eine Idee, mit wem die Signora den gestrigen Abend und die Nacht verbracht haben könnte?« Die Kommissarin schien Matteo fast mitleidig anzusehen. Aber das bildete er sich vermutlich ein.

»Gisella hat mich gestern Nacht angerufen.«

Die Kommissarin nickte.

»Das wissen wir.«

»Soweit ich weiß, war sie bei einem Franco Maldini, in Pallanza. Sie hat hin und wieder für ihn gearbeitet, wenn er Gäste hatte.«

Die Kommissarin notierte sich etwas in einem kleinen Buch. Dann sah sie ihn erwartungsvoll an.

»Was hat sie gewollt, als sie anrief?«

»Das kann ich Ihnen nicht sagen.«

Durch die geschlossene Tür bellte der Kommissar in sein Telefon. Anscheinend ging es um einen Zahnarzttermin, den er dringend benötigte, den aber die Sprechstundenhilfe nicht so kurzfristig einrichten konnte.

»Ich weiß es nicht«, setzte Matteo noch einmal an. »Sie hat mich gebeten, zu diesem Maldini zu kommen. Worum es ging, hat sie nicht gesagt. Ich weiß auch nicht, ob sie den ganzen Abend bei ihm war.«

»Wann war dieser Anruf?«

»Um kurz vor eins. Dann gab es noch einen Anruf, etwas später, da hat sie keine Nachricht mehr hinterlassen.«

Die Kommissarin machte wieder ein paar Notizen.

»Signor Basso, bitte, weiter.«

Matteo massierte seine Fingerknochen.

»Es gibt kein Weiter. Ich bin nicht gefahren. Ich habe die Anrufe nicht gehört. Erst heute Morgen habe ich sie gesehen.«

Die Kommissarin zog die Augenbrauen hoch.

»Ich benutze mein Handy relativ selten«, bekannte Matteo wahrheitsgemäß, konnte aber am Gesichtsausdruck von Nina Zanetti ablesen, dass sie diese Antwort nicht sonderlich überzeugend fand.

»Es gab sicher eine Menge Männer im Leben von Signora Tonetti, bei ihrem Beruf?«

Eine kurze Pause entstand.

»Immerhin hat sie als Animateurin gearbeitet«, fügte sie hinzu.

»Wer hat Ihnen das erzählt?«, entfuhr es Matteo eine Spur zu grob, wie er aus dem erstaunten Gesicht seines Gegenübers ablesen konnte. »Gisella war Tanzlehrerin.«

Die Ladentür flog auf, und der Kommissar kam zurück. Wenn man seinem triumphierenden Gesichtsausdruck glauben konnte, dann hatte er die Verhandlungen mit der Zahnarztpraxis gewonnen.

»Wo sind Sie eigentlich gestern Nacht gewesen?«

Matteo stöhnte innerlich auf. In welcher Fortbildung

hatte der Kommissar wohl diese Taktik der überrumpelnden Frage gelernt? Er war gestern Abend zu Hause gewesen, wie fast immer. Hatte den Majoran, den er in den Bergen gepflückt hatte, zum Trocknen aufgehängt. Was hatte er sonst noch getan? Wie an den meisten anderen Abenden: nicht viel. Nachgedacht. Ein paar Zigaretten geraucht, Wein getrunken. Als der Sturm sich verschärft hatte, war er noch einmal ums Haus gegangen, um die Gartenmöbel in den Schuppen zu stellen und um zu überprüfen, ob die Fensterläden sicher verschlossen waren. Dann hatte er sich aufs Bett gelegt und der urwüchsigen Kraft zugehört, die an seinem Häuschen rüttelte. War Gisella womöglich noch bei ihm vorbeigekommen, nachdem er nicht ans Telefon gegangen war? Wenn sie das getan hatte, dann wäre ihr Klopfen sicher im Klappern der Fensterläden untergangen.

»Ich war hier«, gab Matteo endlich zurück. »Allein.«

Der Blick des Untersetzten sprach Bände.

Was sollte überhaupt dieses Verhör, wenn sie glaubten, es sei ein Unfall gewesen? Vielleicht war dem Kommissar einfach langweilig, oder er wollte seine junge Kollegin ein wenig beeindrucken. Dieser Versuch allerdings schien kaum Früchte zu tragen. Matteo vermutete, dass die junge Frau seine Assistentin war, und er mochte, dass sie sich von dem Älteren ziemlich unbeeindruckt zeigte.

Dieser Mensch ging Matteo irrsinnig auf die Nerven. Ihm waren einfach schon zu viele dieser Typen über den Weg gelaufen. Polizisten wie Buffon wurden mit den Jahren immer zynischer und selbstgefälliger. Und die meisten seines Schlags waren in erster Linie nicht an Recht und Ordnung interessiert, sondern an der Macht, die sie in ihrem Beruf ausüben konnten. Ihre Aggressivität war nicht Folge des

Polizeidienstes, sondern charakterlich bedingt. Heutzutage herrschten zum Glück andere Kriterien, wenn Polizeianwärter ihre Eignungsprüfung absolvierten.

»Falls Ihnen noch etwas einfällt oder falls Sie noch Fragen haben«, schaltete sich die Kommissarin ein, »hier ist meine Karte. Wir lassen Sie jetzt allein. Auf Wiedersehen.«

Ihr Kollege ließ es sich nicht nehmen, die Zähne für ein breites Grinsen zu entblößen und noch einmal demonstrativ über das Nudelregal zu streichen. Matteo warf einen raschen Blick auf die Karte – er hatte recht gehabt, sie war Buffons Untergebene, wahrscheinlich wollte er ihr noch ein paar Tricks beibringen. Oder es war schlichtweg nicht genug zu tun in der Gegend, und keiner von beiden hatte besonders große Lust auf Dienst am Schreibtisch gehabt.

Obgleich es erst früher Nachmittag war, schloss Matteo die Ladentür von innen ab und ließ den Rollladen herunter. Er hatte kein Bedürfnis nach weiteren Gesprächen.

Er wusste nicht, wie lange er an diesem Freitagnachmittag auf den See schaute, ohne einen klaren Gedanken fassen zu können. Schließlich raffte er sich doch noch einmal auf, verdarb aber die Salsiccia, wie er schon ahnte, als er die neue Würzmischung in die Fleischmasse gab. Um überhaupt am nächsten Morgen etwas im Angebot zu haben, setzte er danach Fenchel-Salsiccia an. Das waren die einzigen Würste, die er unverändert gut verkaufte, weil der Fenchel in seiner Intensität alle übrigen Misstöne übertünchte. Dann öffnete er – inzwischen mochte es einundzwanzig Uhr sein – bereits die zweite Flasche Dolcetto.

Gisella war eine ausgezeichnete Schwimmerin gewesen. Und sie war zäh. Nicht hübsch, im klassischen Sinne, dafür war sie zu klein gewesen. Ihr kompakter Körper hatte gewirkt, als wären die Glieder ein wenig zu kurz geraten. Als hätte ihnen jemand verboten, sich das entscheidende Stück weiter in die Welt hinauszustrecken, und als hätte sich deshalb die Energie nur so in ihnen aufgestaut. Aber wenn Gisella getanzt hatte, dann hatte sie das mit einer selbstverständlichen Leichtigkeit und mit einem Rhythmusgefühl getan, das ihr eine Anmut verlieh, der sich niemand entziehen konnte.

Sie hatte, wenn sie mit dieser Selbstverlorenheit tanzte, immer auf anrührende Weise zugleich einsam und krafvoll gewirkt. Eine kleine Kriegerin, die allein in den Kampf zog gegen alles, was sich ihr in den Weg stellte. Gisella war Matteo immer viel mutiger erschienen, als er selbst es war.

Aber was Gisella nicht gewesen war, das war wagemutig. Oder leichtsinnig. Sie kannte den See. Sie war hier geboren, anders als Matteo, der seine ersten Lebensjahre in den Bergen des Valle Cannobina verbracht hatte. Wenn der Wellengang zu stark gewesen wäre, wäre sie nicht schwimmen gegangen. Oder zumindest nicht an einer Stelle, an der Boote lagen.

Irgendwie gelang es Matteo, den Plattenspieler vom Kleiderschrank zu hieven, wo er ihn bei seiner Ankunft verstaut hatte, und die Boxen anzustöpseln. Er brauchte ein paar Anläufe, um mit der Nadel den Anfang der Platte zu treffen, die sich viel zu schnell zu drehen schien. Als die ersten Takte von »La Traviata« ertönten, erstarrte er, wie ein Schlag übermannte ihn der Schmerz über Gisellas Tod. Und nicht nur dieser Schmerz, es war auch das Gefühl, das sich für ihn seit Langem mit dieser Musik verband. Kniend verharrte er vor dem Plattenspieler, die Augen mal geschlossen, mal sich schwindlig sehend an der Drehbewegung der Schallplatte.

Konnte es wirklich sein, dass schon wieder eine Frau aus seinem Leben herausgerissen worden war? Aber dieses Mal würde er es nicht tatenlos über sich ergehen lassen. Er hatte nichts mehr zu verlieren. Erschrocken vor seinem eigenen Lachen, das wie ein Aufjaulen klang, hielt er sich die Hand vor den Mund.

»Wer fröhlich das Leben, das Leben genießet, der ist mir willkommen als Gast!«, sang Violetta. Und doch konnten all ihre Beschwörungen nicht verhindern, dass die Schwindsucht sie bald dahinraffen würde. »Wir wollen der flüchtigen Wonne, so lange sie blühet, uns weihn.« Matteo schlug gegen den Plattenspieler, und die Nadel sprang schrill kratzend ein Stück nach vorn. Immer fester schnürten ihn seine trüben Gedanken ein.

Wie hatte Verdi nur ein Dasein aushalten können, in dem ihm durch Schicksalsschläge kurz nacheinander zwei Kinder und die Frau geraubt wurden? Hatte er nur deshalb so wunderbare Musik zu komponieren vermocht, weil er das Elend, von dem in den Libretti erzählt wurde, selbst gefühlt hatte? War nur so diese schmerzhaft schöne Musik zu erklären? Aber was für ein grausames Urteil wäre das für die Kunst.

Zornig stürzte Matteo ein weiteres Glas Dolcetto herunter. Als ob gerade er, gescheiterter Psychologe und stümpernder Fleischer, etwas von Kunst verstehen würde. Nur weil Teresa hin und wieder zwei Karten für die Scala hatte organisieren können, auch für Inszenierungen, an denen sie nicht mitgewirkt hatte. Matteo war doch nie mehr gewesen als der wortkarge Begleiter, der sich selbst in den Pausen unter irgendeinem Vorwand in der Loge herumgedrückt hatte, weil es ihm unmöglich erschienen war, nach dem Gehörten sogleich in das proseccoselige Getümmel des Foyers gestoßen zu werden, wo es doch gar nicht mehr um die Musik ging, sondern darum, an möglichst vielen Bekannten vorbeizuflanieren und sich Kusshändchen zuzuwerfen.

Welch Hohn, dass Verdi nur einmal scheiterte, und das ausgerechnet, als er den Auftrag bekam, die Musik zu einer Komödie beizusteuern. Die Geschichte um einen französischen Chevalier, der sich getarnt als polnischer Throninhaber aus dem Land schleichen will, die in *Un giorno die regno* erzählt wird, fiel bei seiner Uraufführung so heftig durch bei Publikum und Kritik, dass sie unmittelbar nach der Premiere abgesetzt wurde. Vielleicht war es Verdi immerhin gelungen, sich selbst und seinen Schmerz durch diese seichte Doppelgängergeschichte und die beschwingte Musik für eine Weile zu überlisten.

3

Als Matteo am Morgen aus wirren Träumen hochschreckte, drehte sich der Plattenteller noch, die Nadel hing im Nichts. Sein Kopf dröhnte. Zuerst konnte er sich nicht besinnen, wo er war. Der kleine, weiß getünchte Raum, ein schmaler Schrank. Neben der Stufe, die zu dem kleinen Fenster führte, ein Tisch mit drei Stühlen, die Dino aussortiert hatte. Dazu, wie ein Fremdkörper in diesem Ensemble, der Sessel, den Matteo noch während des Studiums bei einem Antiquitätenhändler gekauft hatte. Damals war er kaum weniger ramponiert gewesen als heute, das Leder abgeschabt und rissig. Teresa hatte ihn immer nur »das Ungetüm« genannt, dabei war der Sessel fast zierlich.

So schnell es in seinem Zustand ging, verstaute Matteo den Plattenspieler wieder an seinem Platz auf dem Schrank. Die Plattenhüllen rutschten, von einem unwirschen Fußtritt in Bewegung gesetzt, unter das schmale Bett. Vielleicht hätte er auch den Sessel nicht mitbringen sollen. Und ganz sicher hätte er gestern Abend nicht so viel trinken sollen. Zu viel Alkohol machte ihn sentimental.

Trotz seines Zustands ging Matteo an den See hinunter. Aber er warf die Angel nicht aus, sondern starrte stumm auf das Wasser, das noch genauso schön und sanft glitzernd dalag wie am Morgen zuvor, das aber von nun an immer das Wasser sein würde, in dem Gisella gestorben war. Lange hielt er es an diesem Morgen nicht aus, die Unruhe trieb ihn wieder nach oben.

Als er den Rollladen der Macelleria hochzog, sah er, dass die Kommissarin bereits auf ihn wartete. Dieses Mal war sie nicht mit dem Dienstwagen, sondern mit einer roten Vespa gekommen. Und ohne Begleitung, wie es den Anschein machte. Das hätte ihm auch gerade noch gefehlt.

Wie lange es dauerte, diese verdammte Tür aufzuschließen. Matteo fluchte leise, als der Schlüssel sich verhakte. Nina Zanetti lächelte und strich sich die blond melierten Haare aus der Stirn, der strenge Wind blies sie sofort zurück. Matteo erwischte sich bei der Frage, ob die Haare gefärbt seien. Überhaupt machte die Kommissarin nicht unbedingt den Anschein, italienische Wurzeln zu haben. Aber mussten nicht alle Beamte in Italien italienischer Nationalität sein? Er wusste es nicht. Jedenfalls musste sie gut sein, wenn sie es in ihrem Alter schon so weit gebracht hatte. Sie war höchstens Mitte dreißig.

Endlich gab die Tür nach. »Guten Morgen, alles in Ordnung?«

Matteo grummelte irgendetwas von einem alten Schloss, das schon längst hätte ausgetauscht werden müssen.

»Ich bin vorbeigekommen, um Ihnen zu sagen, dass wir mittlerweile relativ zweifelsfrei davon ausgehen, dass es sich bei dem Tod von Gisella Tonetti um einen Unfall handelt. Bei der Obduktion wurde eine erhebliche Menge Alkohol in ihrem Blut nachgewiesen. Dadurch wurden ihr Kreislauf und wohl auch ihr Urteilsvermögen geschwächt. Wahrscheinlich hat sie einfach die Orientierung verloren. Die Kollegen von der Wasserschutzpolizei haben die Hafenmeister befragt, ob ihnen irgendetwas aufgefallen ist, die haben nichts Ungewöhnliches bemerkt. Dennoch haben wir einen Aufruf in die Zeitung setzen lassen, dass jeder, der etwas gesehen hat, sich bei uns auf der Polizeistation von Verbania melden soll. Aber ich glaube nicht, dass dabei etwas anderes herauskommen wird, als bei unseren Ermittlungen. Mal abgesehen davon, dass sich ein paar Spinner und Wichtigtuer melden werden.«

Die Kommissarin sah ihm mit einer Offenheit ins Gesicht, die Matteo verlegen machte.

»Eigentlich dürfte ich Ihnen das alles natürlich gar nicht erzählen. Aber ich dachte, dass es wichtig für Sie sein könnte.«

»Wichtig?«

»Ich hatte das so verstanden, dass Sie und Signora Tonetti …?«

»Ach so. Nein, nein«, Matteo merkte, wie er ins Stottern geriet und ihm die Röte ins Gesicht stieg. »Wir waren nur Freunde. Dieses andere, also diese Zeiten, die habe ich, die liegen hinter mir.«

Was für einen Unsinn er redete. Die Kommissarin schaute leicht befremdet, lächelte dann aber wieder.

»Es gibt noch einen weiteren Grund für mein Kommen. Mir kam Ihr Name so bekannt vor. Ich musste eine Weile darüber nachdenken, aber dann ist es mir eingefallen. Sie haben als Psychologe bei der Mailänder Polizei gearbeitet! Sagt Ihnen der Name Maurizio Zanetti etwas? Das ist mein Vater. Ich möchte Ihnen danken. Sie haben ihm das Leben gerettet.«

Matteo schüttelte den Kopf.

»Doch, doch, das haben Sie. Erinnern Sie sich nicht?« Sie schaute ihn prüfend an. »Das muss ziemlich genau zehn

Jahre her sein. Er hatte bei einem Einsatz einen flüchtigen Bankräuber erschossen. Ihn traf keine Schuld, der andere hatte das Feuer auf einen der Carabinieri eröffnet. Mein Vater musste seinen Kollegen schützen. Niemand machte ihm Vorwürfe, es gab kein Verfahren, nichts. Nur er selbst konnte nicht damit leben.«

Langsam dämmerte Matteo, von wem die Kommissarin sprach.

»Eines Abends hatte er meine Mutter und mich unter einem Vorwand weggeschickt. Aber uns überfiel ein schlechtes Gefühl, und wir kehrten früher zurück als verabredet.« Sie stockte kurz.

»Er saß am Küchentisch, hatte sich Mut angetrunken. In der Hand seine Dienstwaffe, die er gerade zurückbekommen hatte, nachdem man ihn zu ein paar Wochen Urlaub genötigt, den Vorfall nun aber für erledigt gehalten hatte. Wir kamen gerade noch rechtzeitig. Das eine Mal konnten wir es verhindern, aber früher oder später hätte er sein Vorhaben in die Tat umgesetzt. Die Sitzungen mit Ihnen, von denen wir ihn nach diesem Abend überzeugen konnten, haben ihn davor bewahrt.«

Sicherlich hätte Matteo den alten Zanetti, wenn er ihn zufällig auf der Straße getroffen hätte, nicht sofort erkannt. Aber während die Kommissarin erzählte, war die Erinnerung an die sanften, traurigen Augen des Mannes wiedergekommen, mit dem er damals lange Gespräche geführt hatte.

»Ein feiner Mensch, Ihr Vater. Wie geht es ihm?«

»Meine Mutter und er leben wieder an der Amalfi-Küste. Es geht ihnen gut.« Sie lächelte ihn an.

»Es überrascht mich, dass er zugelassen hat, dass seine Tochter ebenfalls in den Polizeidienst geht.«

»Nun, es soll vorkommen, dass Töchter ihre eigenen Entscheidungen treffen«, versetzte Nina Zanetti mit einer Ironie, die etwas Spitzbübisches hatte.

Kurz standen die beiden sich etwas verlegen gegenüber.

»Wie auch immer«, unterbrach die Kommissarin das Schweigen. »Auf Wiedersehen. Ich wünsche Ihnen alles Gute, Signor Basso«, sie deutete hinter sich, in Richtung der Macelleria oder des Sees. »Für das alles hier.«

»Ja, auf Wiedersehen«, antwortete Matteo und deutete seinerseits auf die Vespa. »Und passen Sie auf sich auf.«

Die Kommissarin war schon fast an dem Roller angekommen, da gab Matteo sich einen Ruck.

»Warten Sie!« Sie drehte sich um.

»Ich glaube, dass es kein Unfall war. Ich weiß es einfach. Haben Sie mit Maldini gesprochen? Was hat er gesagt?«

Die Kommissarin kam ein paar Schritte zurück und schüttelte den Kopf.

»Wir haben tatsächlich mit ihm gesprochen. Aber er hat das gesagt, was er offenbar auch schon Ihnen gesagt hat. Er kann sich keinen Reim auf das machen, was Signora Tonetti Ihnen auf die Mailbox gesprochen hat. Sie ist nur kurz bei ihm gewesen an diesem Abend.«

»Der Kerl lügt doch«, entfuhr es Matteo. Dann zwang er sich, sachlicher fortzufahren. »Ich bin mir ganz sicher, dass an dieser Sache etwas nicht stimmt. Warum hätte Gisella mich anrufen und dorthin bestellen sollen? So etwas hätte sie nicht gemacht, wenn nicht etwas Ernstes vorgefallen wäre.«

Die Kommissarin betrachtete die Berge, die unmittelbar auf der gegenüberliegenden Seite der Uferstraße begannen. Geröll war durch den Regen der vergangenen Monate abgesackt und bisher nur notdürftig am Rand der Straße zusammengekehrt worden.

»Es gibt keinerlei Indizien, dass Franco Maldini die Unwahrheit sagt. Sie müssen sich damit abfinden, was passiert ist. Verrennen Sie sich nicht.« Ohne zu zögern ging sie zu ihrem Roller.

Matteo kehrte in die Macelleria zurück. In der Schublade, in der er sein Handy aufbewahrte, fand er einen Stift und einen einigermaßen ansehnlichen Zettel. »Wegen Krankheit« schrieb er darauf, klemmte ihn hinter das »chiuso«-Schild und schloss die Ladentür hinter sich ab.

Er nahm nicht den direkten Weg. Bei Cannero verließ er die Uferstraße und bog auf die kurvenreiche Serpentinenstraße ab, die durch Trarego und Viggiona führte. An normalen Tagen hätte er im »Usignolo« eine Pasta allo Scoglio gegessen. Nicht einmal in Neapel bekam man dieses Gericht so exzellent zubereitet wie in diesem unscheinbaren Ristorante in den Bergen. Tagelang schien der Fischsud eingekocht zu sein und sich bis tief in die Pasta hineingesogen zu haben. Und dennoch, das war das eigentliche Wunder, war jede einzelne Spaghetti exakt bissfest. Genau wie Matteo es liebte. Und an den Vongole meinte man noch das Salz des Mittelmeeres zu schmecken, als wären sie nur wenige Minuten zuvor geerntet worden. Aber heute hatte er keinen Appetit.

Als Matteo die ersten Kurven hinter sich gelassen hatte und die Bäume die Sicht auf den See freigaben, entspannten seine Glieder sich, und der Kopfschmerz ließ nach. Von hier aus war der Blick über den Lago noch überwältigender. Dem Meer gleich, schien er sich in die Unendlichkeit zu erstrecken, bis dann plötzlich am Horizont wieder die Berge auftauchten. Wie ferne, verheißungsvolle Länder ragten sie aus dem Wasser. Um diese Jahreszeit, wenn die Kamelien in voller Blüte standen und mit ihnen die zahllosen anderen Blumen und Bäume, deren Namen Matteo erst nach und nach wieder ins Gedächtnis kamen, konnte man durchaus das Gefühl haben, in einem kleinen Paradies gelandet zu sein. Schwer vorstellbar, wie entbehrungsreich das Leben der Einheimischen nur ein paar Kilometer weiter die Berge hinauf noch bis vor wenigen Jahrzehnten gewesen war. Gerade in den Wintermonaten, wenn manche Dörfer vollständig von den Zufahrtsstraßen abgeschnitten waren, mitunter auch von direkter Sonneneinstrahlung, bedeutete der Alltag dort oben einen ständigen Überlebenskampf.

Polenta und vor allem Kastanien, die im Überfluss in den Tälern wuchsen, waren die Nahrungsmittel, mit denen es gegolten hatte, die kalten Monate zu überstehen. Vermutlich rührte die Bescheidenheit – wer wollte, konnte es auch Geiz nennen –, die den Menschen in dieser Gegend bis heute nachgesagt wurde, nicht zuletzt aus dieser Vergangenheit, in der man sich alles hart hatte erarbeiten und auf vieles hatte verzichten müssen. Auch die Zähigkeit, auf die man gerade bei Frauen aus den Bergen traf, mochte darin ihren Ursprung haben. In der Regel waren sie es gewesen, die ihre Kinder durch den Winter hatten bringen müssen, während die Männer im nahe gelegenen Turin oder Mailand versuchten, als Hilfsarbeiter zumindest ein wenig Geld zu verdienen. Wer mit mehr Talent gesegnet war, konnte es als Freskenmaler in die Schweiz schaffen.

Wehmütig rief Matteo sich das letzte gemeinsame Bild von Gisella und ihrer sicher um fünfzehn Jahre älteren

Schwester Anna vor Augen, die unterschiedlicher kaum hätten sein können. In Sachen Robustheit allerdings nahmen sie sich wenig. Wie viel lieber Matteo diese Art Frauen waren als jene zweifellos attraktiven, aber in ihrer an Hysterie grenzenden Feinnervigkeit schwer zu ertragenden Damen, die in seiner Mailänder Zeit zu seinem Alltag gehört hatten.

Jäh trat Matteo, wie um den Gedanken abzuschneiden, auf die Bremse. Er schaute in den Rückspiegel. Glücklicherweise waren die Hangstraßen spärlich befahren. Dann warf er einen Blick auf die Temperaturanzeige.

»Komm schon, meine Schöne, mach jetzt bitte nicht schlapp«, murmelte Matteo.

Aber selbst auf dieser Höhe und bei Außentemperaturen von kaum zwanzig Grad lief der Motor schon viel zu heiß. Noch ein paar Kilometer weiter hinauf, und er würde unweigerlich kochen. Dieser Schlenker, den er hier hinauf gefahren war, war ohnehin unsinnig, musste Matteo sich eingestehen. Eine bewusste Verzögerungsvolte, durch die er sich die Chance geben wollte, der Devise, die er sich selbst gegenüber vor ein paar Monaten ausgegeben hatte, treu zu bleiben: sich herauszuhalten aus dem Leben anderer. Aber eigentlich hatte er sich natürlich bereits entschlossen, als die Vespa der Kommissarin hinter der nächsten Biegung verschwunden war.

Als gäbe es doch noch die Möglichkeit, sich die Entscheidung von seinem Auto abnehmen zu lassen, prüfte Matteo erneut die Temperaturanzeige, schaltete Gebläse und Heizung ein, aber sie zeigte immer noch einen zu hohen Wert an und erlaubte nicht, in die höher liegenden Dörfer zu fahren oder die Route zu ändern und einen großen Bogen über Santa Maria Maggiore und Malesco nach Orasso zu nehmen, um am Grab der Eltern vorbeizuschauen.

Seine Mutter, die schon vor mehr als, Matteo musste tatsächlich nachrechnen, zwölf Jahren gestorben war, hatte darauf bestanden, in Orasso beerdigt zu werden. Sie hatte auch darauf beharrt, das Häuschen, das seit zwei Jahrhunderten in Familienbesitz war, zu behalten. Auch wenn sie nur noch an den Wochenenden und in den Ferien dort gewohnt hatten, seit der Vater seine Fleischerei an den See verlegt hatte.

Matteos Mutter hatte sich damals der Entscheidung des Vaters gefügt, nachdem immer mehr Bewohner aus Orasso und den umliegenden Dörfern fortgezogen waren. Aber sie hatte das Leben am See immer verabscheut, war sich wie eine Verstoßene vorgekommen. Nur dadurch, dass er sie jedes Wochenende in die Berge fuhr, hatte der Vater seine Frau besänftigen können.

Matteo setzte, unsinnig in dieser Einsamkeit, den Blinker, wendete und fuhr die Serpentinenstraße bergabwärts.

Der erneute Wetterumbruch war schnell gekommen. In dichten Schlieren lief der Regen die Windschutzscheibe hinunter. Die Straße schien sich hinter einer Wand aus Wasser aufzulösen. Wie lange saß er hier schon und beobachtete Maldinis Anwesen? Seine Glieder fühlten sich taub an.

Der Tod von Gisella hatte seinen Alltag, den er sich in den vergangenen Monaten eingerichtet hatte, aus dem Takt gebracht. Und jetzt war er selbst auch aus dem Takt geraten, wie sollte es anders sein.

Er warf einen Blick in den Rückspiegel, von dem aus er die Zufahrt gerade noch ausmachen konnte. Warum leugnete Maldini, dass Gisella auch noch nach Mitternacht bei ihm gewesen war? Dieser Mann hatte etwas zu verbergen, daran hegte Matteo keinen Zweifel. Und ebenso wenig zweifelte er daran, dass dieses Geheimnis etwas mit Gisellas Tod zu tun hatte. Warum hatte sie Matteo angerufen? Bei was hatte er ihr helfen sollen? Verdammt, warum hatte er den Anruf nicht gehört!

Wie schnell, beinahe hektisch Maldini gestern den Toröffner betätigt hatte, als Matteo Gisellas Namen genannt hatte. Das hatte Matteo sich doch nicht eingebildet. Und war es ihm nur so vorgekommen, oder war Maldini in gewisser Weise vorbereitet gewesen auf seinen Besuch? Die ganze Inszenierung, sein Stehenbleiben am Treppenabsatz, die Kälte, mit der er Matteo ausgehebelt hatte.

Eine Bewegung im Rückspiegel ließ Matteo aufblicken. Er sah gerade noch, wie der Alfa Romeo hinter der nächsten Biegung verschwand und das Tor von Maldinis Anwesen sich schloss. Ob Maldini auf dem Weg zu Beppo war, um mit ihm die Rennroute abzufahren? Wenn ja, hatte er Zeit. Matteo wühlte im Handschuhfach nach einer Schmerztablette, um seinen Kater zu bändigen, fand aber nichts außer einer leeren Packung.

Er öffnete die Wagentür, schüttelte sich angesichts des Regens, der unverändert dicht hinabfiel, und lief zu Maldinis Haus hinüber. Das eiserne Tor war mindestens zwei Meter fünfzig hoch, da war nichts zu machen. Im Weitergehen ließ Matteo seine Hand, wie absichtslos, an der von Rhododendron überwucherten Mauer entlanggleiten. Die Schieferschindeln waren glitschig vom Regen. Matteo war fast am Ende des Grundstücks angelangt, als seine Hand ins Leere fasste. Die Mauer reichte ihm an dieser Stelle nur knapp bis an die Schulter.

Er blickte sich um. Sehr unwahrscheinlich, dass bei diesem Wetter jemand vorbeikam. Kurz nahm er Maß. Als er sich auf der anderen Seite der Mauer hinabgleiten ließ, dachte er unglücklicherweise nicht daran, sich mit beiden Beinen abzufangen. Ein Schmerz fuhr ihm in den linken Knöchel, und so schnell es ihm möglich war, humpelte er auf das Haus zu. Die Fensterläden in den oberen Etagen waren geschlossen. Der durch den Regen warme, feuchte Duft des Rasens und der Bäume machte das Atmen beinahe mühsam.

Matteo bewegte sich an der Wand entlang zum hinteren Teil des Gebäudes. Wie ein Einbrecher schleiche ich hier rum, schoss es ihm durch den Kopf. Gerade noch konnte er ein lautes Auflachen verhindern. Ja, was denn bitte sonst? Natürlich tat er gerade genau das: einbrechen.

Andererseits – der Anflug eines Lächelns glitt über Matteos Gesicht, als er gegen die Verandatür drückte und diese sofort nachgab – wenn man so bereitwillig hereingebeten wurde.

Er brauchte ein paar Sekunden, um sich an das Dunkel zu gewöhnen, das ihn im Inneren empfing. Vorsichtig, um nicht gleich die erstbeste Bodenvase umzustoßen, trat er über die Schwelle der Verandatür und machte ein paar Schritte in den Raum hinein. Offenkundig hatte er es mit jemandem zu tun, der gern las. Oder der sich zumindest gern mit Büchern schmückte. Bis fast unter die Decke reichende Bücherregale säumten die Längsseiten des Zimmers. Auf der einen Seite unterbrochen durch einen offenen Kamin. Zwei schwere rote Perserteppiche. Ein Chesterfield-Ensemble. Hier hatte ein Ausstatter mit Hang zur Theatralik Hand angelegt. Matteo strich über die Armlehne des Chesterfield-Sofas, keine Falte, keinerlei Hinweis, dass jemals jemand auf diesen Polstern gesessen hatte. Wie in einem Museum.

Umso überraschter war er, als er durch die dunkelbraune Flügeltür in das angrenzende Zimmer trat. Hier war die Einrichtung sehr viel heller gehalten. Ein schmales Sideboard. Teakholz. Skandinavisches Design. 70er-Jahre, tippte er. Ebenso der Schreibtisch, der in der Mitte des Raumes stand. Ein schmaler hellblauer Läufer trennte den Tisch von einer kleinen Sitzgruppe, deren taubenblaue Bezüge perfekt auf den Teppich und die nur leicht abgetönten Wände abgestimmt waren.

Trotz der freundlicheren Einrichtung wirkte auch dieser Raum, als wären unlängst alle Spuren seines Gebrauchs beseitigt worden. Auf dem Schreibtisch musste gerade Staub gewischt worden sein. Ein Füllfederhalter lag in einer schmalen, elfenbeinfarbenen Schale. Daneben ein Kalender, Matteo blätterte ihn rasch durch: keine Eintragungen. Keine Unterlagen oder andere Zeugnisse, die dafür sprachen, dass dieser Tisch benutzt wurde. Die Schreibtischschubladen waren kaum weniger aufgeräumt und steril. Büromaterial, das noch nicht angebrochen war. Bleistifte, Notizblöcke. In der untersten Schublade allerdings fand er einen Hefter aus roter Pappe. Matteo ließ die beiden Gummis, die den Ordner verschlossen, über die Ränder gleiten und hielt eine Broschüre und Baupläne in der Hand. Er erkannte das Gebäude auf den ersten Blick. Es handelte sich um eine opulente, aber verfallene Villa am Ortseingang von Stresa, in deren Garten imposante Palmen wuchsen. Matteo überflog die Unterlagen. Offenbar sollte die Villa in ein Luxusresort umgewandelt werden.

Also doch Immobilien. Matteo verließ das Büro und sah sich in der Eingangshalle um, die er von draußen für größer gehalten hatte. Bis auf eine kleine Anrichte und einen goldgerahmten Spiegel war sie leer. Matteo warf einen flüchtigen Blick hinein und stellte fest, dass er, nass wie er war, einen relativ derangierten Eindruck machte.

Auf der Anrichte stand eine zierliche, ebenfalls goldene Etagere, die allerdings nicht für Gebäck bestimmt war. Stattdessen hatte Maldini hier einen kleinen Strauß Visitenkarten ausgelegt. Was für ein Gockel. Matteo nahm eine der Karten und ließ sie in seine Jackentasche gleiten.

Dann stieg er in die obere Etage. In Bad und Schlafzimmer schaute er nur kurz. Das allerdings genügte, um ähnlich wie unten den Eindruck zu gewinnen, dass auch hier eine Putzfrau vor nicht allzu langer Zeit alles darangesetzt hatte, unter Beweis zu stellen, dass sie Wohnräume in aseptische Operationssäle zu verwandeln vermochte.

Wieder am Fuß der Treppe angekommen, wollte Matteo sich das Esszimmer vornehmen, das er auf der gegenüberliegenden Seite vermutete, einem Impuls folgend, kehrte er aber noch einmal in das kleine Büro zurück.

Das Bücherregal, das hier stand, war im Gegensatz zu den mit dicken Lederbänden gefüllten Regalen im Nebenzimmer vor allem mit zerlesenen Taschenbüchern gefüllt. Matteo überflog die Titel und blieb an einem schmalen Buch hängen, dessen dunkelgrüner Einband notdürftig durch ein paar Klebestreifen zusammengehalten wurde. Vorsichtig zog er es heraus. Eine Sammlung von Sagen und wahren Begebenheiten aus der Bergwelt. Im Wohnzimmerschrank seiner Eltern hatte eine ganz ähnliche Ausgabe gestanden.

Matteo ging zu der Sitzgruppe hinüber und ließ sich auf

einen der schlanken hellblauen Sessel sinken. Das Lesebändchen steckte in der Geschichte von jenem unglücklichen Paar, das in die Einsamkeit der Berge geflüchtet war, weil seine Liebe von den Dorfbewohnern nicht geduldet wurde, der Mann nämlich war bereits verheiratet und hatte ein Kind, als die beiden sich verliebten.

Nicht so sehr das Opfer, das die beiden für ihre Liebe gebracht hatten, hatte bei Matteo Eindruck hinterlassen, als er die Geschichte zum ersten Mal gelesen hatte. Was ihn vor allem mit einem Schauer erfüllt hatte, von dem er nicht sagen konnte, ob er wohlig oder unheimlich war: Auch als Michele starb, kehrte Angela nicht in die Dorfgemeinschaft zurück. Sie blieb allein in der Abgeschiedenheit. Diese Frau war noch ein Stück stolzer und unbeirrbarer, als die Frauen es in dieser Gegend in der Regel waren. Womöglich bewirkte auch die Trauer über den Verlust des Mannes, für den sie einst ihr ganzes Leben hinter sich gelassen hatte, dass es ihr unmöglich erschien, ausgerechnet zu denen zurückzukehren, die sie damals verstoßen hatten.

Matteo blätterte zum Anfang des Buches. Ein T und ein E standen dort ineinander verschlungen in verschnörkelter, noch etwas ungelenker Kinderschrift.

»Stören wir?«

Matteo fuhr auf. In der Tür zur Eingangshalle stand Maldini. Hinter ihm hatten sich zwei Carabinieri postiert.

»Ich hatte erwartet, dass Sie noch einmal zurückkehren würden. Ich hätte nur nicht gedacht, dass es so schnell gehen würde. Allerdings«, Maldini verzog das Gesicht, »benutzen Sie doch beim nächsten Mal die Vordertür und ziehen die Schuhe aus. Ich kann diese Wasserflecken auf dem Boden gar nicht leiden.«

Verdammt, dachte Matteo, das war nun wirklich eine denkbar ungünstige Situation.

»Kennen Sie den Mann, Signor Maldini?«, fragte einer der Carabinieri.

»Basso, Matteo Basso«, beeilte Matteo sich zu antworten. »Hören Sie, das ist alles ein Missverständnis.«

Nicht so sehr der Blick der Carabinieri, sondern die Miene von Maldini, der sich kaum Mühe gab, ein maliziöses Lächeln zu unterdrücken, verriet Matteo, dass es besser wäre, jetzt den Mund zu halten.

»Aber ja, ich kenne den Mann«, Maldini fixierte Matteo dabei, ohne auch nur einmal die Lider zu bewegen. »Der Fleischer aus Cannobio. Er hat mich gestern Vormittag schon belästigt. Scheint verwirrt zu sein, aber harmlos. Eine Freundin von ihm hatte einen tödlichen Unfall. Sehr bedauerlich. Er braucht vermutlich eine Weile, um über den Schock hinwegzukommen.«

Einer der Carabinieri war inzwischen hinter Matteo getreten. Der andere versperrte den Weg zur Tür.

»Haben Sie eine Idee, was der Mann bei Ihnen will?«

»Nun«, Maldinis Blick schien sich noch tiefer in Matteo hineinzufressen. »Ich vermute, er bringt den Tod dieser Frau mit mir in Verbindung. Aber das ist natürlich Unsinn. Sie ist mir hin und wieder bei Abendveranstaltungen zur Hand gegangen. Auch vorgestern, am Abend vor ihrem Tod, war sie zu einer kurzen Besprechung hier. Das habe ich ja bereits zu Protokoll gegeben.«

Maldini entließ Matteo für einen Moment aus der Fixierung. Seine Augen glitten zu dem aufgeschlagenen Buch, das Matteo im Aufstehen auf den Sessel hatte fallen lassen. Als sein Blick zu Matteo zurückkehrte, war der Ausdruck ebenso fest und ungerührt wie zuvor. Unerbittlich, dachte

Matteo. Es war sicher nicht der richtige Zeitpunkt, um darüber nachzudenken, dass dieser Mann, so suspekt er ihm auch war, durchaus Eindruck auf ihn machte. Er hatte Charisma, keine Frage. Sein Hemd war faltenfrei, das Haar sorgfältig frisiert. Wie konnte er so unbeschadet durch den Regen gekommen sein? Matteo blickte an sich herunter, seine Schuhe waren drecküberzogen. Langsam kroch ihm die Nässe den Nacken hinab.

»Wollen Sie sich umsehen, um festzustellen, ob etwas fehlt oder zu Schaden gekommen ist, Signor Maldini?«, fragte einer der Carabinieri.

»Ich bin mir sicher, dass nichts fehlt«, antwortete Maldini und fuhr sich mit der Hand über das Gesicht. Matteo stutzte. Erst jetzt fiel ihm auf, dass Maldini das oberste Glied des linken Ringfingers fehlte.

»Wir würden gern noch Ihrem Bekannten ein paar Fragen stellen«, der größere der Carabineri, der bisher die Tür bewacht hatte, machte einen Schritt auf die Veranda zu, auf der, wie Matteo nun durch das Fenster sah, mit dem Rücken zu ihnen gewandt ein Mann saß.

»Das wird nicht nötig sein«, Maldinis Stimme ließ keinen Widerspruch zu. »Ernesto Rossi ist ein guter Freund von mir, der für ein paar Tage zu Besuch ist, wegen des Oldtimer-Rennens. Ich wünsche nicht, dass die Atmosphäre, die ohnehin schon durch den tragischen Unfall der Signora überschattet wird, noch mehr getrübt wird.«

Dann deutete er auf Matteo.

»Wenn Sie mich jetzt freundlicherweise von diesem ungebetenen Besuch erlösen wollen.«

»Dürfte«, Matteo räusperte sich und versuchte, das Kratzen aus seiner Stimme zu vertreiben. »Dürfte ich telefonieren?«

»Sie dürfen hier erst mal gar nichts«, fuhr ihm der Carabiniere hart ins Wort, als müsse er seine von Maldini angekratzte Autorität besonders nachdrücklich behaupten.

Maldini war bereits auf dem Weg zur Veranda, als er sich noch einmal umdrehte.

»Falls es doch noch Unklarheiten geben sollte, Sie erreichen mich hier oder aber im Grandhotel in Stresa, wohin ich Signor Rossi gleich begleiten werde.«

Kurz hatte Matteo gehofft, die Carabinieri würden den Vorfall auf sich beruhen lassen. Aber er hatte sich getäuscht. Als er, flankiert von ihnen, den Raum verließ, gelang es ihm immerhin, einen etwas genaueren Blick auf den Mann draußen zu werfen. Er war etwa in Maldinis Alter. Und, wie nicht anders zu erwarten, ähnlich pomadisiert.

Als Matteo zwei Stunden später das Polizeirevier in Verbania verließ, gab er eine bemitleidenswerte Figur ab. Sein Humpeln, dem ungeschickten Sprung von der Gartenmauer geschuldet, war unübersehbar, das Hemd zwar getrocknet, aber durch den Regen zerknittert. Er war hungrig und durchgefroren. Nicht einmal einen Caffè hatte man ihm angeboten. Und als er sah, wer da mit verschränkten Armen an einem Pfeiler lehnte und auf ihn wartete, fühlte Matteo sich gleich noch ein Stückchen elender.

Die Kommissarin blickte ihn finster an. Fast meinte er das wütende Schnaufen zu hören, mit dem sie die Luft einsog. Kurz verspürte er den Impuls, einfach in die andere Richtung davonzugehen und zu tun, als hätte er sie nicht bemerkt, aber dafür war er zu erschöpft. Er seufzte und blieb vor der Kommissarin stehen. Ihr Gesichtsausdruck hellte sich um keinen Deut auf.

»Verdammt, Basso, sind Sie von allen guten Geistern verlassen! Ich habe Ihnen gesagt, es war ein Unfall, ein tragischer Unfall.«

Matteo konzentrierte seinen Blick auf das Schild einer Enoteca auf der gegenüberliegenden Straßenseite.

»Sie können froh sein, dass Maldini auf eine Anzeige verzichtet.«

Matteo fuhr mit den Augen die blauen Schriftzüge auf dem dunkelroten Schild nach.

»Hören Sie mir überhaupt zu? Wie kommen Sie dazu, in sein Haus einzubrechen?«

Dummerweise war das Erste und Einzige, was Matteo in seinem Schreck auf der Fahrt aufs Polizeirevier in Verbania eingefallen war, die Visitenkarte mit der Telefonnummer der Kommissarin gewesen, die noch in der Seitentasche seiner Jacke gesteckt hatte. Ohne ihr Eingreifen hätte das Prozedere sicher um einiges länger gedauert. Trotzdem wäre es ihm sehr lieb gewesen, ihr in diesem Zustand nicht persönlich begegnen zu müssen. Er wagte einen kurzen Blick in ihr Gesicht. Wofür sie ihn wohl hielt?

»Dass er mich nicht anzeigt, bedeutet doch nur, dass er etwas zu verbergen hat. Welchen Grund sollte es sonst geben?«

Nun war es die Kommissarin, die seufzte. Eher ein genervtes Aufstöhnen. »Vielleicht hat er einfach Mitleid mit Ihnen. Signor Basso, bitte. Spielen Sie hier nicht Polizei.«

»Ich spiele nicht!« Matteo war überrascht, wie ihn dieser Satz traf. So rasch es sein Zustand erlaubte, ging er Richtung Piazza. Die Kommissarin schloss zu ihm auf. Schweigend gingen sie eine Weile nebeneinander.

»Signor Basso, Sie haben Ihre Tätigkeit als Polizeipsychologe eingestellt. Von jetzt auf gleich, wie mir die Kollegen in Mailand berichteten. Ich frage Sie nicht, warum Sie das getan haben. Aber es hört sich für mich alles danach an, als ob Sie gerade mit sich selbst genug zu tun hätten.«

»Ich weiß nicht, wovon Sie reden«, gab Matteo zurück und beschleunigte seine Schritte. Er hätte viel darum gegeben, sich sehr, sehr weit weg zu befinden.

Mit ein paar schnellen Schritten war die Kommissarin wieder neben ihm.

»Verzeihen Sie, mich geht Ihre Vergangenheit nichts an.«

»Da bin ich aber froh!« Matteo versuchte, seiner Stimme einen höhnischen Beiklang zu geben.

Die Kommissarin ließ sich nicht beirren. »Ich weiß nicht, was in Ihrem Leben passiert ist. Aber anscheinend sind Sie hierhergekommen, um etwas hinter sich zu lassen. Neu zu beginnen. Dann tun Sie doch genau das und bringen Sie sich nicht unnötig in Schwierigkeiten.«

Sie blieb so abrupt stehen, dass Matteo es ihr unwillkürlich nachtat. »Und überhaupt, ich meine«, sie brach in Lachen aus. »Wie dämlich stellen Sie sich eigentlich an? Am helllichten Tag über eine Gartenmauer zu klettern, in dieser Gegend. Das ist wirklich mehr als dumm.«

»Es hat in Strömen geregnet«, verteidigte sich Matteo. »Kein Mensch war auf der Straße.«

»Ach? Und dass die ganzen reichen alten Frauen in der Nachbarschaft bei so einem Wetter, gebeutelt von Langeweile, den halben Tag am Fenster sitzen, auf die Idee sind Sie wohl nicht gekommen?«

Matteo inspizierte seine Fußspitzen und versuchte halbherzig, ein paar der inzwischen angetrockneten Matschklumpen loszuwerden.

»Nein«, sagte er und musste unfreiwillig grinsen. »Darauf bin ich nicht gekommen.«

»Mann, Basso«, sagte die Kommissarin und schlug ihm überraschend fest auf die Schulter. »Beim nächsten Mal holen Sie sich allein raus aus dem Schlamassel. Nein, anders: Ich hoffe, es wird einen nächsten Schlamassel erst gar nicht geben.«

Matteo war an den beiden Falten hängen geblieben, die sich durch die Aufgebrachtheit neben die Nasenwurzel der Kommissarin gegraben hatten. Nur ganz langsam entspannten sich ihre Züge wieder. Die Wut stand ihr gut. Es gab viel zu viele Gesichter, die den blank polierten Oberflächen, wie sie allenthalben in den Medien propagiert wurden, nacheiferten, fand Matteo. So glatt geschliffen aber war das Leben nicht.

»Ich bin mir sicher, dass Maldini etwas mit dem Tod von Gisella zu tun hat. Und ebenso sicher bin ich mir, dass es kein Unfall war. Ich habe Unterlagen über Immobiliengeschäfte bei ihm gefunden, diese halbverfallene Villa in Stresa soll in irgend so einen Wellness-Tempel umgebaut werden. Sie sollten schnellstmöglich überprüfen, ob da womöglich krumme Geschäfte gemacht werden.«

Der Gesichtsausdruck der Kommissarin ließ keinen Zweifel daran, was sie von diesem Vorschlag hielt.

»Vielleicht sollte ich Sie lieber schnellstmöglich fragen, wo Sie gestern Morgen zwischen halb sechs und acht Uhr gewesen sind?«

»Zwischen halb sechs und acht?«

»Das ist der Zeitraum, der sich bei der Obduktion für den Tod von Gisella Tonetti ergeben hat.«

Matteo horchte auf. »Ich dachte, sie sei in der Nacht gestorben?«

»Habe ich Ihnen das gesagt? Ich glaube kaum. Also. Wo waren Sie gestern Morgen, Signor Basso?«

Matteo zögerte. »Ich habe geschlafen, bis halb sieben etwa, dann bin ich zum See gegangen.« Die Kommissarin hob fragend die Augenbrauen.

»Ich war angeln.«

»Angeln?«

»Angeln.«

»Und jetzt wollen Sie mir wahrscheinlich auch noch erzählen, dass Sie jeden Morgen zwischen sieben und acht angeln gehen?«

»Warum fragen Sie mich hier überhaupt aus, wenn Sie ohnehin so genau wissen, dass das alles ein Unfall war?«

»Ja, warum frage ich Sie das? Vielleicht, weil ich wissen möchte, womit ein so eigenartiger Mensch wie Sie seine Zeit verbringt. Wobei, meine Vermutung ist: Sie sitzen da mit Ihrer Angel und schauen melancholisch in die Ferne. Aber fangen tun Sie nicht so oft etwas, nehme ich an.«

»Wirklich?« Matteos Frage klang eine Spur zu erstaunt, was ihm sofort peinlich war, weil die Kommissarin hell auflachte.

»Reine Routine«, raunte sie ihm verschwörerisch zu.

Diese Frau war einfach ein Stück zu schnell für ihn.

»Wissen Sie was, ich fahre Sie jetzt zu Ihrem Auto. Das steht doch sicher noch in Pallanza.« Sie deutete auf ihre Vespa, die in einer langen Reihe von Rollern und Motorrädern neben dem Fähranleger parkte.

»Danke, ich komme zurecht.« Matteo wünschte sich nichts sehnlicher, als so schnell wie möglich unter eine heiße Dusche zu kommen. Aber er würde sich im Leben nicht auf so eine kleine, heimtückische Höllenmaschine setzen.

»Kommen Sie, in fünf Minuten sind wir bei Ihrem Auto, dann sind Sie in zwanzig Minuten zu Hause. Sie sehen aus, als könnten Sie gerade nichts besser gebrauchen als eine heiße Dusche.«

»Dusche? Ach, ich schlendere ganz gern noch ein bisschen.«

»Ihr Bein macht nicht gerade den Anschein, als ob ihm nach einem Stadtbummel zumute sei.«

»Meinem Bein geht es bestens.«

Die Kommissarin sah ihn, halb zweifelnd, halb belustigt, an. Dann zog sie ihm mit einer schnellen Bewegung etwas aus den Haaren.

»Vielleicht nehmen Sie dann wenigstens das Grünzeug vom Kopf.«

Verwundert starrte Matteo auf den kleinen Rhododendronzweig, der sich in seinen Haaren verfangen haben musste, als er über Maldinis Gartenmauer geklettert war. Als Kind hatte er manchmal nicht einschlafen können, sich umhergewälzt, bis seine Mutter irgendwann endlich ein kleines Steinchen, manchmal sogar ein kleines Bauteil seiner Eisenbahn ertastet hatte, das sich durch seine dichten Locken hindurchgegraben hatte und unsanft in die Kopfhaut stach.

»Was dagegen, wenn ich mir den mitnehme?« Die Kommissarin wedelte mit dem Zweig vor Matteos Gesicht hin und her. »Als Souvenir an den ...«, sie zögerte. »Nun, sagen wir, an den eigenwilligsten Einbrecher, mit dem ich es in meiner Karriere bisher zu tun hatte.«

Dann wurde sie ernst und sah Matteo, ähnlich wie am Morgen, mit einer Offenheit in die Augen, die ihn irritierte.

»Es tut mir sehr leid um Ihre Freundin. Es ist schrecklich, wenn ein Mensch so früh sterben muss. Aber glauben Sie mir, der Schmerz wird nicht besser, wenn Sie anfangen, auf

Nebenschauplätzen gegen ihn zu kämpfen. Versuchen Sie, Abschied zu nehmen.«

Dann verschwand ihr Gesicht unter dem Helm, der ebenso rot leuchtete wie ihre Vespa. Matteo sah ihr nach, wie sie viel zu schnell quer über den Parkplatz fuhr und in einer scharfen Kurve auf die Uferstraße einbog.

Was für eine ungewöhnliche Frau. Sicher war sie noch nicht lange im Polizeidienst. Nina Zanetti war anders als jeder Mensch, dem Matteo in den vergangenen Jahren auf einer Polizeistation begegnet war. Unverdorben, fiel ihm ein, aber das war eine sehr unzureichende Beschreibung für ihre unvoreingenommene Art, die frei von jedem Zynismus war. Hoffentlich konnte sie sich das bewahren.

Seufzend – wenigstens dieser Seufzer musste erlaubt sein – ließ Matteo den Blick die Straße hinunterwandern. Er konnte sich nicht darin erinnern, wann er jemals so viel gelaufen war wie in den vergangenen beiden Tagen. Immerhin war der Himmel aufgerissen, und die Sonne, auch wenn die Temperaturen für seinen Geschmack noch zu kühl waren, vermittelte einen Hauch von Sommer.

4

Als er die Tür zu Dinos Osteria öffnete, hielt Matteo kurz inne und gab sich erleichtert der wohligen Atmosphäre hin, die ihn empfing. Die wenigen Tische waren beinahe bis auf den letzten Platz besetzt, und der Raum, der nicht tief war, sich aber in die Breite erstreckte, war von einem sanften Gemurmel erfüllt. Hinter der ebenfalls langgezogenen Theke stand Dino, das graue Haar wie immer für einen Wirt eine Spur zu unordentlich um den Kopf stehend, die hochgeschobene Brille verschwand fast vollständig darin. Zufrieden betrachtete Dino, der wegen des rabiaten Auftretens, das er mitunter an den Tag legte, nur »Il generale« genannte wurde, das Treiben in seinem Lokal.

Matteo zog die Tür hinter sich zu und schnupperte. Es duftete himmlisch. Eindeutiger Fall von Rinderschmorbraten mit Rosmarin, leicht säuerliches Aroma, wie es das großzügige Ablöschen mit einem schweren Wein hervorrief. Matteo wurde augenblicklich von einem unbändigen Hunger befallen. Er hatte seit dem Morgen nichts gegessen, was ihm jetzt erst auffiel.

Als ihm klar wurde, was da gerade seine Nase umspielte, wurde Matteo ebenfalls klar, dass hier etwas seltsam war.

Es duftete nie in Dinos Osteria. Jedenfalls nie gut. Natürlich roch es nach Essen. Der Geruch angebrannter Polenta empfing die Besucher häufig schon an der Tür. Tat er es nicht und roch es noch nicht einmal nach verkohltem Pizzaboden, war das ein sicheres Zeichen dafür, dass Dino einmal mehr seiner Eigenschaft als Feldherr nachgekommen war und den nächsten seiner bemitleidenswert unbegabten Köche entlassen hatte, sodass die Küche geschlossen bleiben musste. In der Regel handelte es sich dabei um die bessere Variante.

Es war Matteo ein Rätsel, wie man Menschen auftun konnte, die es verstanden, aus den herrlichen Zutaten, die man in dieser Gegend an jeder Ecke erstehen konnte, derart scheußliche Speisen zuzubereiten. Aber bei Dino schien die Auswahl grauenhafter Köche nicht nur Methode zu haben, er schien in dieser Hinsicht ganz einfach Talent zu besitzen. Fast schon nötigte Matteo diese Gabe Bewunderung ab, zeugte sie doch von dem unbedingten Willen Dinos, dem herkömmlichen Klischee eines italienischen Wirtes zu widersprechen.

Trotzdem kam Matteo, seit er in Cannobio war, mindestens einmal in der Woche auf ein Glas Wein vorbei. Zumeist trank er einen Nebbiolo, der im Gegensatz zum Essen exzellent war und dafür sprach, dass Dinos Geschmacksnerven nicht vollends verdorben waren.

»Ah Dottore, da bist du, komm hierher«, Dinos Hand im Nacken duldete keinen Widerspruch. Genauso wie er sich nicht nehmen ließ, Matteo weiterhin in seiner Funktion als Psychologe anzusprechen. Matteo hatte es aufgegeben, ihn daran hindern zu wollen.

Zielsicher leitete der Wirt Matteo an den Tisch von Anna und Renzo. Lisa oder Lara saß ebenfalls dort und kommunizierte mit ihrem Handy. Anna nickte stumm zur Begrüßung. Als Matteo ihr die Hand auf den Arm legte und ansetzte, etwas zu sagen, schüttelte sie flehentlich den Kopf, ihre Augen füllten sich mit Tränen.

»Wo hast du die ganze Zeit gesteckt, Matteo? Ich habe schon befürchtet, dass es dich auch erwischt hat.«

»Renzo, wie kannst du nur?« Anna sah ihren Mann fassungslos an.

»Entschuldige, meine Liebe, aber das Leben muss ja irgendwie weitergehen. Denk doch an Mara, schau sie dir an, sie ist schon ganz durcheinander.«

Mara also. Matteo betrachtete das Mädchen, von dem er im Grunde nur wusste, dass Gisella gern Zeit mit ihr verbracht hatte. Wie mochte sie mit dem Tod ihrer Tante fertigwerden? Matteo hielt es für einen Irrtum, dass Kinder sich leichter mit einem solchen Unglück abfinden konnten. Kurz winkte er zu den drei Alten hinüber, die ein paar Tische weiter saßen und sich leise, beinahe verschämt unterhielten. Beppo knetete gedankenverloren eine himmelblaue Baseballcap zwischen den Händen. Luigi schaute konzentriert auf sein Weinglas. Flavio saß mit dem Rücken zu Matteo.

Die wenigen Satzfetzen, die Matteo aufschnappte, genügten als Erklärung für die ungewöhnliche Zurückhaltung der drei. Es ging um das morgige Rennen, dem sie schon seit Wochen entgegenfieberten. Angesichts von Gisellas Tod kam es ihnen sicherlich pietätlos vor, dass ihre Gedanken um ein Autorennen kreisten. Autos waren ihr Leben, dachte Matteo, und wenn man erst mal ein solch stattliches Alter erreicht hatte – Matteo wusste es nicht mit letzter Sicherheit zu sagen, aber die siebzig hatten die drei längst hinter sich gelassen – dann war die Konfrontation mit dem

Tod wohl auch etwas, das einen Menschen nicht mehr so sehr aus der Fassung bringen konnte. Dafür war der eigene zu nah und die verbleibende Zeit zu kurz.

Der dampfende Teller, den Dino vor ihm auf das Holz krachen ließ, ohne dass er etwas bestellt hatte, holte Matteo aus seinen Gedanken. Verwundert betrachte er das köstliche Arrangement auf seinem Teller. Das Fleisch war so zart, dass es förmlich zerfiel, als Matteo es auf die Gabel spießte.

»Dino, was ist hier los?«, wandte sich Matteo kauend an den Wirt.

»Hach, Dottore, rede nicht, iss. Habe mir so einen Koch aufschwatzen lassen. Veranstaltet ein Riesentamtam, was er alles braucht, Kräuter hier, Kräuter da. Na, mir soll es egal sein. Ansonsten ist der Kerl ganz in Ordnung. Trinkt nicht und singt keine albernen Arien am Herd.«

Ein Klingeln rief Dino in die Küche, während Matteo weiteraß und hoffte, dass sein Appetit nicht allzu fehl am Platze war. Aber Anna wirkte vollkommen abwesend, Mara war wieder in das Geblinke auf ihrem Handy vertieft, und Renzo schien regelrecht dankbar, dass er mit den beiden schweigsamen Frauen nicht mehr allein war. Ein Gesprächsthema wollte ihm jedoch auch nicht recht einfallen. Renzo war Meister im Erzählen der kuriosesten Anekdoten, von denen jede einzelne mit großer Sicherheit erfunden war und über die er selbst am lautesten zu lachen pflegte. Nicht nur der Tod seiner Schwägerin, sondern auch die Trauer seiner Frau schienen ihn nun sprachlos zu machen. Matteo rieb sich mit der Hand fest über das Gesicht, als könnte das die Schatten vertreiben.

Unterbrochen wurde das Schweigen erst, als Dino einen großgewachsenen, dunkelhäutigen Mann an den Tisch schob, dessen weiße Kleidung darauf schließen ließ, dass es sich bei ihm um den neuen Koch handelte.

»Ich präsentiere«, trompete Dino, »das Küchenwunder. Ibrahim. Mein neuer Freund«, er klopfte dem Koch, dem die Situation augenscheinlich unangenehm war, ein paar Mal übertrieben kräftig auf den Rücken.

»Kein Italiener, aber kocht besser als zehn von ihnen zusammen!«

»Das Essen ist wirklich köstlich«, bestätigte Matteo.

»Exzellent!«, ergänzte Renzo eilfertig, wobei es eigentlich nicht danach aussah, als ob er überhaupt etwas gegessen hätte.

»Wie lange leben Sie schon in Italien?«, fragte Renzo, als der Koch nur scheu nickte.

»Fünf Jahre relativ genau«, antwortete der Koch, wischte, als Zeichen der Geschäftigkeit, seine Hände an der Schürze ab, wünschte einen guten Abend und beeilte sich, wieder in die Küche zu kommen.

»Wo hast du den denn aufgetrieben, Dino?«, fragte Renzo, froh, dass er einen Gesprächsanlass gefunden hatte.

Dino gab ein nicht weiter definierbares Raunzen von sich.

»Kontakte, mein Lieber, Kontakte. Aber soll ich euch verraten, warum er so gut kochen kann? Er kommt aus Asmara, Eritrea. Und in diesem winzigen Staat im Nordosten Afrikas wird doch tatsächlich, wie er mir erzählt hat, das kulinarische koloniale Erbe Italiens bewahrt. Es ist fast wie hier. In jeder Bar steht eine exzellente Espressomaschine, und die Leute hüten ihre Rezepte wie Schätze. Ist das nicht verrückt? «

Dann rauschte er zur Tür, um neue Gäste in Empfang zu nehmen. Matteo achtete nicht weiter auf die bemitleidenswerten Neuankömmlinge, die anscheinend das erste Mal

Dinos Osteria betraten und einigermaßen irritiert waren ob der Rigorosität, mit der ihnen ein Tisch zugewiesen wurde.

»Gibt es schon etwas Neues?«, wandte sich Matteo an Renzo.

Der schüttelte erst stumm den Kopf, nach einem ängstlichen Seitenblick auf Anna fügte er hinzu: »Drei von den Booten, die vor dem Hafenbecken liegen, haben sich losgerissen. Eines davon muss Gisella gerammt haben.«

Diese Version kannte Matteo bereits.

»Warum hat sie es nicht gesehen?«

Renzo zuckte hilflos die Schultern.

»Es kam wohl von hinten.«

Matteo runzelte die Stirn, kam aber nicht dazu, den Gedanken, der sich in ihm gerade formulieren wollte, weiterzudenken, weil sich eine Parfümwolke über den Tisch legte, die ihm den Atem verschlug.

»Meine Liebe, was für eine Katastrophe! Es bricht mir das Herz!« Der Parfümschwall war die Begleiterscheinung einer Dame in Annas Alter. Ihren ohnehin mächtigen Oberkörper, der durch ein wallendes Seidenkostüm, dessen einzelne Schichten in verschiedenen Blautönen schimmerten – wie auch ihre unmittelbar bis unter die Brauen angemalten Augenlider – noch an Opulenz gewann, lehnte sie so tief über den Tisch, dass Matteo in einer Mischung aus Platzangst und Peinlichkeit erstarrte.

»Ich habe es ja nie wahrhaben wollen, aber mein Mann hat von Anfang an gesagt: Das wird ein böses Ende nehmen. Ich habe es ja nicht wahrhaben wollen. Aber nun hat die Realität uns alle eingeholt.«

Langsam, als würde sie aus weit entfernten Tiefen auftauchen, hob Anna den Kopf. Den bittenden Blick von Renzo nahm sie nicht wahr. Einige Sekunden sah sie die blaue Walküre an, ohne dass ihr Gesicht verriet, was in ihr vorging.

Plötzlich aber zischte sie: »Verschwinde. Lass meine Familie in Ruhe. Irgendwann kommt der Tag, an dem du an deiner Scheinheiligkeit erstickst.«

Abrupt richtete die Frau sich auf.

»So, werde ich das?« Ihre Stimme bebte vor Zorn. »Wir haben uns nicht zum letzten Mal gesprochen, da kannst du sicher sein. Du kannst die Ohren verschließen, aber es wird andere geben, die mir zuhören.«

Dann ging sie, leicht wankend und augenscheinlich angetrunken, davon und setzte sich zu einem Mann in die gegenüberliegende Ecke des Raumes. Fragend sah Matteo zwischen Anna und Renzo hin und her.

»Wer war das? Was meinte sie?«

Renzo versuchte sich an einem Grinsen, das einigermaßen jämmerlich geriet.

»Eine alte Bekannte, du weißt ja, Frauen und ihre Streitereien.«

»Die Boote«, lenkte Matteo das Gespräch auf das Thema, das gerade weitaus wichtiger war. »Liegen die jetzt wieder im Hafen? Und hat die Polizei irgendwelche Hinweise erhalten? Es gab doch diesen Aufruf im *Corriere*.«

Mara blickte von ihrem Handy auf.

»Es gibt Leute, die was gesehen haben wollen«, sagte das Mädchen und sah Matteo forschend und ein wenig feindselig an, »aber das können auch Wichtigtuer sein.«

Anna schreckte kurz hoch, wie aus einem fernen Traum, ihre Hand krampfte sich um die ihrer Tochter und zog sie zu sich herüber, was diese ohne eine sichtbare Regung geschehen ließ.

»Die Polizei hat die Boote ins Hafenbecken gezogen. Das rote und die beiden blauen. Eigentlich liegen sie weiter draußen, an einer der Bojen. Aber sie haben wohl nichts Auffälliges daran gefunden.«

»Danke«, Matteo, der verblüfft darüber war, dass das Mädchen ihrem Gespräch zugehört hatte und so gut informiert war, schob seinen Stuhl zurück. »Meldet euch doch bitte, wenn es Neuigkeiten gibt. Und bitte sagt Bescheid, wenn ich euch helfen kann, egal wie.«

Kurz ging er am Tisch der Alten vorbei, die, wie ertappt, ihr Gespräch unterbrachen. Matteo zahlte am Tresen und warf beim Hinausgehen noch einen Blick auf die blau gewandete Dame. Hocherhobenen Hauptes saß sie an ihrem Tisch und hatte einen Ausdruck trotzigen Triumphes aufgesetzt.

Wie friedlich das Hafenbecken aussah mit seinen müde in der Abenddämmerung schaukelnden Booten, und wie vertraut mittlerweile schon das Schlagen der Seile an die Masten der kleinen Segelschiffe klang. Matteo erkannte sofort die Boote, von denen Mara gesprochen hatte. Einfache Motorboote, mit denen man zum Angeln hinausfahren konnte oder die als Zubringer für größere Schiffe genutzt wurden, wenn diese an flachen oder stark bewachsenen Stellen nicht so nah ans Ufer fahren konnten. Matteos Brust krampfte sich zusammen. So gewaltig wie der Zusammenprall gewesen war, musste er da nicht auch am Rumpf des Bootes Spuren hinterlassen haben?

Auch am steinernen Bootshaus waren von der Polizei Markierungen gemacht worden. Matteo konnte sich nicht daran erinnern, dass es jemals benutzt worden war. Als Kinder waren sie manchmal unter dessen Eisengitter hindurchgetaucht, als Mutprobe. Ihn schauderte bei dem Gedanken an die modrige, beklemmende Düsternis, die ihn umfangen hatte, wenn auch er sich an den jugendlichen Selbstbeweisungsritualen beteiligt hatte.

Matteo kniete sich auf die Mole. Den Booten war nichts anzusehen, außer den Spuren, die Wasser und Wetter an ihnen hinterlassen hatte. Der Lack war an verschiedenen Stellen abgesprungen. Aber mit bloßem Auge war unmöglich zu erkennen, ob diese Blessuren mit dem Zusammenprall zusammenhingen. Matteo hatte Mara nicht fragen wollen, ob sie wusste, welches der Boote Gisella gerammt hatte.

Das außen liegende Boot schwankte nur leicht, als er einen Fuß hineinsetze. Ein grober Holzbalken diente als Sitzbank. Matteo ging in die Hocke, tastete die Wände des Bootes Zentimeter für Zentimeter mit den Augen ab. Selbst das diffuse Licht, das von den Laternen an der Piazza hinüberfiel, genügte, um zu erkennen, dass das Boot vollkommen leer war. Mit einem großen Schritt stieg Matteo in das zweite hinüber, wiederholte dort den Vorgang, schließlich trat er in das dritte Boot. Die Reuse, die hier unter der vorderen Ruderbank lag, machte nicht den Anschein, als ob sie in den vergangenen Jahren benutzt worden wäre.

Es war sinnlos. Ohne eine vernünftige Spurensicherung würde er nicht feststellen können, ob jemand vor zwei Nächten eines der Boote gesteuert und Gisella absichtlich gerammt hatte. Entweder musste er die Kommissarin zur Mithilfe bewegen, oder aber er musste einen anderen Weg finden, um das Geschehen zu rekonstruieren, von dem er nahezu sicher war, dass es kein Unfall gewesen war. Matteo sprang zurück auf den Anleger und zündete sich auf dem Rückweg zum Auto eine Futura an.

Da war etwas. Matteo hielt inne. Stark spürte er seinen Puls am Hals pochen. Ganz deutlich hatte er das kurze Aufflackern eines Lichtscheins in der Macelleria gesehen. Rasch suchte er die Berge ab, die sich seitlich von ihm erstreckten. Mitunter täuschte man sich, und eine weit entfernte Lichtquelle schien viel näher, als sie es tatsächlich war. Aber da war nichts. Und der Lichtschein hatte sich auch nicht auf der Scheibe gespiegelt, sondern war im Ladeninnern über die Wand gehuscht.

Matteo starrte konzentriert ins Dunkel. Die Straßenbeleuchtung fing erst bei den nächsten Häusern in einigen Hundert Metern Entfernung an. Nichts rührte sich. Kein Lichtkegel mehr. Vielleicht sah er wirklich Gespenster, wie ihm die Kommissarin nahegelegt hatte, auch wenn sie es nicht direkt gesagt hatte.

Er zuckte zusammen. Etwas war haarscharf an seinem Ohr vorbeigeflattert. Für ein paar Sekunden schloss Matteo die Augen und rief sich zur Ordnung. Eine Fledermaus, was hätte es anderes sein sollen. Wie jeden Abend schossen die kleinen Tiere mit beeindruckendem Tempo durch die Nacht. Er brauchte Schlaf, das war vermutlich alles.

Dennoch waren seine Glieder von Anspannung durchzogen, als er zur hinteren Tür der Macelleria ging, darum bemüht, überflüssige Geräusche zu vermeiden. Als er die Hand auf die Klinke legte, glitt die Tür auf. Ein Hitzeschauer durchfuhr ihn. Matteo hielt den Atem an und machte einen Schritt in den schmalen Flur. Finsternis umgab ihn. Er tastete sich vor, versuchte, sich in Erinnerung zu rufen, ob er etwas im Flur deponiert hatte, über das er stolpern könnte.

Durch das Fenster im Hinterzimmer fiel das Mondlicht, sodass der Raum immerhin schemenhaft zu erkennen war.

Matteo war mit zwei, drei Schritten an der Arbeitsfläche und tastete nach dem Wetzstahl. Das Licht war aus dem Verkaufsraum gekommen. Matteos Gedanken rasten. Ein Einbrecher? Was konnte er hier wollen? Seine Ausbeinmesser stehlen?

Er konnte den Gedanken nicht zu Ende denken. Etwas traf ihn mit voller Wucht an der Schulter. Matteo brüllte vor Schmerz, sackte zusammen, rang nach Atem. Wie von weither realisierte er, dass ihm der Wetzstahl aus der Hand glitt und auf die Fliesen schlug. Das Regal mit den Töpfen schepperte. Matteo schmiss sich trotz des brennenden Schmerzes in die Richtung, in der er den Mann vermutete.

Tatsächlich bekam er einen Arm zu fassen. Er drückte ihn nach oben, in dem Versuch, den Mann zu Boden zu zwingen. Der andere ächzte unter der schwarzen Strumpfmaske, die sein Gesicht verdeckte, taumelte. Matteo meinte schon, ihm den Strumpf vom Gesicht reißen zu können, da machte der andere eine unerwartete Wendung und rammte Matteo das Knie in den Magen. Ihm blieb die Luft weg. Der Angreifer nutzte die Gelegenheit, sich aus Matteos Griff zu befreien. Er riss das Regal hinter sich zu Boden, ein markerschütterterndes Krachen erfüllte den Raum. Töpfe und Metallschalen rollten umher, stießen aneinander und holperten scheppernd über den Boden. Endlich verebbte das Getöse, und Stille legte sich über die Dunkelheit.

Erschöpft ließ Matteo sich auf die Fliesen gleiten. In der Ferne hörte er einen aufheulenden Motor. Der Kerl war weg. Matteo versuchte, seinen Atem in einen normalen Rhythmus übergehen zu lassen. Das Ganze hatte nur ein paar Sekunden gedauert. Er zuckte zusammen, als er vorsichtig seine Schulter abtastete. Trotzdem, er musste sich aufrappeln. Er brauchte Licht. Und Wasser.

Der kalte Strahl glitt über Gesicht und Nacken. Im Spiegel über dem Waschbecken sah Matteo, dass auch sein Gesicht in Mitleidenschaft gezogen worden war. Das linke Auge hatte etwas abbekommen. Er ging zu der kleinen Kühlkammer, nahm eines der Kottelets heraus und presste es auf die lädierte Gesichtshälfte. Als er nach der Futura-Schachtel und dem Zippo in seiner Jackentasche tastete, merkte er, wie sehr seine Hände zitterten. Hastig nahm er die ersten Züge.

Das Nikotin beruhigte. Erst jetzt begann er, sich umzusehen. Sein Arbeitsraum war, bis auf die Verwüstungen, die der Kampf verursacht hatte, unversehrt. Auf dem Boden lag ein Plattiereisen. Damit hatte der Einbrecher ihn offenbar angegriffen. Matteo legte die Stirn in Falten. Gut, dass er seinen Kopf verfehlt hatte. Sonst würde er hier nicht mehr stehen.

Er wandte sich ab und strich den Perlenvorhang zur Seite. Im Verkaufsraum bot sich ein anderes Bild. Die Pakete mit den Nudeln waren über den Boden verstreut, einige waren aufgeplatzt. Die Schublade unter dem Verkaufstresen war herausgerissen. Hektisch wühlte Matteo darin herum, suchte nach seinem Handy, bis ihm einfiel, dass er es nun ja immer bei sich trug. Sicherheitshalber tastete er noch einmal in seiner Hosentasche danach. Dann schob er ein paar Zettel und einen Flaschenöffner zur Seite. Irgendwo mussten hier doch Schmerztabletten sein. Er fand eine halb leere Packung, ging zum Waschbecken zurück und warf zwei Tabletten in ein Glas. Langsam und dann immer schneller trieben die Blasen nach oben, als sich die Tabletten auflösten. Matteo trank und schüttelte sich.

Auch im Schlafzimmer war das wenige, was das Zimmer beherbergte, durchwühlt worden. Irgendetwas schien der Einbrecher gesucht zu haben. Bloß was? Sah sein kleines weiß getünchtes Lädchen aus, als würden sich Reichtümer darin verbergen? Da gab es in der Umgebung, den See hinunter Richtung Pallanza oder Stresa, weitaus bessere Gelegenheiten. Wenn er allein an den Palazzo von Maldini dachte.

Matteo zuckte zusammen, er hatte eine ungute Bewegung mit der Schulter gemacht. Wann schlugen die verdammten Tabletten endlich an? Notfalls musste er die Dosis erhöhen.

Er ließ sich in seinen Ledersessel fallen und merkte, wie sehr die Anspannung noch immer in seinem Körper saß. Und er registrierte noch etwas anderes: Er hatte Angst gehabt. Um sich etwa? Wenn er sich jetzt gegenübersitzen würde, würde er etwas sagen wie: Sie müssen das als ein gutes Zeichen werten. Angst bedeutet immer auch, dass man an etwas hängt, dass man eine Sache oder einen Menschen nicht verlieren möchte. Sich selbst zum Beispiel. Wie hohl diese Psychologen-Phrasen klangen.

Und dennoch spürte Matteo, wie die Kraft langsam zurück in seinen Körper strömte. Anscheinend wirkten die Tabletten doch. Oder die zweite Futura, die er sich mittlerweile angesteckt hatte.

Erst nach einer Weile verstand er, dass es sein Telefon war, das klingelte. Als er es aus der Hosentasche holen wollte, registrierte er, dass er noch immer das Kotelett auf sein Gesicht drückte. Er legte das kalte Stück Fleisch auf die Sessellehne und nestelte das Telefon heraus, ohne die Schulter mehr als nötig zu bewegen.

»Pronto?«

»Hör zu, mein Freund. Ich mag das gar nicht, wenn die Dinge nicht nach Plan laufen.«

»Wer ist da?« Matteo war klar, dass das eine einigermaßen unnütze Frage war.

»Und noch viel weniger mag ich«, der Anrufer schien ihn gar nicht gehört zu haben, »wenn man mir etwas vorenthält, das mir gehört.« Die Stimme klang ungewöhnlich rau, dabei fast flüsternd. Vielleicht elektronisch verzerrt. Matteo setzte sich auf und unterdrückte ein schmerzhaftes Aufstöhnen.

»Das verstehe ich, das würde ich auch nicht mögen. Wer enthält Ihnen denn etwas vor?« Er versuchte, seiner Stimme einen jovialen Beiklang zu verleihen, in dem Wissen, dass er den Anrufer damit entweder aus dem Konzept bringen oder aber wütend und unvorsichtig machen würde. Er hatte keinen Zweifel daran, dass es sich um den Mann handelte, der ihn vor nicht einmal einer Stunde niedergeschlagen hatte.

»Versuch nicht, mich zu verarschen«, zischte es von der anderen Seite. »Wir machen eine Übergabe, morgen, auf dem Markt in Cannobio. Um zehn Uhr. Nimm dein Telefon mit. Ich ruf dich an und gebe dir weitere Order.«

»Aber«, setzte Matteo an. Doch der Anrufer fiel ihm ins Wort.

»Wenn ich auch nur einen miesen Carabiniere sehe, dann passiert ein Unglück.« Matteo behielt das Telefon noch eine Weile am Ohr, nachdem der Anrufer aufgelegt hatte. Das Display sagte ihm, dass die Nummer unterdrückt worden war. Woher hatte der Anrufer seine Nummer? Kannte er ihn womöglich?

Matteo ging zu dem kleinen Tisch hinüber, auf dem noch eine halb volle Flasche Dolcetto stand. Während er den Korken in der Hand hielt und sich mit der anderen ein Glas von dem Rotwein einschenkte, überlegte er fieberhaft. Was konnte der Anrufer gemeint haben? Er konnte sich keinen Reim darauf machen. Er nahm einen Schluck Rotwein und gleich noch einen weiteren, obgleich der Wein eine Spur zu kalt war. Anscheinend vermutete der Mann etwas bei ihm, dass er entweder nicht hatte, oder von dem er nur nicht wusste, dass er es besaß. Vielleicht hatte Gisella ihm etwas darüber sagen wollen, als sie versucht hatte, ihn anzurufen. Der Anrufer hatte etwas mit Gisellas Tod zu tun, da war Matteo sich ziemlich sicher.

Wahrscheinlich lag es daran, dass ihm der Überfall noch in den Knochen saß. Matteo überkam plötzlich die Gewissheit, dass es klüger wäre, nicht ganz auf eigene Faust zu handeln. Er scrollte auf der Anrufliste seines Telefons hinunter und drückte die Wähltaste.

Erst als er die Ruftöne vernahm, überlegte er, wie spät es mittlerweile sein mochte.

»Sie werden ja regelrecht zum Telefon-Junkie. Muss ich mir Sorgen machen? In welcher Zelle stecken Sie dieses Mal?« Die Stimme der Kommissarin klang schlaftrunken, aber nicht unfreundlich.

»Hier ist Basso. Matteo Basso. Habe ich Sie geweckt?« Was für eine irrsinnig geistreiche Frage. Matteo hätte sich ohrfeigen können und bereute seinen Anruf unmittelbar. Am liebsten hätte er sofort aufgelegt, aber das würde die Situation nur unwesentlich verbessern.

»Entschuldigen Sie …« Matteo, verdammt, reiß dich zusammen, dachte er. »… ich weiß, es ist spät. Ich wollte Ihnen nur mitteilen, ich wollte Ihnen sagen, dass bei mir eingebrochen wurde. Der Kerl ist entwischt.«

Die Kommissarin schien jetzt hellwach zu sein. »Ist Ihnen etwas passiert? Ich bin in einer halben Stunde da.«

»Nein, stopp, hören Sie. Mir ist nichts passiert. Es hat eine kleine Handgreiflichkeit gegeben. Das ist alles.«

»Erzählen Sie mir bitte genau, was vorgefallen ist«, sagte die Kommissarin, die sich, wenn er die Geräusche im Hintergrund richtig deutete, gerade aus dem Bett erhob und sich dabei eine Zigarette anzündete.

»Viel wichtiger ist, was danach passiert ist. Der Einbrecher hat mich angerufen. Oder zumindest glaube ich, dass er es war. Er will sich morgen mit mir in Cannobio treffen, auf dem Markt. Er geht davon aus, dass ich etwas habe, das ihm gehört. Morgen soll ich es ihm zurückgeben.«

»Das klingt so, als ob Sie nicht wüssten, was er bei Ihnen vermutet.«

»Genauso ist es.«

Nina Zanetti brummelte etwas Unverständliches. Dann sagte sie: »Wie ich Sie kenne, kann ich Sie von dem Plan, sich tatsächlich dort mit ihm zu treffen, ohnehin nicht abbringen.«

Diese Annahme hielt die Kommissarin jedoch nicht davon ab, es dennoch zu versuchen. Aber Matteo ließ sich nicht beirren. Als sie das Gespräch schließlich beendet hatten, waren sie sich immerhin darin einig geworden, dass die Kommissarin ihren Kollegen vorerst nicht einschalten würde. Sie selbst allerdings würde sich am nächsten Morgen auf dem Markt einfinden.

Dass er so bald kein Auge würde zutun können, stand außer Frage. Matteo beschloss, das Beste daraus zu machen. Nachdem er die schlimmsten Spuren der Verwüstung beseitigt hatte, bugsierte er den Plattenspieler vom Schrank, was trotz der lädierten Schulter erstaunlich gut klappte. Ob nun dank der Tabletten oder infolge des Weins, war nebensächlich. Er entkorkte eine weitere Flasche, öffnete das Fenster und ließ die Nadel behutsam auf die Platte tippen, die noch immer auf dem Teller lag.

Schon die ersten Klänge der Ouvertüre jagten ihm, genau wie am Vorabend, einen Schauer über den Rücken. Aber er war fest entschlossen, ihn dieses Mal besser auszuhalten.

»La Traviata« war die letzte Inszenierung gewesen, die er in der Scala besucht hatte. Matteo schloss die Augen und sah den Abend plötzlich wieder ganz deutlich vor sich. Ein aufgeregtes Flirren, viel intensiver als bei anderen Premieren, hatte über dem Zuschauerraum gelegen. Aber vielleicht hatte er sich auch nur eingebildet, dass die Staatsgäste in den Logen dieses Mal eine besonders feierliche Atmosphäre verströmten. Doch etwas war anders gewesen an diesem Abend. Zwei Tage vor der Spielzeiteröffnung, die traditionell am Tag des heiligen Ambrosius, am 7. Dezember, stattfand, war Nelson Mandela gestorben. Daniele Gatti, der anstelle von Barenboim dirigierte, hatte alle Anwesenden gebeten, sich zu Ehren des Freiheitskämpfers zu einer Schweigeminute zu erheben, um anschließend in atemberaubendem Tempo die Fratelli d'Italia spielen zu lassen.

Matteo hatte damals nicht leugnen können, ergriffen zu sein. Nicht ganz so wie Teresa, die mit glühenden Wangen in einem violetten bodenlangen Kleid neben ihm stand und seine Hand drückte. Als er aber zu Napolitano, dem italienischen Präsidenten, und zu EU-Kommissionschef Barroso hinaufsah, die mit ernsten, wichtigen Gesichtern an der Brüstung ihrer Loge standen, als er seinen Blick über die paillettenbesetzten Kleider und glänzenden Smokings gleiten ließ, war Matteo die ganze Inszenierung sogleich auch verlogen vorgekommen. Sonnten sich die Reichen und Mächtigen hier nicht im Glanze eines Mannes, mit dessen Idealen sie in Wirklichkeit herzlich wenig verband? Und was faszinierte sie an dieser Frau, an Violetta, der Verderbten, die ein Leben führte, das nicht den sittlichen Vorstellungen ihrer Zeit entsprach – und die wie so viele Frauen in der Kunst dafür mit Krankheit und Tod gestraft wurde?

Matteo ließ seine Gedanken eine Weile von der Musik tragen. Bei seiner Platte handelte es sich ebenfalls um eine Aufnahme aus der Scala, die allerdings mehr als ein halbes Jahrhundert alt war. Dieser Abend in Starbesetzung – Maria Callas sang die Rolle der Violetta –, der sich auf seinem Plattenspieler drehte, kam sehr viel gemäßigter daher als jener unter der Leitung von Daniele Gatti, der die Akte ähnlich durchgepeitscht hatte wie die Nationalhymne zu Beginn. Er hatte deren Schwung einfach mitgenommen. Möglich natürlich auch, dass er versuchte, Violetta auf diese Weise ein wenig mehr Leben einzuhauchen, bevor sie, wie das Libretto es verlangte, schließlich doch der Schwindsucht erlag.

Abrupt riss Matteo die Nadel vom Plattenspieler. Schluss. Nur nicht die kaum verheilten Wunden aufreißen. Erst als er unten am See angekommen war, entspannte er sich, und Müdigkeit und Schwere krochen durch seine Glieder, vom Schmerz in seiner Schulter war nur eine vage Ahnung geblieben. Ganz im Gegensatz dazu sein Kopf, in dem das Blut pochte. Fahl war das Licht, das der Mond auf das Wasser warf. Vielleicht gab es ein paar Fische, die ebenfalls nicht schlafen konnten. Mit einem Griff fand Matteo seine Angel, präparierte den Köder, warf die Rute aus und ließ sich, an den Stamm des Olivenbaums gelehnt, nieder.

Die Angel klemmte er zwischen seine Knie. Allerdings war er doch nicht so wach, wie er geglaubt hatte. Wie von fern, als würde ihre Stimme vom Wasser zu ihm getragen, meinte er, Maria Callas singen zu hören. »Addio del passato«. Lebt wohl, schöne Träume der Vergangenheit. »Della traviata sorridi al desio.« Erhöre den Wunsch der vom rechten Weg Abgekommenen.

Ein Rucken ließ Matteo aufschrecken. Kurz musste er eingenickt sein. Irritiert rieb er sich die Augen. Wieder ein Rucken. Mit fahrigen Fingern, viel zu hektisch, drehte Matteo die Kurbel. Dieses Mal blockierte sie nicht. Die Sehne blieb ganz. Der Köder verfing sich nirgendwo. Ein paar Augenblicke später zappelte über der schwarzen Wasseroberfläche ein silbrig glänzendes Etwas.

5

Matteos Zuneigung zu Cannobio hatte auch während seiner Mailänder Jahre nie nachgelassen. Er mochte selbst den oberen, neueren Teil der Stadt, in dem man kaum Geschäfte fand und der langsam in den beginnenden Bergen auslief, bevor dann die enge Serpentinenstraße begann, die ins Valle Cannobina hinaufführte.

Mehr noch aber liebte Matteo die Gassen und kleinen Treppen des unteren, alten Teils, der in die Piazza und den kleinen Hafen mündete. Sogar im Sommer, wenn die Cafés vollbesetzt waren und die Straßenmusiker sich abwechselten, hatte das Treiben etwas Verträumtes. Womöglich lag das auch an der zumeist ruhigen Oberfläche des Lago. Oder aber an den umliegenden Bergen, die den See und die Städte an seinem Ufer schützend umschlossen. Trotz der Weite, die sich dem Blick bot und der Rauheit, die das Klima gerade in den Bergen annehmen konnte, hatte Matteo hier schon als Kind immer das unbestimmte Gefühl von Geborgenheit verspürt.

Eines aber war ihm stets ein Rätsel gewesen: der sonntägliche Markt. Rätsel traf es nicht ganz. Die Veranstaltung war in Matteos Augen ganz einfach ebenso fürchterlich wie überflüssig. Stand reihte sich an Stand, begonnen am Lido, quer über die Piazza. Spätestens um neun Uhr, wenn alle Waren ausgepackt waren, schoben sich die Kunden dichtgedrängt an den Ständen entlang, und auf der Uferstraße, zu der es nun einmal keine Alternative gab, staute sich der Verkehr, die Parkplätze waren hoffnungslos überfüllt. Und wofür das alles? Für ein paar neue Unterhosen? Einen Dosenöffner oder eine Tube Handcreme? Seine Landsleute hatten zweifelsohne viele Qualitäten, Italien besaß die wunderbarsten Traditionen, die herrlichsten Speisen, die köstlichsten Weine, die Fähigkeit, die einzig tragbaren Schuhe überhaupt herzustellen. Der Wochenmarkt zählte, wenn man Matteo fragte, nicht zu diesen Qualitäten. Aber ihn fragte ja keiner. Und so blieben die Märkte dominiert von einem eigenartigen Sammelsurium aus Bekleidung, Haushaltswaren und Drogerieartikeln.

Mehr als einmal hatte Matteo sich zu der Spekulation hinreißen lassen, dass die Händler auf den Märkten all das feilboten, was in den normalen Geschäften zwangsläufig zum Ladenhüter verkommen musste, in der Hoffnung, dass die frische Luft die Kauflaune der Menschen auf Touren bringen würde. Natürlich, musste er einräumen, gab es auch einige Stände mit frischem Gemüse, gerade gepflückten Orangen oder hausgemachten Spezialitäten aus der Region, dazu einen Stand mit herrlichem Käse, aber nichts, was man in den Läden nicht ohnehin die ganze Woche über erstehen könnte. Was in aller Welt also faszinierte so viele Leute daran?

»Es gibt Menschen«, hatte Gisella neulich lachend bei einem Glas Wein zu ihm gesagt, »die anders sind als du, die es lieben, in der Menge zu sein, die sich an dem Trubel erfreuen, die auf den Markt gehen, weil sie etwas kaufen *wollen*, nicht weil sie müssen. Und wärst du ein anständiger

Geschäftsmann, hättest du längst selbst einen Stand angemeldet. Gerade Salami und Geräuchertes fänden zweifelsohne einen fantastischen Absatz.«

Aber ein Blick auf Matteos mürrische Miene hatte sie augenzwinkernd abwinken lassen. »Dir ist wirklich nicht zu helfen. Aber sei es drum. Dino, bringst du diesem Dickschädel noch einen Roten und mir ein Glas Roero Arneis und von den herrlichen Oliven, die du immer auf dem Markt kaufst?«

Unvorstellbar, dass diese unbeschwerten Abende mit Gisella unwiederbringlich vorüber waren.

Matteo hatte es bisher tunlichst vermieden, am Sonntagvormittag nach Cannobio hineinzufahren. Die Ereignisse der vergangenen Tage und die Aussicht, hier gleich mit demjenigen zusammenzutreffen, der ihn gestern äußerst unsanft niedergeschlagen hatte, trugen nicht eben dazu bei, seine Laune zu verbessern. Zumal er ja nicht einmal wusste, was dieser Mann von ihm wollte. Auch wenn er annahm, dass das, was dieser Mann suchte, etwas mit Gisella zu tun hatte. Hatte sie ihm etwas geben wollen? Irgendetwas, das wertvoll genug war, um dafür zu töten, irgendetwas, das der Erpresser nun bei ihm vermutete?

Verflucht. Matteo zuckte zusammen. Der Caffè doppio, der gerade vor ihm auf dem Tresen abgestellt worden war, war heißer, als er erwartet hatte. Argwöhnisch spähte er aus der Bar, in die er sich vorerst geflüchtet hatte, auf die Piazza hinaus. Von der allerdings war vor lauter Ständen und Menschen kaum noch etwas zu erkennen. Matteo orderte einen weiteren Caffè, dieses Mal einen einfachen, und legte das Geld auf den Tresen. Viertel nach neun, zeigte seine Courage an. Um zehn Uhr, hatte der Anrufer gesagt, wolle er sich melden und weitere Anweisungen geben. Matteo zog sein Telefon aus der Hosentasche und überprüfte noch einmal, dass sowohl der Klingelton als auch der Vibrationsalarm aktiviert waren.

Was er zu tun gedenke, wenn der Anruf käme, hatte die Kommissarin ihn gestern Nacht am Telefon gefragt. Ob Matteo etwa den glorreichen Plan habe, ein kleines mit Schaumstoff gefülltes Päckchen zu übergeben? Oder dort zu deponieren, wo es ihm angewiesen werden würde. Natürlich nicht. Aber der Markt schien der einzige Ort, an dem Matteo die Chance hatte, mit dem Mann in Kontakt zu treten. Oder ob ihm nicht doch womöglich, hatte die Kommissarin angefügt, seine Arbeit der vergangenen Jahre gezeigt hätte, dass Kriminelle es nicht sonderlich schätzten, wenn sie so offensichtlich verarscht würden.

Sie hatte tatsächlich »verarscht« gesagt, und Matteo hatte, obwohl ihm anders zumute gewesen war, kurz grinsen müssen. Ganz schön forsch konnte die Kommissarin sein, das traute man ihr auf den ersten Blick gar nicht zu. Matteo war allerdings nicht dazu gekommen, sich länger über das handfeste Vokabular von Nina Zanetti zu wundern, so übergangslos hatte sie weitergesprochen. Womit der Anrufer denn gedroht habe? Habe er überhaupt gedroht?

Matteo musste eingestehen, dass der Anrufer ihm nicht gedroht hatte. Aber die Entschiedenheit seiner Anweisungen hatte ausgereicht, Matteo davon zu überzeugen, dass der Mann es sehr ernst meinte. Und natürlich war nicht zuletzt seine schmerzende Schulter ein relativ eindeutiger Hinweis. Vorausgesetzt, hatte die Kommissarin eingeworfen, es handele sich bei Anrufer und Einbrecher um denselben Menschen. Dann hatte sie ergeben geseufzt und gesagt: »Ich bin um halb zehn da und mache es mir an der

Anlegestelle gemütlich. Bei dem Verkehr, der morgen herrschen wird, ist es immerhin möglich, dass unser mysteriöser Anrufer den Weg übers Wasser wählt und mit dem Schiff von Luino oder aus Verbania kommt oder auf diesem Weg wieder verschwindet.«

Matteo stieß sich vom Tresen ab und schickte sich an, die angenehm schummrige Bar zu verlassen. An der Tür stieß er unsanft mit jemandem zusammen. »Bist du blind, verdammt!«, raunzte der Mann ihn an. Wie vor zwei Tagen war es wieder der Mitarbeiter des Maklers, der ihm in die Quere gekommen war. Kurz glaubte Matteo, dass er es war, der ihn hierhin bestellt hatte, dann aber drängelte der Mann sich unwillig und ohne ein weiteres Wort an Matteo vorbei und beeilte sich, in den hinteren Teil der Bar zu gelangen. Wenn er mit diesem Gesicht Häuser verkaufen wollte, hatte Gisella einmal gespottet, dann würde er seinen Chef, der selbst nur noch sporadisch nach dem Rechten in seiner Firma sah, innerhalb kürzester Zeit in den Ruin treiben.

Kurz blieb Matteo, von der Sonne geblendet, unschlüssig vor der Bar stehen, tastete noch einmal nach seinem Telefon und befühlte seine Schulter, die sich nach der Rempelei wieder gemeldet hatte. Der Schmerz war auszuhalten.

Matteo kam sich vor wie ein Drogenkurier auf dem Weg zu einem großen Deal. Einer ohne Drogen allerdings. Das Erste, was er entdeckte, nachdem er ein paar Meter die Piazza hinuntergegangen war, genauer: was ihn am Arm packte und energisch an einen der Stände zog, war Flavio. Matteo winkte der Besitzerin der Tüten, denen er dabei unfreiwillig einen heftigen Stoß versetzt hatte, beschwichtigend hinterher.

»Flavio, was soll das? Was machst du überhaupt hier?«

»Was ich hier mache, du Ohr eines Ochsen. Was für eine dumme Frage. Schau bitte, ich brauche deine Hilfe.«

Erst jetzt sah Matteo, wohin Flavio ihn bugsiert hatte: Der Betreiber des Standes vor ihnen schien das Kunststück vollbracht zu haben, schätzungsweise zwei Lkw-Ladungen Baseballkappen auf dem Tisch zu verteilen. In schreienden Farben und versehen mit scheußlichen Motiven oder Schriftzügen, die Matteo nicht entziffern konnte, hingen die Mützen darüber hinaus dichtgedrängt bis unter die Markise des Standes.

Matteo befreite seinen Arm und schaute Flavio fragend an.

»Ja, wie ich sagte, du musst mir helfen. Du kennst dich doch aus mit Mode. Ich suche eine Mütze.«

»Flavio, nimm es mir nicht übel, dafür habe ich gerade wirklich keine Zeit.« Dann stutzte Matteo. »Warum suchst du überhaupt nach einer Baseballmütze? Bist du jetzt auch auf den Geschmack gekommen?«

Flavio kicherte: »Beppo, die alte Hyäne, hat nächste Woche Geburtstag. Und ich habe mir vorgenommen, seiner albernen Sammlung ein Stück hinzuzufügen, ein Stück, so hässlich, wie es die Welt noch nicht gesehen hat. Nun schau«, und damit schnappte er in erstaunlicher Geschwindigkeit verschiedene Modelle und hielt sie Matteo vor die Nase.

Durch einen Spalt zwischen den Abdeckungen zweier Stände und über die Mützen, die Flavio ihm präsentierte, hinweg, erhaschte Matteo einen Blick in Richtung See. Die Kommissarin lehnte am Geländer des Schiffsanlegers. Sie verbarg die Augen hinter einer Sonnenbrille, den Mantel hatte sie gegen eine kurze Lederjacke getauscht, dazu trug sie Jeans.

Flavio wedelte mit einer violetten Kappe vor Matteos Gesicht. Matteo verscheuchte seine Hand wie eine lästige Fliege und griff nun selbst wahllos eine der Mützen.

»Hier, nimm diese. Die ist perfekt.«

»Meinst du?« Zweifelnd betrachtete Flavio die quietschblaue Kappe. »Aber da steht gar nichts drauf.«

Der Händler mischte sich ein.

»Sehen Sie die Maschine? Damit habe ich Ihnen in ein paar Minuten jeden beliebigen Namen oder Spruch auf die Kappe gestickt. Oder eines der Motive, die Sie in diesem Ordner finden.«

»Ein Spruch«, Flavios Augen leuchteten. »Das ist großartig. Aber was für einen? Matteo, sag schon.«

»*Donne e motori, gioie e dolori.*«

»*Frauen und Autos, Freuden und Leiden?* Der hängt doch schon in unserer Werkstatt, gleich neben der Autogrammkarte von Fernandel.«

»*Le teste di legno fanno sempre chiasso.*«

»*Holzköpfe machen immer Lärm.* Matteo, dich schickt der Himmel. Das ist fantastisch!« Flavio strahlte wie ein Kind.

»Ciao, Flavio, ich muss wirklich weiter. Wir sehen uns später.« Aber dann fiel ihm noch etwas ein:

»Warum stehst du eigentlich nicht an der Rennstrecke?«

»Santo cielo, wie spät ist es?« Flavio war augenblicklich alarmiert.

Matteo warf einen Blick auf die Uhr.

»Kurz vor halb zehn.«

Eilig reichte Flavio dem Verkäufer die Mütze, die Matteo ausgesucht hatte.

»Fünfzehn, plus zehn für die Stickerei«, raunte dieser.

»Testa di cazzo! Noch nicht mal zehn ist diese Ausgeburt einer Scheußlichkeit wert. Aber du hast Glück, ich gebe dir zwanzig. Damit du mal lernst, was Dankbarkeit ist.« Flavio warf zwei zerknitterte Zehn-Euro-Scheine auf einen Stapel Mützen. Der Verkäufer bedachte Flavio seinerseits mit einem Schwall Schimpfwörter, die aber, weil er die Bezahlung im Grunde für angemessen hielt, halbherzig klangen. Matteo klopfte Flavio auf die Schulter und eilte davon. Die Kommissarin konnte er nicht mehr entdecken.

An seinem Oberschenkel spürte er das Vibrieren des Telefons. Eilig zog er es aus der Hosentasche.

»Pronto?«

»Wo steckst du, verdammt noch mal, Dottore? Hier wartet alles auf dich.«

Matteo brauchte ein paar Sekunden, um zu begreifen, wer ihn gerade anrief.

»Dino?«

»Ja, was? Dino, Dino. Ich habe keine Lust, das Rennen zu verpassen, nur weil du deinen Krempel nicht bei mir abholst. Das war anders verabredet.«

Nun verstand Matteo, worum es ging. Gisella hatte mit Dino ausgemacht, dass er ihr für den Stand an der Rennstrecke Geschirr und Besteck leihen würde.

»Dino. Der Stand beim Rennen fällt aus. Das müsste dir doch klar sein! Ciao.« Matteo drückte den Anruf weg, bevor er sich noch ein paar Verwünschungen von Dino anhören musste.

Er schob sich weiter durch die Menschenmenge. Vielmehr wurde er geschoben. In einer eigenartigen Mischung aus Konzentration und Abwesenheit versuchte Matteo irgendetwas zu entdecken, das nicht ins Bild passte. Einen Störfaktor, eine Unregelmäßigkeit. Jemanden, der sich auffällig verhielt. Als er an einer Auslage von Strumpfhosen vorbeikam, verfiel er auf den Gedanken, dass es möglicherweise klug gewesen wäre, tatsächlich ein Päckchen mitzunehmen, so wie es die Kommissarin scherzhaft vorgeschlagen hatte.

Zum wiederholten Mal zog Matteo sein Handy aus der Tasche, um zu kontrollieren, ob ihm ein Anruf entgangen war. Das Display vermeldete nichts. Es waren immer noch beinahe zwanzig Minuten bis zur vollen Stunde. Matteo hielt das Telefon weiter in der Hand, als er sich an einem Stand mit gewebten Hängematten wiederfand. Gar nicht so übel, diese Teile. Wenn er sich so eine Matte, sachte schaukelnd, zwischen zwei Bäumen dachte, mit Aussicht auf den Lago, war das eine Vorstellung, die er recht angenehm fand. In diesem Moment drehte der Verkäufer sich um. Matteos und sein Blick trafen sich. Langsam ließ der andere das Telefon sinken, das er gerade im Begriff war ans Ohr zu halten. Es war Paolo.

»Du bist Matteo, nicht wahr? Ich hätte dich angerufen, wenn ich deine Nummer gehabt hätte. Es ist so furchtbar.«

Matteo betrachtete das Gesicht des Mannes – wie alt mochte er sein? Anfang dreißig? Älter kaum. Sein kurz gestutzter Vollbart und das schulterlange Haar, seine strahlend blauen Augen – Paolos Miene war freundlich, aber auch unbestimmt.

»Gut, dich zu treffen. Hast du eine Ahnung, wo Gisella in der Nacht vor ihrem Tod gewesen ist?«, fragte Matteo sein Gegenüber ohne Umschweife.

»Keine Ahnung, irgendein Job, vermute ich. Warum fragst du?«

»Nur so. Wann hast du sie zuletzt gesehen?«

Paolo zuckte die Schultern.

»Vor zwei, drei Tagen, unten in Cannero. Gisella ist ab und zu vorbeigekommen, wenn ich Strandwacht hatte. Wir sind oft gemeinsam schwimmen gewesen. Dass ihr so etwas zustößt, ist kaum zu glauben.« Unwillig schüttelte er den Kopf. »Aber jedes Jahr ertrinken Menschen im See, auch erfahrene Schwimmer.«

Weil Matteo darauf nichts entgegnete, machte sich der muskulöse Mann mit Seelenruhe daran, seine Ware zu ordnen.

»Ich muss weiter«, sagte Matteo. »Finde ich dich in Cannero? Ich würde gern noch mal in Ruhe mit dir sprechen.«

»Ja, da findest du mich.«

Die Männer nickten sich zu.

Matteo ging noch eine ganze Weile weiter zwischen den Ständen umher, trank zwei weitere Caffè und rauchte eine halbe Schachtel Futura. Zwischendurch hielt er nach der Kommissarin Ausschau. Sie saß jetzt auf der Quaimauer neben dem Schiffsanleger und blätterte in einem Magazin. Oder zumindest gab sie sehr überzeugend vor, dies zu tun. Matteo hatte aufgehört zu zählen, wie oft er auf die Uhr geschaut hatte. Halb zwölf war vorbei. Langsam glaubte er nicht mehr, dass der Anrufer sich noch melden würde. Jedenfalls nicht hier und jetzt. Was immer der Mann gewollt haben könnte, es schien sich erledigt zu haben.

Matteo beschloss, die Sache abzubrechen. Es hatte keinen Sinn, sich hier länger herumschieben zu lassen. Wenn der Kerl ihn anrufen wollte, konnte er ihn auch anderswo erreichen. Matteo wandte sich in Richtung der Anlegestelle. In diesem Moment klingelte sein Telefon. Ein Blick auf das Display sagte ihm, dass es sich auch dieses Mal nicht um den erwarteten Anruf handelte. Die Stimme der Kommissarin klang nicht alarmiert, allenfalls bestimmt.

»Ich muss los. Es ist etwas passiert.«

»Worum geht es?«

»Es hat einen Unfall gegeben, beim Rennen.« Sie machte eine kurze Pause. »Franco Maldinis Wagen ist bei der Bergwertung kurz hinter der Ponte di Spoccia durch die Leitplanke gerast.«

Damit hatte sie aufgelegt.

Matteo kannte die Straße hinauf in die Berge wie seine Westentasche. Sie war schmal und durch die Felsvorsprünge häufig nicht einsehbar. An vielen Kurven musste man nach Intuition fahren und in erster Linie hoffen, dass einem kein Wagen entgegenkam. Zwei Fahrzeugen war es oft unmöglich, aneinander vorbeizugelangen. Ein warnendes Hupen half, wenn der Wind günstig stand. An anderen Tagen half Gottvertrauen. Ihm wurde immer noch mulmig, wenn er daran dachte, wie er ein paar Wochen zuvor beinahe mit einem Motorradfahrer kollidiert wäre. Der Platz wäre eigentlich ausreichend gewesen. Wenn dieser Hobbybiker, von denen es gerade in den Sommermonaten unzählige in die Gegend zog, nicht aus Respekt vor den Abgründen, die unmittelbar hinter den sporadisch aufgestellten Leitplanken warteten, in der Mitte der Serpentinenstraße gefahren wäre.

Gerade noch war es Matteo gelungen, das Lenkrad zur Seite zu reißen, das Entlangschrammen an einer dieser Leitplanken hatte er nicht mehr verhindern können. Seither zierte seinen Lancia eine äußerst unerfreuliche, langgezogene Delle. Den Schaden wollte er erst dann ausbessern lassen, wenn die drei Alten den Originallack organisiert hatten.

Matteo lief eilig Richtung Parkplatz, der oberhalb der Piazza lag, und fing sich eine paar böse Blicke ein, als er sich an den Marktbummlern vorbeidrängte. Auf der Treppe zur Via Castello nahm er immer zwei Stufen auf einmal. Er hatte richtig vermutet. Die Kommissarin hatte ihre Vespa ebenfalls hier geparkt. Als Matteo ankam, etwas außer Atem, rollte sie bereits auf den Ausgang zu. Sie schob das Visier ihres Helmes noch einmal hoch.

»Es tut mir leid, ich muss da hin und mir ein Bild von der Lage machen. Geben Sie Bescheid, wenn der Anrufer sich doch noch meldet.«

»Wissen Sie schon Näheres? Wie ist es zu dem Unfall gekommen? Ist Maldini tot? War er allein im Wagen? Wurde er von der Straße gedrängt?«

»Wie gesagt, ich weiß noch gar nichts. Das Rennen wurde abgebrochen.« Sie gab Gas und umkurvte den verdutzten Matteo, bevor der noch eine weitere Frage stellen konnte, mit einem waghalsigen Schlenker. Das Hupen von der Hauptstraße, auf die sie Sekunden später einbog, ließ kaum Zweifel daran, dass die Kommissarin sich auch hier unkonventioneller Methoden bedient hatte, um ein Durchkommen in dem dichten Verkehr zu finden.

Matteo lehnte sich an einen Pfeiler, ließ das Zippo aufschnappen und nahm einen tiefen Zug von der Futura. Nun also auch noch Maldini. Ihm wurde übel. Das konnte kein Zufall sein. Selbst die Kommissarin musste doch sehen, dass hier etwas nicht mit rechten Dingen zuging.

Die Temperaturen hatten merklich angezogen. Matteo krempelte die Ärmel seines Hemds hoch, als ein grellgelber Chevrolet auf den Parkplatz rollte. Eine Corvette Z06 Coupé, wenn ihn nicht alles täuschte. Weil sich die Sonne auf den Scheiben spiegelte, erkannte Matteo erst, als sie ausstieg, wer am Steuer des Angeberwagens gesessen hatte.

»Wie gut, dass ich Sie hier treffe«, rief die Fahrerin, ähnlich wie am Vorabend in ein leuchtendes Blau gehüllt, und eilte zu ihm herüber.

»Ich möchte mich entschuldigen für mein ungünstiges Auftreten gestern. Ich wollte die Trauer nicht stören.«

Dann strahlte sie Matteo an und streckte ihm ihre Hand entgegen.

»Teodora Venti, es freut mich, Sie kennenzulernen. Sie müssen der Sohn von Adriano Basso sein, habe ich recht?«

»Sie kannten meinen Vater?«

»Aber natürlich«, ereiferte sich die Walküre. »Wer hier in der Gegend erinnert sich nicht an die herrlichen Salsiccia, die ihr Vater, Gott hab ihn selig, zaubern konnte. Das macht ihm so schnell keiner nach.«

»Zweifelsohne.«

»Ach, verzeihen Sie!« Sie stieß einen schrillen Lacher aus. »Nehmen Sie es nicht persönlich, ich bin manchmal etwas ungeschickt in meinen Äußerungen.«

»Was haben Sie gestern Abend gemeint, als Sie sagten, Ihr Mann habe gewusst, dass es ein böses Ende nehmen würde?«

Teodora Venti hob die Hände und wedelte damit vor Matteos Nase herum, was offensichtlich einen Ausdruck der Beschwichtigung darstellen sollte. Oder den Versuch, ungute Geister zu vertreiben.

»Gar nichts habe ich gemeint«, wieder lachte sie eine Spur zu laut. Frauen vom Schlage einer Teodora Venti schienen in allem, auch in der Farbwahl ihrer Kleidung, unter dem Zwang einer permanenten Übersteuerung zu stehen.

»Nein wirklich«, hauchte sie nun verschwörerisch. »Ich habe gar nichts gemeint. Ich habe ganz einfach Unsinn geredet. Die ganze Aufregung, wissen Sie. Es ist alles so unendlich traurig. Die arme Anna.«

Sie kam noch einen Schritt näher auf Matteo zu, was ihm eindeutig ein Schritt zu nah war.

»Ich habe Sie gestern Abend noch beobachtet. Sie haben die Boote angeschaut, die das arme Mädchen auf dem Gewissen haben.« So ruckartig, dass Matteo erschrocken zurückwich, schnellte ihr Kopf nach vorne und sie flüsterte:

»Sie glauben auch nicht an einen Unfall, habe ich recht?«

»Sie tun das ebenfalls nicht?«, fragte Matteo und bemühte sich, wieder ein wenig Distanz zu gewinnen.

»Wer bin ich, dass mir zustünde zu richten?«

Das klang wie ein Orakel. Matteo blickte der blau gewandeten Matrone nach, die sich nach ihrem letzten Satz abrupt abgewendet hatte und leicht schwankend Richtung Piazza davonging. Ohne sich umzudrehen, winkte sie ihm, die Hand neben dem Kopf, noch einmal neckisch zu und flötete:

»Eigentlich müsste ich ja ›du‹ sagen, so lange kennen wir uns schon! Aber ich will nicht aufdringlich sein.«

Matteo hatte plötzlich eine leise Ahnung, um wen es sich bei der Walküre handeln konnte. Venti, so hieß einer der Ärzte des Ortes, auf den sein Vater große Stücke gehalten hatte. Zwar hatte Matteo ihn gestern bei Dino nicht erkannt, aber es war ja mehr als drei Jahrzehnte her, dass er den Arzt das letzte Mal gesehen hatte. Gut möglich also, dass Teodora Venti seine Gattin war, das Alter mochte ungefähr hinkommen.

An der Tür zu Annas Salon hing das »chiuso«-Schild, über eine der Ecken war ein schwarzes Band gelegt. Im Inneren war niemand zu sehen. Beinahe wäre Matteo wieder umgedreht, als auf sein Klingeln im ersten Stock doch endlich das Summen des Türöffners ertönte.

Angenehme Frische empfing ihn in dem schmalen Treppenhaus. Die alten Häuser verfügten über ein ausgezeichnetes Klima. Im Sommer war es stets kühl, und wenn man nicht mit irgendwelchen neumodischen Materialien hineinpfuschte, führten selbst die stärksten Regenfälle oder Kälteeinbrüche nicht dazu, dass sich Schimmel oder Schwamm bildeten.

Renzo lehnte am Türrahmen und winkte Matteo müde entgegen. Er sah aus, als hätte er seit Gisellas Tod kein Auge zugemacht. Wortlos schlurfte er in die kleine Küche, sein Anzug war zerknittert, offenkundig war es noch derselbe, den er am Vortag getragen hatte. Sein kahler Schädel war stumpf, kein Duft nach ätherischen Ölen hing in der Luft. Von hinten hätte man Renzo heute, trotz seiner Stattlichkeit, für einen alten Mann halten können.

»Caffè?«

Matteo lehnte dankend ab. Dennoch stellte Renzo zwei Tassen unter die Pavoni. Nachdem der Kaffee durchgelaufen war, setzten die beiden sich an den weiß gebeizten Küchentisch. Das kratzige Quietschen der Stühle auf dem Steinboden klang unnatürlich laut. Matteo blickte aus dem Fenster, wo zwischen den Wäschestücken, die auf den Balkonen der Nachbarn flatterten, der wolkenlose Himmel zu sehen war.

»Sie ist immer noch vollkommen aufgelöst. Es war eine schreckliche Nacht.« Renzos Stimme klang brüchig. Er hob den Kopf und sah Matteo an, seine Augen waren blutunterlaufen. »Sie hat geweint und getobt«, flüsterte er. »So habe ich Anna noch nie erlebt.«

»Wo ist sie jetzt?«, fragte Matteo.

Renzo machte eine unbestimmte Bewegung in den hinteren Teil der Wohnung.

»Sie schläft. Ich hoffe, dass sie endlich schläft.«

»Wann wird die Beerdigung sein?«

»Kommende Woche erst, die Polizei«, Renzos Stimme schwankte, »sie gibt in so einem Fall die Leiche erst nach ein paar Tagen frei. Das ist wohl nichts Ungewöhnliches.«

»Habt ihr Gisella noch einmal gesehen? Musstet ihr sie identifizieren?«

Renzo nickte.

»Ich habe das gemacht. Anna hätte den Anblick nicht ertragen.«

»Renzo, ich weiß, dass das in diesem Zusammenhang eine furchtbare Frage ist. Aber ist dir an Gisellas Körper irgendetwas aufgefallen, das nicht zu der Version von dem Unfall passt?«

Beinahe entsetzt starrte Renzo ihn an, schließlich schüttelte er den Kopf.

»Hör zu«, Matteo nahm Renzo beim Handgelenk. »Ich glaube nicht an die Geschichte mit dem Unfall. Da muss etwas anderes dahinterstecken. Der Einbruch bei mir. Jetzt noch Maldini.«

An Renzos Gesicht sah Matteo, dass der keinen Schimmer hatte, was er ihm gerade erzählte.

»Das musst du jetzt alles gar nicht im Einzelnen wissen. Nur so viel: Gestern am späten Abend wurde bei mir eingebrochen. Offenbar hat der Kerl irgendetwas bei mir vermutet, von dem ich aber gar nichts weiß. Mir scheint, dass es etwas mit Gisella zu tun haben könnte. Hast du eine Idee, was es sein könnte?«

Renzo blickte ihn hilflos an.

»Und eben wurde das Rennen abgebrochen, weil dieser Maldini, bei dem Gisella manchmal gearbeitet hat, mit seinem Wagen in die Schlucht gestürzt ist. Das kann kein Zufall sein.«

Renzo nickte, ohne dass es so aussah, als habe er nun mehr verstanden.

»Ist die Polizei noch einmal bei euch gewesen? Hat sie oder irgendjemand anders Gisellas Wohnung angesehen?«

Renzo schüttelte stumm den Kopf und schien auf dem Grund seiner Tasse nach Antworten auf das zu suchen, was da gerade über sein Leben hereingebrochen war.

»Kann ich sie sehen?«

»Wen?« Renzo blickte erschrocken auf.

»Die Wohnung«, antwortete Matteo. »Ich würde mir gern Gisellas Wohnung ansehen. Vielleicht stoße ich da auf etwas, das uns ein paar Erklärungen liefert. Hast du einen Schlüssel für mich?«

»Ja, ja, sicher.« Renzo war aufgestanden und kramte fahrig in einem geblümten Porzellanschälchen, das auf einer Kommode stand.

»Der müsste es sein«, Renzo hielt Matteo ein kleines Schlüsselbund hin, an dem neben zwei Schlüsseln eine winzige, mit bunten Steinen besetzte Gitarre baumelte.

»Danke«, erwiderte Matteo und gab sich Mühe, beim Aufstehen seinen Stuhl etwas weniger schrill über den Steinboden schaben zu lassen. An der Tür wandte er sich noch einmal um.

»Ich werfe den Schlüssel nachher in den Briefkasten. Du solltest dich jetzt hinlegen.« Renzo schien bereits wieder vergessen zu haben, dass er nicht allein war. Abwesend und mit glasigen Augen blickte er zu Matteo hinüber und nickte so langsam, als hätte sein Kopf ein ungeheuerliches Gewicht.

Auf leisen Sohlen verließ Matteo die Wohnung und nahm die Treppe zum oberen Geschoss. Die Stufen waren noch schmaler als die zur ersten Etage und aus dunklem Holz. An der Wohnungstür atmete er einmal tief durch, steckte dann aber ohne weiteres Zögern einen der beiden Schlüssel ins Schloss. Die Tür war unabgeschlossen und sprang sofort auf.

Matteo war noch nie hier gewesen. Er orientierte sich kurz. Von dem kleinen Flur, der in einem zarten Grünton gestrichen war, gingen drei Türen ab. Eine führte in eine winzige Küche.

Staunend blieb Matteo im Türrahmen stehen. Er hatte schon viele vollgestellte Küchen gesehen. Aber dieser Raum sprengte alle Dimensionen. Von den altrosafarbenen Wänden schimmerten allenfalls hin und wieder ein paar Quadratzentimeter hervor. Die gesamte übrige Fläche war mit Kochgeräten in allen erdenklichen Größen bedeckt, die an massiven Haken hingen oder sich auf dicken Regalbrettern stapelten. Selbst über dem Fenster war ein schmales Brett angebracht, auf dem sich Einmachgläser aneinanderreihten.

Linkerhand stand ein Gasherd mit sechs Flammen, offenbar ein Modell, das man auch in der Gastronomie verwendete. Daran schlossen sich zwei weiße Emaillespülbecken an, denen man ihren intensiven Gebrauch in den vergangenen Jahren ansah. Gleich neben der Tür hatte ein silberner, mannshoher Kühlschrank Platz gefunden. Daneben drängten sich Kochbücher, bei vielen machte selbst der Rücken schon einen abenteuerlich zerlesenen Eindruck, in allen steckten Papierstreifen, improvisierte Lesezeichen.

An einer Leiste, die anscheinend magnetisch war, hingen verschiedenste Messer. Bei manchen von ihnen hätte Matteo nicht mit letzter Sicherheit sagen können, wofür genau sie gedacht waren.

Er riss sich von dem Anblick los, warf einen kurzen Blick in das nebenliegende Duschbad, in dem nur das übliche weibliche Allerlei an Tübchen und Döschen stand.

Matteo unterdrückte ein aufkommendes Unwohlsein. Wenn er beweisen wollte, dass Gisella nicht auf natürliche Weise zu Tode gekommen war, mehr noch: wenn er herausfinden wollte, wer sie auf dem Gewissen hatte, dann stieß er hier möglicherweise auf einen Hinweis. Dennoch war es ihm unangenehm, in ihre Privatsphäre einzudringen.

Die dritte Tür öffnete sich zu einem großzügigen hellblau getünchten Zimmer, in dessen Mitte ein massiver Esstisch stand, der für mindestens acht Personen Platz bot. Das Bett hatte Gisella unter die beiden Fenster gerückt, die zur Via Umberto hinausgingen.

Unter dem dritten Fenster, in einer Dachschräge, stand ein zierlicher Schreibtisch. Der Holzboden knarrte, als Matteo zu dem Tisch hinüberging, auf dem sich einige Zeitschriften stapelten. Keine Mode- oder Klatschjournale, wie er schon am Format erkannte, sondern verschiedene Kulturmagazine. Er nahm die obersten beiden Hefte in die Hand und überflog die auf dem Cover angekündigten Titelgeschichten.

Auch wenn es ihm nicht behagte, in Gisellas Sachen zu wühlen, zog er nacheinander die Schubladen des Schreibtisches auf. Sie waren so chaotisch, wie er es erwartet hatte. Rasch ließ er seinen Blick über Stifte, Zettel und kleinere Büroutensilien gleiten, die wild durcheinandergewürfelt lagen. In der Schublade darunter verwahrte Gisella, wenn er die Papiere richtig deutete, die Verträge und Buchungen ihrer Kurse. Matteo zögerte, die Unterlagen herauszunehmen. Sicher wäre es sinnvoll, die Verträge durchzusehen. Jeder, der mit Gisella in Verbindung stand, kam als Täter infrage. Gerade, als Matteo den Papierstapel nehmen wollte, fiel sein Blick auf den Briefumschlag, der mitten auf dem Schreibtisch lag, als würde er nur darauf warten, abgeholt zu werden. Einen Adressaten trug er nicht. Matteo drehte ihn um. Auch der Absender fehlte. Dafür war der Umschlag weich gepolstert.

Vorsichtig löste Matteo die Lasche des Kuverts, die nur eingesteckt, nicht verklebt war.

»Noch viel weniger mag ich, wenn man mir vorenthält, was mir gehört«, schoss es ihm durch den Kopf. Hatte der Anrufer hiervon gesprochen? Fassungslos fuhr Matteo mit den Fingern über das Geld, das in dem Umschlag steckte, und zählte die Scheine. Er hielt fünfzigtausend Euro in den Händen.

»Was treibst du hier?«

Matteo fuhr herum. In der Tür stand Anna. Ihr ungeschminktes Gesicht rotfleckig, die Haare hingen in Strähnen herunter.

»Anna.«

»Was treibst du hier?«, wiederholte sie tonlos. Dann rannen ihr Tränen über die Wangen.

Matteo rückte einen der Stühle vom Tisch ab, ging in die Küche und holte ein Glas Wasser. Anna hatte sich gesetzt, als er wiederkam.

Mit zittrigen Händen griff sie das Glas, das er ihr reichte. Matteo zog sich einen Stuhl heran.

»Anna, wir müssen herausfinden, was geschehen ist.« Sie

sah reglos an ihm vorbei. »Ich glaube nicht an einen Unfall. Gestern Nacht …«

Es schien wenig Sinn zu haben, Anna zu berichten, was seither alles geschehen war. Aber er musste zumindest wissen, ob sie ihm etwas erzählen konnte, was ihm weiterhalf. Er schob ihr den Umschlag mit dem Geld hinüber.

»Das lag auf Gisellas Schreibtisch. Hast du eine Ahnung, was es mit diesem Geld auf sich hat? Und warum sie es hier so offen auf dem Schreibtisch liegen lässt?«

Anna starrte auf das Kuvert.

»Dieses Geld, dieses verdammte Geld.« Sie stockte. »Ich habe von Anfang an gewusst, dass Unglück daran klebt.«

»Wie meinst du das?«

»Gisella hat vor ein paar Wochen ein Ristorante gekauft!«

»Ein Ristorante?«

»Oben im Valle Cannobina, in Cursolo. Es steht seit einiger Zeit leer. Du kennst es bestimmt. Gleich am Eingang des Ortes. Ich glaube, es war früher ein Ferienheim für Ordensschwestern.«

Matteo nickte.

»Das ist doch Irrsinn, dort kommen höchstens im Sommer ein paar Wanderer vorbei. Ansonsten ist dieser Ort beinahe ausgestorben. Und dieses Haus ist riesig. Aber sie war so begeistert, sie hat gesagt, damit würde sie sich einen Traum erfüllen. Sie wollte nur noch nach alten Rezepten kochen, nur Produkte aus der Region verwenden. Sie wollte sogar auf der darüberliegenden Alpe Rinder und Ziegen züchten, eines der Rusticos wieder herrichten. Was sind denn das für Ideen?«

Matteo war ehrlich überrascht. Von alledem hatte er nichts gewusst.

»Matteo, ich bitte dich, woher hatte sie plötzlich so ein Vermögen?«

»Du weißt doch, dass die Häuser in den Bergen zu Spottpreisen verkauft werden. An beinahe jedem fünften Haus hängt ein »vendesi«-Schild.«

Kurz dachte Matteo an den Schlüssel zu seinem Elternhaus in Orasso, der seit Wochen unberührt im Handschuhfach seines Wagens darauf wartete, benutzt zu werden. Nur einmal war er, seit seiner Rückkehr, in dem Haus gewesen, in dem er seine ersten Lebensjahre verbracht hatte. Er hatte an den Tag denken müssen, an dem er mit seinem bereits von Krankheit und Altersschwäche schwer gezeichneten Vater ein letztes Mal durch die Räume gegangen war. »Lass mich bitte kurz allein«, hatte sein Vater ihn gebeten, es ist schwer, sich von alledem hier zu verabschieden.«

Auf der Fahrt zurück ins Tal hatte sein Vater ihm die Namen der jungen Männer aus seinem Dorf aufgezählt, die sich den Partisanen angeschlossen hatten und die im Juni 1944 mit weiteren Kameraden in Finero von den Nazis hingerichtet worden waren. Erst als Matteo das Thema auf die vielen Schmuggler-Geschichten gelenkt hatte, hatte sein Vater wieder lachen können. Den ganzen Abend waren ihm neue Abenteuer, in denen auch Matteos Großvater tragende Rollen spielte, eingefallen.

»Selbst wenn es nur ein Spottpreis war«, Annas Stimme riss Matteo aus seinen Erinnerungen, »Gisella hätte ihn niemals aufbringen können. Und jetzt auch noch das.« Ihre Hand zitterte, als sie auf den Briefumschlag deutete.

»Du glaubst also auch nicht an die Version mit dem Unfall?«

Anna schlug die Augen nieder.

»Wie gern ich das glauben möchte.«

»Anna, ich werde herausfinden, was passiert ist.«

Matteo zuckte zusammen, so schrill klang Annas kurzes Schluchzen. Dann schnäuzte sie sich die Nase.

»Das alles macht Gisella doch nicht wieder lebendig. Und stell dir vor, du findest heraus, dass sie in irgendwelche krummen Geschäfte verwickelt war. Das will ich alles gar nicht wissen. Sie ist doch meine kleine Schwester.«

»Was für krumme Geschäfte meinst du?«

»Ich weiß es doch auch nicht. Aber Matteo, als Tanzlehrerin, als Köchin. Wie kann man da in so kurzer Zeit zu so viel Geld kommen?« Ihre Stimme bebte erneut bedenklich. »Da gibt es doch nicht so viele Möglichkeiten.« Den letzten Satz hatte sie beinahe geflüstert.

»Du wirst sehen, für all das gibt es eine Erklärung. Ich befürchte auch, dass Gisella da in etwas Ungutes hineingeraten ist, aber das heißt doch nicht, dass sie selbst etwas Unrechtes getan hat.«

Anna schluchzte erneut auf. Sie war mit den Kräften am Ende. Matteo überlegte, was er tun konnte, um mehr zu erfahren. Er sollte Maldinis Freund Rossi einen Besuch abstatten. Vielleicht gelang es ihm, diesem Mann etwas über Maldini zu entlocken.

»Ich nehme das Geld vorerst mit und hinterlege es an einem sicheren Ort«, sagte Matteo und erhob sich. Als er Annas ängstlichen Blick sah, verschluckte er den zweiten Teil des Satzes. Nämlich, dass es vermutlich jemanden gab, der genau dieses Geld suchte. Denn was sonst konnte der Anrufer gewollt haben?

»Du solltest dich wieder hinlegen. Und pass auf dich auf. Ich melde mich.«

An der Tür zur Küche verharrte Matteo. Seine Augen suchten noch einmal die vollgestellten Regale ab. Gerade wollte er sich abwenden, als sein Blick an einem winzigen Bild hängen blieb, das in einem ebenso winzigen Rahmen zwischen dem Gewirr aus Töpfen, Pfannen und Kellen hing. Matteo trat einen Schritt näher heran. Tatsächlich war das Bild kein Foto, sondern nur dessen Negativ. Matteo kniff die Augen zusammen, um die Einzelheiten besser erkennen zu können. Eine Bühne, darauf ein paar Gestalten. Ob sie selbst darunter war? Gisella hatte einmal angedeutet, dass sie nicht immer nur Tanzkurse gegeben hatte.

Wie ein Fremdkörper hing das Bild zwischen den Küchengeräten, nicht allein weil es so winzig war. Es vermittelte den Eindruck einer fernen Erinnerung, die anwesend und doch zugleich auch abwesend war. Irgendetwas an dem, was das Negativ zeigte und gleichzeitig verhüllte, kam Matteo bekannt vor. Das war nicht irgendeine Bühne.

»Anna?« Mit ein paar Schritten war er wieder an der Tür zum großen Zimmer. »Hat Gisella früher an der Oper getanzt?«

Langsam, als würde es sie große Mühe kosten, wendete Anna den Kopf zu ihm.

»Ja«, flüsterte sie, als ob ihr nun auch zum Sprechen die Kraft fehlte, »ja, natürlich. An der Scala. Da hatte sie doch immer hingewollt. Nach Mailand. Schon als Kind.«

»Entschuldige, Anna«, murmelte Matteo, »ich lasse dir jetzt deine Ruhe.«

An der Küche blieb er noch einmal stehen. Das war ein merkwürdiger Zufall. Gisella und die Scala. Das hätte er nie zusammengebracht. Warum hatte sie ihm das nicht erzählt? Sie wusste doch, dass er in Mailand gelebt hatte. Dass Teresa dort in der Gewandmeisterei gearbeitet hatte, hatte Matteo ihr zwar nicht erzählt. Aber dennoch. Beinahe unheimlich kam ihm diese Überschneidung vor.

Matteo gab sich einen Ruck, lief die Treppe hinunter und wurde von der warmen Nachmittagssonne, die nun auch diesen Teil der Altstadt erreicht hatte, empfangen.

Er zündete sich eine Futura an und warf einen prüfenden Blick auf sein Handy. Keine Anrufe. Das Display zeigte kurz nach dreizehn Uhr an. Zur Sicherheit schaute Matteo noch mal auf seine Courage. Er wollte sich gar nicht erst angewöhnen, das Handy für solche Zwecke zu benutzen. Im Grunde wollte er es überhaupt nicht benutzen. Die Courage bedeutete ihm immerhin, dass dem Handy in dieser Hinsicht zu trauen war. Und dass der Markt nun langsam zu Ende ging und sich der Stau auf der Uferstraße bald auflösen würde. Hoffentlich würde das auch mit dem Knoten geschehen, der sich in den vergangenen Minuten in seinem Kopf noch enger zugezogen hatte.

6

Gedämpfte Klaviermusik begleitete das Treiben in der Lobby des Grandhotels in Stresa, das um diese Zeit nur aus ein paar älteren Ehepaaren und einigen einsamen Damen fortgeschrittenen Alters bestand, die finanziell augenscheinlich für einige Jahrzehnte mehr ausgesorgt hatten, als ihnen noch beschieden sein mochten. Sie saßen in plüschigen Sesseln, manche sprachen miteinander, ebenfalls gedämpft, als würde die Atmosphäre alles andere verbieten.

Kurz vergaß Matteo, warum er hergekommen war, und staunte einfach nur über den barocken Prunk, der ihm entgegenschlug und von einer schwer zu leugnenden kitschigen Grausamkeit war. Andererseits. Matteo wiegte sich probeweise auf dem zentimeterdicken Teppich vor und zurück. Diese altmodische Pracht hatte etwas. Sie war jedenfalls sympathischer als die abweisende Eleganz vieler moderner Gebäude, bei denen man häufig nicht genau zu sagen wusste, ob es sich um ein Bankhaus oder ein Ristorante handelte.

Ein livrierter Kellner trug ein Tablett mit zierlichen Porzellantassen und einem geblümten Kännchen vorbei. Die Leute tranken hier Tee. Man wollte sich wohl dem englischen Stil des Hotels anpassen, selbst wenn dieser neben all dem venezianischen Zierrat nur noch mit Mühe auszumachen war.

Matteo ging an einer der Vitrinen vorbei, hinter deren Scheiben auf kleinen Deckchen unzählige Tassen und Schälchen, ausnahmslos mit Goldrand und Blumenmustern, arrangiert waren.

Das dezente Nicken eines der Livrierten machte Matteo auf einen mit rotem Samt bespannten Durchgang aufmerksam, der sich hinter einer Säule im hinteren Bereich öffnete. Es ging doch nichts über Menschen, die etwas von ihrem Beruf verstanden und davon nicht viel Aufhebens machten.

Die niedrige Bar war aus dunklem Holz, die wenigen Sitzgelegenheiten waren wie der Teppich in einem dunklen Rot gehalten. Matteo hatte Glück. An einem der Tische saß Ernesto Rossi, mit ihm zwei Männer, die Matteo nicht kannte, deren Aufzug aber darauf schließen ließ, dass sie ebenfalls wegen des Rennens angereist waren. Wenngleich ihre Kostümierung eher an Hobbypiloten der Zwanzigerjahre denken ließ als an Autofahrer.

Er konnte nur hoffen, dass Rossi ihn nach seinem unangenehmen Auftritt in Maldinis Haus nicht wiedererkennen würde. Aber wenn ihn nicht alles täuschte, hatte Rossi, der die ganze Zeit auf der Veranda gesessen hatte, ihn nie von vorne gesehen.

»Entschuldigen Sie die Störung. Ich muss Sie bitten, mir ein paar Fragen zu beantworten«, sagte Matteo bestimmt und zog sich einen Stuhl vom Nebentisch heran. »Sie haben sicher gehört, was mit Franco Maldini geschehen ist.«

Die Stimmung am Tisch, die eben noch heiter gewirkt hatte, schlug unmittelbar um. Die Gesichter der Männer verfinsterten sich.

»Eine Tragödie«, presste der korpulente, älteste Mann in der Runde hervor. Die anderen beiden nickten stumm. Nichts deutete darauf hin, dass Rossi erkannte, wer ihm gegenübersaß.

Der füllige Endfünfziger, dessen zu kurze Beine selbst im Sitzen nicht zu kaschieren waren, stellte sich als Unternehmer aus Pisa vor. Ottavio di Lauro war sein Name.

»Was für ein Unternehmen betreiben Sie?«, fragte Matteo und tastete erfolglos nach einem Kugelschreiber in der Innentasche seiner Jacke. Nur der Umschlag mit dem Geld knisterte.

»Ich habe mir zur Aufgabe gemacht, das Leben der Menschen schöner zu machen.«

Fragend hob Matteo die Augenbrauen.

»Stadterneuerung, Wohn- und Freizeitobjekte.«

Warum sagte er nicht einfach, dass er Bauunternehmer war?

»Hatten Sie geschäftlich mit Franco Maldini zu tun?«

»Aber nein«, di Lauro klang beinahe bedauernd, »obgleich es mit einem Mann von dieser Weltläufigkeit und Eleganz zweifelsohne eine Freude gewesen wäre. Es war mir leider nicht vergönnt.«

Fasziniert beobachtete Matteo, wie di Lauro, ohne dass man es seinem Sprechen oder dem Oberkörper anmerkte, seine zu kurz geratenen Beine beständig in Richtung Boden streckte, sodass seine Füße wie die von Marionetten in einem fort wackelten.

Äußerst schmallippig war der Dritte in der Runde, den Matteo allenfalls auf Ende dreißig schätzte und der ihm auf Anhieb unsympathisch war. Der Mann, sein Name war Andrea Foresta, gab an, Anwalt zu sein. Matteo hätte auf irgendeinen undurchschaubaren Job im IT-Bereich getippt.

Aber das lag wohl an dessen glänzenden, in den Nacken gegelten Haaren. Die Frage, worauf er als Anwalt spezialisiert sei, ließ er mit einem arroganten Lächeln abperlen. Ob Matteo die Güte hätte, ihm zu erläutern, was das in diesem Kontext für eine Rolle spiele. Die Güte hatte Matteo nicht. Um nicht unnötig ins Stottern zu geraten, schwieg er lieber und ließ seinen Blick auf Foresta ruhen, bis dieser den Kopf senkte und sich wieder seinem polierten Telefon zuwandte. Wer dieses Duell gewonnen hatte, war nicht ganz klar. Dennoch war es für Matteo immer wieder frappierend, welche Wirkung ein Schweigen haben konnte, auch wenn sich dahinter nichts verbarg als die pure Ratlosigkeit.

Erstaunlich auch, wie schnell und bereitwillig Menschen das glaubten, was ihnen suggeriert wurde. Oder was sie glaubten, gesehen oder gehört zu haben. Matteo jedenfalls hatte nicht behauptet, von der Polizei zu sein. Nur dass er sie bitten würde, ihm ein paar Fragen zu beantworten, hatte er gesagt. Das hatte noch nicht einmal der gewiefte Herr Anwalt bemerkt.

So zerknirscht sie sich auch über den Vorfall zeigten, Nennenswertes erfuhr Matteo nicht von ihnen. Beobachtet hatte keiner von ihnen, wie der Wagen ausgebrochen und in den Abgrund gestürzt war. Immerhin erklärten sie ihm, dass bei der Bergwertung jedes Fahrzeug im Abstand von drei Minuten auf die Strecke geschickt worden war, um Kollisionen zu vermeiden. Geschicklichkeit, darum ging es, nicht darum, sich gegenseitig von der Piste zu fegen. Während di Lauro und Foresta sich zu bemühen schienen, auf Matteos Fragen möglichst exakt zu antworten, schüttelte Rossi fast durchgehend ratlos den Kopf, ob nun, um seinen Erinnerungslücken Ausdruck zu verleihen, oder aus

Betroffenheit, war schwer auszumachen. Rossi war mit seinem Jaguar E-Type eigens für das Rennen an den Lago Maggiore gekommen. Seine Verpflichtungen in Lyon, wo er seit mehr als zwei Jahrzehnten lebte, ließen es leider nicht zu, dass er häufiger ins schöne Italien kam. Rossi zuckte bedauernd die Schultern.

»Worum handelt es sich bei Ihren Verpflichtungen?« Rossi lächelte, als er Matteos Frage hörte.

»Film.«

»Film? Könnten Sie das etwas erläutern?«

Rossi lehnte sich in dem zierlichen Fauteuil zurück, um den man immer bangen musste, wenn wohlgenährte Herren darin Platz nahmen. Eigenartig, dass man bei der Einrichtung der Bar nicht darüber nachgedacht hatte, wie viele Schwergewichte es in diese Räumlichkeiten zog. Rossi allerdings gehörte, anders als di Lauro, nicht dazu. Im Gegenteil. Sein Körper, obwohl von kleiner Statur, wirkte drahtig und muskulös. Eher wie ein Langstreckenläufer oder ein Bergsteiger.

»Geschichte des Films. Ihnen ist sicher bekannt, dass sich in Lyon das Archiv der Brüder Lumière befindet, den Erfindern des Films. Ich arbeite an einer umfassenden Studie über die Anfänge des Kinos.« Rossi verzog seinen Mund zu einem Lächeln, das offenbar verbindlich erscheinen sollte. »Wissen Sie, so einer Forschung muss man sich voll und ganz verschreiben. Da bleibt wenig Zeit für anderes.«

»Woher kannten Sie Franco Maldini?«

»Ach, was man so kennen nennt. Wir sind uns vor einiger Zeit in Cannes begegnet, auf dem Filmfestival. Wissen Sie, Franco war ein leidenschaftlicher Cineast.«

Foresta spielte zusehends ungeduldiger mit seinem Handy und zwischendurch mit seinem Whiskeyglas, das schon leer gewesen war, als Matteo seine Befragung begonnen hatte.

»Was soll das eigentlich alles hier?«, fuhr Foresta mit einem Mal auf. »Was bezwecken Sie mit Ihrer Fragerei? Keiner von uns war am Unfallort. Unsere Startnummern waren so hoch, dass wir unverrichteter Dinge nach Stresa umkehren mussten, als das Rennen abgebrochen wurde. Wäre es nun nicht an Ihnen, uns, oder wenigstens Signor Rossi, der soeben einen sehr guten langjährigen Freund verloren hat, mit Details zu versorgen?«

Di Lauro legte ihm beruhigend die Hand auf den Arm, was Foresta mit einer unwilligen Miene quittierte.

»Andrea, beruhige dich. Der Signore macht nur seine Arbeit.«

Matteo deutete eine beschwichtigende Geste an.

»Wir sind verpflichtet, in so einem Fall allen Hinweisen nachzugehen.«

»Was für Hinweise, wenn ich fragen darf?« Nun hatte auch di Lauro eine Spur schärfer geklungen.

»Ich unterbreche Sie nur ungern, meine Herren.«

Matteo erkannte die Stimme in seinem Rücken sofort. Er vermutete, dass es nicht viel helfen würde, dass er sich nun mit einem Gesicht umwandte, in das er versuchte, die perfekte Mischung aus Entschuldigung und Harmlosigkeit zu legen.

»Nina Zanetti«, sagte die Kommissarin und musterte die Runde, ohne Matteo dabei auch nur eines Blickes zu würdigen.

»Wir haben Ihrem Kollegen bereits alle Fragen beantwortet«, Foresta tippte betont gelangweilt etwas in sein Handy.

»So, haben Sie das?«, gab die Kommissarin unbeeindruckt zurück. »Sie werden leider nicht umhinkommen, auch mir noch ein paar Auskünfte zu geben.« Auch jetzt wandte sie sich nur an die drei Männer, Matteo ignorierte sie vollkommen. »Mein Kollege wird solange draußen warten.«

»Was soll der Blödsinn. Ich habe meine Zeit nicht gestohlen.« Foresta machte Anstalten aufzustehen.

»Wie wir unsere Arbeit machen, müssen Sie schon uns überlassen.«

Matteo war ehrlich beeindruckt, welche Autorität die Kommissarin ausstrahlte. Foresta nahm, wenn auch murrend, wieder Platz. Nina Zanettis Räuspern erinnerte Matteo daran, dass er sich nun lieber beeilen sollte, die Bar zu verlassen. Mit einem kurzen Nicken verabschiedete er sich, um, wie ein artiger Schuljunge, draußen zu warten.

Immerhin hatte sie ihn nicht auffliegen lassen. Das musste man ihr hoch anrechnen. Ansonsten entsprach die Ausbeute des Gesprächs in etwa dem, was er beim morgendlichen Angeln aus dem Wasser zu ziehen pflegte. »Bescheiden« traf es wohl am ehesten. Dass es sich bei di Lauro um einen Bauunternehmer handelte, hatte Matteo allerdings aufhorchen lassen. Unmittelbar war ihm das Bild der Villa eingefallen, das er in Maldinis Schreibtisch gefunden hatte.

Die Frage, ob er mit Maldini in geschäftlicher Beziehung stünde, hatte di Lauro vielleicht eine Spur zu eilfertig verneint. Rein zum Vergnügen sei man hier, der noblen Wagen und der bezaubernden Landschaft wegen. Dann hatte er noch einmal sein Entsetzen über das Unglück geäußert, den Barmann herangewinkt und sich Feuer für eine Zigarre geben lassen. Nichts von dem, was di Lauro von sich gegeben hatte, hatte echt geklungen. Aber das musste nichts bedeuten. Es gab genügend Geschäftsleute, die erst mit ihrer Rolle verschmolzen und irgendwann unfreiwillig zu ihrer eigenen Parodie wurden, wusste Matteo.

Foresta hatte di Lauros Auskünfte bestätigt, denen zufolge man Maldini in unregelmäßigen Abständen begegnet sei. Mitunter auf Auktionen oder anderen gesellschaftlichen Ereignissen, wo man sich eben so über den Weg laufe. Nun habe Maldini sie zu dem Rennen eingeladen. Über Berufliches hätten sie kaum gesprochen, verbunden hätte sie ihr Hobby: wertvolle alte Autos. Dummerweise war Matteo durch die Unterbrechung nicht mehr dazu gekommen, sich die Visitenkarten der Männer geben zu lassen.

»Na, alter Mann, ob dieser Fisch nicht ein bisschen zu schwer für deinen Haken ist?«

Unbemerkt war die Kommissarin neben ihn getreten.

»Welcher Fisch?«

Die Kommissarin antwortete nicht, sondern bedeutete Matteo, dass sie ebenfalls gern eine Zigarette hätte. Einigermaßen verdutzt gab Matteo ihr eine Futura und ließ sein Feuerzeug aufschnappen.

»Die könnte Ihnen ein bisschen zu herb sein.«

»Futura sind nicht herb, schon gar nicht stark, nur natürlich. Nicht dieser amerikanische Einheitsbrei. Wo kaufen Sie die? Gibt es nicht mehr überall. In dem Tabacchi an der Piazza?«

Matteo nickte, immer noch ziemlich aus dem Konzept gebracht. Er hatte mit einer mittelschweren Zurechtweisung gerechnet, aber die Kommissarin schien, vorerst jedenfalls, nichts dergleichen im Sinn zu haben.

Sie nahm ihren Gedanken wieder auf.

»Der alte Fischer, der mit dem riesigen Marlin ringt und dabei fast zugrunde geht, nachdem er wochenlang nichts gefangen hat. Jetzt sagen Sie nicht, dass Sie diesen Hemingway-Klassiker nicht kennen.«

Matteo blickte die Kommissarin an. Er verstand nicht recht, worauf sie hinauswollte.

Sie lachte. Ihre Futura war schon ein gutes Stück geraucht. »Bei dem, was ich über Ihre Angelkünste vermute, ist es doch nicht so überraschend, dass mir Hemingway einfällt. Zumal hier sogar eine Suite nach dem Herren benannt worden ist.«

»Tatsächlich?« Matteo ließ seinen Blick die Hotelfassade hinaufwandern. In den Blumenkästen vor den Fenstern leuchteten dicke rote Knospen, die vor dem weißen Anstrich wie Signalfahnen wirkten.

Nina Zanetti trat die Zigarette aus, ohne sich von dem missbilligenden Blick des Portiers auch nur im Geringsten irritieren zu lassen, hob sie dann aber auf und schnippte sie erstaunlich treffsicher in einen der halbhohen Aschenbecher, die vor dem Portal aufgestellt waren.

»Ich sehe schon, mit Ihrem lokalen Wissen ist es nicht weit her. Hemingway hat hier einige Zeit residiert, um eine Kriegsverletzung auszukurieren.«

»Aha.« Etwas Schlaueres wollte Matteo beim besten Willen nicht einfallen. Warum erzählte sie ihm das alles? Wollte sie wirklich nur Konversation mit ihm machen? Augenscheinlich fand sie durchaus Vergnügen an diesem ziemlich einseitigen Gespräch.

»Jetzt sagen Sie nicht, dass Sie auch *In einem unbekannten Land* nicht kennen. Ich denke, Sie stammen aus dieser Gegend. Gehört das hier nicht zur Schullektüre?«

Matteo hatte keine Ahnung. Seine Schulzeit schien Lichtjahre entfernt. Wie sollte er sich da an einzelne Bücher erinnern.

»Eine tragische Geschichte. Ein junges Paar, er Kriegsversehrter, sie Lazarettschwester und schwanger, flieht über den See. Bei Nacht und Nebel, alles sehr dramatisch. Und wofür das alles? Am Ende, als sie es bis auf die Schweizer Seite geschafft haben, wird nicht nur das Kind tot geboren, sondern auch die Frau stirbt bei der Geburt.«

»Warum mussten sie fliehen?«, fragte Matteo.

Nun war es die Kommissarin, die zögerte.

Matteo grinste. »Geben Sie es zu, Sie haben das Buch auch nicht gelesen, sondern sich nur ein bisschen was zusammenrecherchiert.

Nina Zanetti hob die Hände: »1:0 für Sie. Oder sagen wir: 1:1. Aber jetzt mal im Ernst. Was hat die kleine Männerrunde Ihnen erzählt?«

»Dass Sie hierherkommen, lässt mich darauf schließen, dass Sie ebenfalls nicht an einen gewöhnlichen Unfall glauben?«

»Wir sind in so einem Fall verpflichtet, allen Hinweisen nachzugehen«, gab die Kommissarin zurück, und Matteo fragte sich, wie lange sie wohl eben in der Bar schon hinter ihm gestanden und zugehört hatte.

Die Kommissarin hatte das Gespräch mit den Bekannten von Maldini ebenfalls nicht viel weitergebracht. Ein Detail zu di Lauros Firma hatte sie noch herausgefunden. Offenbar leitete er ein Unternehmen, das kommunale Aufträge ebenso wie privat finanzierte Investments umsetzte.

Möglicherweise tat sich da doch eine geschäftliche Verbindung zwischen di Lauro und Maldini auf. Aber was hatte Gisella damit zu tun? Und was sagte ihm, dass er von den Männern ausgerechnet di Lauro ins Visier nehmen sollte? Genauso gut konnte dieser schmierige Anwalt in die Sache verwickelt sein oder alle drei. Immerhin, das war eine Fährte. Und verdammt, irgendwo musste er ansetzen.

Das Handy der Kommissarin klingelte. Jetzt am Telefon war sie wieder so konzentriert, wie sie es kurz zuvor in der Bar gewesen war.

»Alles klar. Danke euch. Ich komme später vorbei. Ciao.« Sie steckte das Handy zurück in die Tasche. »Maldinis Wagen konnte geborgen werden. Maldini wurde bei dem Aufprall herausgeschleudert. Von der Leiche fehlt noch jede Spur. Sie suchen das Gelände ab, aber das kann noch dauern. Das Auto wird nach Verbania gebracht, damit untersucht werden kann, ob irgendeine Fremdeinwirkung stattgefunden hat.«

»Ich hatte mich schon gefragt, wo Ihr netter Kollege ist. Vermutlich hat er sich höchstpersönlich abgeseilt, um den Wagen nach oben zu befördern.«

Die Kommissarin musterte ihn. Dann erwiderte sie, nicht unfreundlich, aber bestimmt: »Sie sollten es sich nicht so einfach machen mit der Wahl ihrer Feinde. Darüber gerät man mitunter allzu leicht ins Stolpern.«

Nach einer kurzen Pause, in der sie in frappierender Geschwindigkeit eine SMS geschrieben hatte, fügte sie wie nebenbei an: »Es gibt noch keine verwertbaren Hinweise darauf, dass es sich bei dem Tod von Gisella Tonetti nicht um einen Unfall gehandelt hat – mal abgesehen von Ihrer Intuition. Allerdings glaube ich mittlerweile auch, dass an Ihrer Vermutung etwas dran sein könnte. Hier passiert gerade einfach zu viel, was nicht passieren sollte. Aber ich warne Sie. Wenn Buffon erfährt, dass Sie auf seinem Terrain wildern, dann wird er ziemlich unangenehm werden.«

»Und von Ihnen habe ich nichts zu befürchten?«

Nina Zanetti strich sich eine Haarsträhne aus dem Gesicht, was wenig nütze, weil der Wind wieder aufgefrischt hatte.

»Sie haben ganz gut verstanden, was ich gesagt habe, glaube ich.« Dann deutete sie auf die Borromäischen Inseln, die von hier aus besonders gut zu sehen waren. Gerade kreuzten sich zwei der Boote, die regelmäßig Touristengruppen auf die Inseln brachten.

»Sind Sie mal auf einer von denen gewesen? Ich finde ja, dass sie aussehen wie kleine Puppenstuben.«

Der schnelle Wechsel des Gesprächsthemas schien eine ihrer Spezialitäten zu sein. Matteo war sich noch nicht ganz schlüssig, ob sich eine Taktik dahinter verbarg oder ob die Kommissarin einfach sofort aussprach, was ihr gerade in den Sinn kam.

»Lange her. Aber als Kind mochte ich immer die Isola dei Pescatori am liebsten. Trotz der Touristen wirkte die schon damals wie ein aus der Zeit gefallenes Fischerdörfchen.«

»Hat nicht sogar Napoleon mal eine der Inseln besucht?«

»Sie haben es heute aber mit den großen Männern. Wollen Sie mich in Verlegenheit bringen?«

Die Kommissarin lachte leise.

»In diesem Fall wohl eher mit den kleinen. Finden Sie nicht auch, dass Signor di Lauro eine gewisse Ähnlichkeit mit ihm hat, zumindest was die Körpergröße angeht? Die Eitelkeit nicht zu vergessen.«

Ohne seine Antwort abzuwarten, fuhr sie fort, jetzt wieder vollkommen ernst.

»Hören Sie zu. Wir treffen eine Verabredung. Wenn Sie die Ohren offen halten, dann kann Sie niemand daran hindern. Die Ermittlungsarbeit aber liegt bei mir und meinem Kollegen. Ich gehe ein hohes Risiko ein. Aus Dankbarkeit für das, was Sie für meinen Vater getan haben, und weil ich glaube, dass Sie möglicherweise recht haben, werde ich Sie dort, wo ich es für vertretbar halte, über die Ermittlungsergebnisse auf dem Laufenden halten. Aber ich erwarte im Gegenzug auch Offenheit von Ihnen. Das ist keine Einbahnstraße. Ich möchte, dass Sie mich sofort informieren, wenn Sie irgendetwas hören, das zur Lösung des Falles beitragen könnte. Und ich bitte Sie ausdrücklich, nichts auf eigene Faust zu unternehmen. Haben wir uns verstanden?«

Schon wieder so ein Wechsel. Und offen gestanden, nein, er hatte sie nicht verstanden. Worin bestand denn bitteschön der Unterschied zwischen die Ohren offen halten und etwas auf eigene Faust unternehmen? Matteo entschied, dass es besser wäre, sich an dieser Stelle nicht auf längere Diskussionen einzulassen.

»Alles klar.«

»Gut.« Die Kommissarin warf ihm einen prüfenden Blick zu. »Gibt es irgendetwas, das ich noch wissen müsste? Hat der Anrufer sich wieder gemeldet?«

Matteo schüttelte den Kopf.

»Nein, hat er nicht.«

»Eigenartig.«

Matteo nickte.

»Ist Ihnen denn mittlerweile eine Idee gekommen, was er von Ihnen gewollt haben könnte?«

Matteo verneinte abermals. Er hatte, schon als er den Umschlag in Gisellas Wohnung an sich genommen hatte, entschieden, mit niemandem über das Geld zu sprechen, bis er nicht herausgefunden hatte, was es damit auf sich hatte. Ganz wohl fühlte er sich nicht damit, weil die Kommissarin sich ihm gegenüber so fair verhielt.

Eine Weile standen sie schweigend nebeneinander.

»Was haben Sie nun vor?«

»Ich glaube, ich brauche erst mal ein bisschen Ruhe. Vielleicht setze ich mich ans Wasser.«

Der skeptische Blick der Kommissarin zeugte davon, dass sie ihm diese Harmlosigkeit nicht abnahm. Aber sie beließ es dabei und verabschiedete sich. Sie wollte nach Verbania fahren, um sich über den Stand der Untersuchungen an Maldinis Wagen zu informieren. Gern hätte Matteo sie gebeten, ihn sofort anzurufen, wenn sie die Untersuchungsergebnisse hatte einsehen können, aber er ahnte, dass er damit ihre Freundlichkeit überstrapazieren würde. Fast schon vertraut kam ihm die wieder mal viel zu enge Kurve vor, mit der ihre Vespa von der Hotelauffahrt auf die SS 34 einbog.

Seinen Lancia hatte Matteo auf der gegenüberliegenden Straßenseite geparkt. Beinahe zärtlich strich er über das Dach des Wagens, bevor er sich hinter das Lenkrad setzte.

»Na, Lady, was machen wir beiden Hübschen nun?«

Es war wenig sinnvoll, auf einen Geistesblitz zu warten, dachte Matteo seufzend. Er sollte einfach, wie er das selbst so schön genannt hatte, allen Hinweisen nachgehen. Anfangen würde er in Cannero. Bei Paolo. Je mehr er über Gisellas Leben erfuhr, umso besser. Vielleicht fand er Paolo in der Nähe des Strandes, in einer der Surferhütten. Und falls nicht, war die Promenade von Cannero sicher nicht der schlechteste Ort, um darüber nachzudenken, wie er weiter vorgehen wollte.

Der Name Cannero Riviera kam nicht von ungefähr. Obgleich Cannero nur wenige Kilometer von Cannobio auf der einen und Verbania auf der anderen Seite entfernt war, lag das kleine Örtchen so ideal zum Wasser und zu den Bergen, dass es dort immer ein paar Grad wärmer war als in den benachbarten Orten. Und da Matteo sich mit Stränden, ob sie nun aus Sand bestanden oder, wie so oft in dieser Gegend, aus Kieseln, nicht besonders anfreunden konnte, kam ihm der Strand von Cannero gerade recht: Langgezogene Steineinlassungen an der Promenadenmauer sorgten dafür, dass man nicht gezwungen war, sich in den Sand oder auf die angrenzenden Rasenflächen zu legen.

Auf dem Weg nach Cannero machte Matteo noch einmal halt am Haus von Maldini. Er verließ den Wagen und lief zum Tor des Anwesens hinüber. Wie zu erwarten, war es verschlossen. Matteo versuchte, sich die beiden Szenen mit Maldini zu vergegenwärtigen. Maldini war ihm kühl und abgeklärt vorgekommen. Herablassend. Was konnte er übersehen haben? Nur die Falten unter Maldinis Augen hatten im Kontrast zu seinem ansonsten perfekten Äußeren gestanden und die geröteten Augen bei ihrer ersten Zusammenkunft, die von einer schlaflosen Nacht herrühren konnten. Aber was besagte das schon? Das Fingerglied konnte er genauso gut als Kind bei einem Unfall verloren haben. Der Stumpf war, so weit Matteo es hatte erkennen können, vollkommen verheilt gewesen.

Wenn er es recht bedachte, wusste er gar nichts. Durch Maldinis Unfall war alles noch verworrener geworden. Möglicherweise war er aber auch nicht der Einzige, der eine Verbindung sah zwischen Gisellas Tod und Maldini. Vielleicht hatte jemand Maldini aus dem Weg geräumt, weil dieser etwas gesehen hatte, das er besser nicht hätte sehen sollen.

Matteo ließ seinen Blick über die Fenster wandern, so weit er sie von hier aus einsehen konnte. Auch in der unteren Etage waren die Fensterläden nun geschlossen. Er sollte unbedingt noch einmal in das Haus gehen. Vielleicht wäre dort eine weitere Verbindung zu di Lauro zu finden, die über die Begeisterung für alte Wagen und das Villen-Projekt hinausginge.

Verdammt. Matteo fuhr zusammen, fast wäre er gestürzt. Ein Schlag hatte ihn von hinten in der Kniekehle getroffen. Er fuhr herum.

»Sie schon wieder. Geben Sie sich keine Mühe, da wird keiner aufmachen.«

Vor ihm stand eine alte, nein, eine steinalte Dame, deren Rücken in einem so abenteuerlichen Winkel gekrümmt war, dass sie den Kopf umständlich zur Seite drehen musste, um wenigstens ein wenig mehr zu sehen als den Boden vor ihren Füßen.

Matteo rieb sich das Bein. Woher nahm diese bösartige Greisin nur die Kraft, so fest mit ihrem Krückstock zuzuschlagen. Unfassbar, da dachte man immer, dass man diese gebrechlichen alten Damen mit Umsicht behandeln musste, und dann legten die plötzlich eine solche Rabiatheit an den Tag.

»Signora, warum schlagen Sie mich?« Matteo war wirklich empört.

Aber die Alte wischte seinen Widerspruch mit einer herrischen Geste und einem kurzen Schnauben beiseite.

»Haben Sie heute kein Päckchen dabei für den Herrn? Es hätte Ihnen ohnehin keiner abnehmen können. Der junge Mann ist ausgeflogen.«

Sie schien ihn mit irgendjemandem zu verwechseln. Matteo hielt es für sinnvoll, das Missverständnis nicht aufzuklären.

»Ich danke Ihnen, Signora. Sie können mir nicht zufällig sagen, wohin Signor Maldini ausgeflogen ist?«

Wieder das Schnauben.

»Was weiß ich denn vom Leben dieser jungen Leute. Ich mische mich da nicht ein. Das geht mich ja auch gar nichts an, solange sie mich in Ruhe lassen und nicht mit ihren Motorrädern so einen Krach machen, dass ich beinahe einen Herzinfarkt bekomme. Irgendwann kriegen sie mich dazu, lange kann es nicht mehr dauern, diese Schufte.«

Matteo wich unvermittelt ein paar Schritte zurück. Er hatte die unbestimmte Ahnung, dass gleich wieder ihr Stock durch die Luft sausen würde.

»Hat Signor Maldini denn viel Besuch gehabt?«

»Sie sind ja ganz schön neugierig.«

»Was ich sagen wollte: Er war ja ein geselliger Mensch. Da sind Sie sicher häufig gestört worden von seinen Feiern?«

»Wieso war? Ach«, wieder schnaubte die Alte und wischte einmal resolut durch die Luft. Erst jetzt fiel Matteo auf, wie stumpf ihre Pupillen waren und dass eine von ihnen wie unkontrolliert umherirrte. Die alte Dame schien, wenn überhaupt, allenfalls schemenhaft sehen zu können. Verwirrt schien sie obendrein zu sein. Als Zeugin fiel sie in jedem Fall unter die Kategorie: vollends unbrauchbar. Das Gespräch konnte er sich sparen.

»Also dann, Signora. Es war mir eine Freude, mit Ihnen zu plaudern. Bis zum nächsten Mal, hoffe ich.«

Die Alte kicherte.

»Ihrem Bein geht es wieder besser. Das freut mich!«, rief sie ihm hinterher.

Matteo stutzte. Wie konnte sie das mit dem Bein wissen? Vermutlich war das einer dieser Zufallstreffer, die solche Menschen mitunter landeten. Wahrscheinlich meinte sie einfach die Wirkung ihres Schlages. Alte Hexe.

Er startete den Lancia und tastete nach seiner Innentasche. Das war nun wirklich albern. Wie sollte die Alte, die ihm wegen ihres Buckels gerade einmal bis über den Bauchnabel reichte, an das Geld gekommen sein. Natürlich steckte es unversehrt an Ort und Stelle. Matteo schüttelte den Kopf und beschleunigte den Wagen.

Die Badeaufsicht in Cannero hatte den Betrieb noch nicht aufgenommen. Aber Matteo stieß relativ bald auf Paolo, der eines der Boote ausbesserte, die auf den Strand gezogen waren.

Anstelle einer Begrüßung bot Paolo Matteo eine Zigarette an, ihm selbst steckte schon eine zwischen den Lippen, dann ließ er sich in den Sand fallen. Matteo blieb nichts anderes übrig, als sich ebenfalls hinzusetzen. Ziemlich mickrig kam er sich neben diesem Mann vor, dessen muskulöser und braun gebrannter Oberkörper in der Sonne glänzte. Aber eigentlich fühlte er sich nicht unwohl.

Nebeneinandersitzend schauten sie auf den Lago, auf dessen blanker Oberfläche sich die Berge spiegelten. Von der Bucht von Cannero aus öffnete sich ein weiter Blick den See hinunter. Hier waren die Berge weniger hoch, die Landschaft sanfter, mediterraner.

»Sie war verdammt noch mal der beste Kerl, den man finden konnte«, sagte Paolo nach einer Weile, ohne den Blick vom See abzuwenden.

»Wie gut habt ihr euch gekannt?«

Matteo nahm aus den Augenwinkeln wahr, dass Paolo die Schultern zuckte, dann drückte er seine Zigarette sorgfältig im Sand aus und ließ den Stummel in einem kleinen silbernen Aschenbecher verschwinden, dessen aufklappbarer Deckel verhinderte, dass der Wind die Asche wegblies.

Matteo fühlte sich unangenehm an seinen nicht immer rücksichtsvollen Umgang mit den eigenen Zigarettenresten erinnert. Paolos Umsicht erstaunte ihn.

»Schwer zu sagen, wie gut man jemanden kennt. Es gibt Menschen, die mag man nicht nur, sondern wenn man mit ihnen Zeit verbringt, spürt man, wie selbstverständlich das Miteinander ist. Und wenn man das spürt, dann muss man gar nicht alles vom anderen wissen.«

Etwas drückte auf einmal schwer auf Matteos Brust. Schnell nahm er einen Zug von der Zigarette, die gar nicht so schlecht schmeckte, obwohl die bunte zerknitterte Packung, die Paolo ihm hingehalten hatte, einigermaßen bedenklich ausgesehen hatte. Empfand er da doch so etwas wie Eifersucht? Das wäre wirklich lächerlich. Gisella war eine Freundin gewesen, ein Kumpel. Warum sollte sie nicht auch andere Freunde gehabt haben. Zumal er sie ja erst gekannt hatte, seit er nach Cannobio zurückgekehrt war.

Wenn Matteo sich die Jahre ins Gedächtnis rief, bevor er nach Mailand gezogen war, konnte er sich nicht an Gisella erinnern, die damals etwa zehn Jahre alt gewesen sein musste. An Anna und Renzo hingegen war seine Erinnerung lebendig. Seine Mutter hatte immer missbilligend den Kopf geschüttelt, über diese, wie sie es nannte, Mondänen.

Mittlerweile hatte Renzos Hang zum Geckenhaften etwas Charmantes bekommen, man schmunzelte über seine Eitelkeiten, über seine Anzüge genauso wie über sein stets poliertes Haupt. Damals hatte er im Verbund mit der immer nach dem neuesten Mailänder Schick gekleideten Anna den Eindruck vermittelt, dass sie der Überzeugung waren, eigentlich etwas Besseres verdient zu haben als ein Leben in der Provinz. Gut möglich, dass das aber auch nur die Interpretation seiner Mutter gewesen war, für die, nachdem sie unfreiwillig ihre geschützte Bergwelt hatte verlassen müssen, selbst das Leben in Cannobio schon zu viel der großen Welt gewesen war. Da hatte es geholfen, sich ein unerschütterliches Urteil über die Menschen zu bilden und darüber, wie man zu sein habe, um sich dann hinter diesem Urteil zu verschanzen.

Matteo schüttelte sich, er wollte nicht abschweifen.

»Gisella hat ein Haus in den Bergen gekauft«, wandte er sich an Paolo, der nachdenklich auf das Wasser blickte.

»So?«

»Hast du davon gewusst?«

»Nein.«

»Findest du das nicht merkwürdig?«

»Was, dass sie ein Haus gekauft hat? Oder dass sie nichts davon erzählt hat? Wo denn überhaupt?«

»In Cursolo. Beides, meine ich. Dass sie so viel Geld hatte. Und dass sie nicht darüber gesprochen hat.«

Als Paolo sich ihm zuwandte, zeigte sein Blick eine Mischung aus Unwillen und Argwohn.

»Was soll daran komisch sein? Das war Gisellas Leben. Hatte sie dir oder mir gegenüber irgendeine Pflicht, sich zu rechtfertigen?«

Matteo wollte etwas erwidern, aber Paolo fuhr ihm über den Mund.

»Und was soll das mit dem Geld? Was willst du damit sagen? Dass sie eine Bank überfallen hat? Warum interessierst du dich überhaupt so sehr dafür?«

Gerade interessierte Matteo zudem noch, warum Paolo derart aufbrauste. Lag das wirklich nur daran, dass Matteo seinen Kodex von Freundschaft unterlaufen hatte? Paolos eisblaue Augen schienen noch ein Stück kälter geworden zu sein, fast durchscheinend wirkten sie. Matteo ließ sich nicht beirren. Wenn Paolo etwas zu verbergen hatte, dann konnte das jetzt genau der richtige Moment sein, um ihn einen Fehler begehen zu lassen.

»Ich glaube nicht, dass es ein Unfall war. Ich glaube, Gisella wurde ermordet.« Matteo war fast erstaunt darüber, wie glatt ihm dieser Satz mittlerweile über die Lippen kam.

Für drei, vier, vielleicht auch für zehn Sekunden war keine Regung in Paolos Gesicht auszumachen, dann sprang er mit einem Satz auf, lief ein paar Schritte bis ans Wasser und ließ ein Gewitter von Flüchen über den See schallen. Erschreckt flatterten ein paar Enten auf. Die Mütter, die mit ihren Kindern in der Nähe spielten, warfen ihm missbilligende Blicke zu. Eine Gruppe junger Mädchen giggelte. Ansonsten war der Strand um diese Jahreszeit noch vergleichsweise leer.

Matteo wartete. Nach einer Weile kam Paolo zurück und ließ sich wieder neben ihn in den Sand fallen. Seine Züge hatten sich ein wenig entspannt.

»Wie kommst du darauf?«

Matteo hatte mit dieser Frage gerechnet. Hielt es aber, nachdem er am Anfang ihres Gesprächs einen anderen Eindruck gehabt hatte, fast ein Gefühl von Einträchtigkeit, nun für besser, Paolo nicht allzu viel von dem preiszugeben, was bisher geschehen war.

»Du hast selbst gesagt, was für eine gute und erfahrene Schwimmerin Gisella gewesen ist. Sie hätte doch einschätzen können, ob es zu stürmisch ist. Und hätte sie die Boote, wenn die sich tatsächlich nur losgerissen hätten, nicht rechtzeitig entdecken müssen?«

Paolo nickte, wobei offenblieb, ob er Gisellas Schwimmvermögen honorierte oder ob er mit einer gewissen Erleichterung zur Kenntnis nahm, dass es sich bei dem Mordverdacht nur um eine Vermutung handelte.

»Hast du der Polizei von deinem Verdacht erzählt?«

Als Matteo verneinte, nickte Paolo wiederum. Und wiederum war nicht ganz klar auszumachen, worauf sich dieses Nicken bezog. Mit einer raschen Bewegung, aber weniger hektisch als zuvor, sprang er auf die Beine.

»Avanti! Hilfst du mir, das Boot ins Wasser zu ziehen? Wollen doch mal sehen, ob es wieder in alter Form ist.«

Offensichtlich hatte Paolo wenig Lust, weiter über Gisella zu sprechen. Erst jetzt widmete Matteo seine Aufmerksamkeit dem hellblauen Boot, an dem Paolo gearbeitet hatte, als Matteo gekommen war. Es war eines der mit einem kleinen Außenborder versehenen Boote, wie es sie hier zu Hunderten gab. Ein Boot wie jene, die er im Hafenbecken von Cannobio erfolglos nach Spuren untersucht hatte.

»Was ist nun. Packst du mit an?«

Matteo rappelte sich auf und beeilte sich, zu Paolo hinüberzukommen.

»Was war denn mit dem Boot? Ein Leck?«

Paolo winkte ab.

»Nicht der Rede wert. Ab und zu müssen die alten Kähne etwas aufgefrischt werden. Ist doch tipptopp, oder nicht?«

Angeschoben von zwei Männern, glitt das Boot problemlos die wenigen Meter zum Wasser hinunter. Paolo, der ohnehin barfuß war, krempelte die Hosenbeine notdürftig hoch, watete ein Stück neben dem Boot her und sprang mit einem geschickten Satz hinein.

»Was ist, kommst du mit auf eine kleine Runde?«

»Danke«, Matteo schüttelte den Kopf und hielt Paolo, der gerade zum Wenden ansetzen wollte, zurück.

»Was gibt es denn noch?«

»Sag mal, Franco Maldini. Sagt dir der Name etwas?«

»Was meinst du?«

»Ich glaube, dass er möglicherweise etwas mit Gisellas Tod zu tun haben könnte.«

»Wie kommst du darauf?«

»Gisella war bei ihm an dem Abend vor ihrem Tod. Heute ist Maldini bei dem Rennen mitgefahren. Er hat einen Unfall gehabt. Ist die Felsen hinabgestürzt, kurz hinter der Ponte di Spoccia. Hast du nichts davon gehört?«

»Scheiße.« Paolo wirkte bestürzt. »Scheiße, ja. Ich meine, nein. Da haben vorhin irgendwelche Leute von einem Unfall geredet. Aber was interessieren mich die dummen Bonzen mit ihren Nobelkarossen. Ich hatte ja keine Ahnung, dass es um Maldini ging. Ist er tot?«

»Relativ unmöglich, einen Sturz in diese Tiefe zu überleben.«

Paolo nickte, noch langsamer als bei den Malen davor. Dann brauste das kleine Boot davon und ließ einen Streifen weiße Gischt zurück. Matteo legte eine Hand über die Augen, weil die Sonne mittlerweile schon so tief stand, dass sie ihn blendete, und sah dem Boot nach.

7

Vom Parkplatz aus war beinahe die gesamte Bucht von Cannero einzusehen. Matteo lehnte an der Motorhaube seines Lancias, als ihm etwas einfiel.

Im Chaos des Handschuhfaches dauerte es wie immer eine Weile, aber dann hatte er gefunden, was er suchte: die Visitenkarte, die er aus Maldinis Eingangshalle mitgenommen hatte. Zusammen mit einer beinahe leeren Futura-Packung und einer neuen Packung Kopfschmerztabletten hatte er sie achtlos in das kleine Fach in seinem Auto geschmissen, was er mit allem tat, was das Wegwerfen noch nicht verdient hatte, ebenso wenig aber wert war, weiterhin durch die Gegend getragen zu werden. Die Kopfschmerztabletten bildeten eine Ausnahme, die verteilte Matteo systematisch in allen möglichen Schubladen und Taschen, sodass er im Ernstfall ständig einen Schmerzstiller zur Hand hatte.

Matteo drehte die Karte zwischen den Händen, und erst jetzt las er, was auf der Rückseite stand: »1919. grazioso«. Dahinter in feinen Lettern: »Milano«. Schmuck also. Und ausgerechnet Mailand. Weder Adresse noch Telefonnummer. War das nicht eigentlich der Zweck einer Visitenkarte? Wahrscheinlich musste man sich in den gehobenen Kreisen mit solchen Nebensächlichkeiten gar nicht abgeben, weil der exklusive Käuferkreis ohnehin wusste, wohin man sich wenden musste. Oder es handelte sich um eine der unzähligen Moden der modernen Kommunikation, die Matteo geflissentlich ignorierte. Vermutlich gab man den Namen in sein Smartphone ein und wurde dann automatisch ans Ziel geleitet, nicht ohne dass man dabei noch mit detaillierten Informationen über die Qualitäten der an der Strecke liegenden Ristorantes, Angaben über Temperatur und Luftdruck sowie nahe gelegene Joggingstrecken versorgt wurde. Manchmal kam Matteo sich trotz seiner erst dreiundvierzig Jahre sehr alt vor.

Er wusste nicht, wie viele Juweliere es in Mailand gab. Unzählige. Was genau man sich unter »1919« vorzustellen hatte, ging aus der Visitenkarte nicht hervor, für ihn jedenfalls nicht.

Ausgerechnet Mailand. Matteo schwindelte leicht, sein Kopf brummte. Als er eine Tablette aus der Packung drückte, sagte ihm ein Blick unter den Vordersitz und auf die Rückbank, dass es nichts gab, um die Tablette herunterzuspülen. Nur eine leere Plastikflasche, aus der man auch mit sehr viel gutem Willen keinen Tropfen mehr herauspressen konnte. Dazu zwei angebrochene Packungen Grissinis. Immerhin brachte die erfolglose Suche Matteo darauf, warum er so einen dicken Kopf hatte und warum seine Gedanken mehr und mehr zu einem sämigen Brei zu werden schienen. Außer den diversen Caffè hatte er heute noch nichts getrunken. Erst jetzt merkte er, wie durstig er war. Und er wusste auch, was er jetzt trinken wollte.

Die Fonte Carlina lag nur wenige Minuten entfernt an der Strada Statale. Das Wasser kam direkt aus den Bergen und konnte praktischerweise über einen Hahn abgefüllt werden. Matteo trank die Flasche in einem Zug leer und spürte unmittelbar, wie die Frische in seinen Körper zurückkehrte. Fast meinte er die Zellen aufzischen zu hören, als hätte er gerade einen Schwelbrand gelöscht. Er füllte die Flasche noch einmal auf, schmiss sie auf den Rücksitz und nahm sich eine der Grissini-Packungen. Besser als nichts. Gegessen hatte er heute, abgesehen von einer Brioche am Morgen, auch noch nichts.

Den Gedanken, dass er sich dringend um die Macelleria kümmern musste, schob er zur Seite und lenkte den Lancia die Serpentinenstraße hinauf. Die Stelle, an der Maldini abgestürzt war, erkannte er auf den ersten Blick. Polizisten waren nicht mehr vor Ort, aber die Absperrbänder, mit denen die Leitplanke notdürftig wieder geschlossen worden war, zeugten von den zurückliegenden Ereignissen. Sogar ein paar Blumen hatte schon jemand am geborstenen Teil der Leitplanke befestigt.

Nachdem Matteo seinen Wagen an der nächsten etwas breiteren Stelle der Straße geparkt hatte, besah er sich die Unfallstelle genauer. Unmittelbar hinter der Leitplanke öffnete sich der felsige Abgrund. Obwohl es hier oben dicht bewaldet war, hatte auf dieser Seite kein Baum den Sturz bremsen können. Der Boden neben der Straße war aufgewühlt, offenbar war die Polizei mit schwerem Gerät angerückt, um den Wagen zu bergen.

Fast wäre Matteo das Vibrieren in seiner Hosentasche entgangen. Hastig klaubte er den Apparat hervor.

»Pronto?«

»Meine Geduld ist bald zu Ende. Ich schätze es absolut nicht, wenn Dinge schiefgehen. Wir erledigen die Sache noch heute Abend.«

Matteo überlegte fieberhaft.

»Hören Sie, ich war da heute Morgen, habe auf Ihren Anruf gewartet.«

»Rede keinen Blödsinn. Du wirst heute Abend allein in deinem Laden sein. Pack das Geld wasserdicht ein.« Matteo hatte sich nicht geirrt. Es ging um das Geld.

»Es tut mir wahnsinnig leid«, Matteo biss sich auf die Unterlippe. »Sie bekommen Ihr Geld, keine Sorge. Aber heute Abend geht es nicht. Ich bin unterwegs und erst morgen wieder zurück.«

»Was soll das heißen?«, herrschte ihn der andere an, was er dann noch sagte, ging in einem Rauschen unter.

»Wie gesagt, es tut mir leid. Sie bekommen alles. Nur heute geht es nicht. Morgen Abend. Morgen Abend erledigen wir die Sache.«

»Wenn du mich verarschen willst, dann wirst du das bitter bereuen.«

Matteo atmete tief durch. Der andere hatte aufgelegt. Offenbar hatte er die Sache geschluckt. Ganz genau wusste Matteo nicht, was er mit dieser Verzögerung bezwecken wollte. Aber Zeit zu gewinnen, war nie ein Fehler.

Ein Land Rover fuhr im Schritttempo an ihm vorbei. Der Fahrer warf einen skeptischen Blick auf Matteo. Wahrscheinlich hatte sich die Kunde von dem Unfall wie ein Lauffeuer verbreitet.

Schwarze Bremsspuren hoben sich hier auf dieser Strecke gerade in den Kurven immer wieder von der Straße ab. Welche Spur zu Maldinis Wagen gehörte, konnte Matteo nicht erkennen. Vielmehr, er maß den Asphalt noch einmal ab, sah es ganz danach aus, als gäbe es an der entscheidenden Stelle gar keine Bremsspur. Das war eigenartig. Es würde bedeuten, dass Maldini ungebremst in den Abgrund gerast wäre. Die Luft flimmerte unangenehm vor Matteos

Augen, und die Stille der Berge legte sich wie eine schwere Decke über seine Ohren, als wäre die Landschaft mit einem Schlag ein Stück von ihm weggerückt.

Das erneute Klingeln seines Telefons riss ihn aus seiner Abwesenheit.

»Pronto?«

»Nina Zanetti hier. Alles in Ordnung bei Ihnen?«

»Jaja, alles in Ordnung.«

»Wo stecken Sie gerade?«

»Ich, ach, ich wollte mich doch ausruhen, ich bin in die Berge gefahren.« Immerhin, der überwiegende Teil seiner Auskunft war korrekt.

»Gut, das ist gut. Schalten Sie einen Gang zurück. Solche Auftritte wie heute Nachmittag in der Hotelbar. Das geht nicht mehr. Buffon hat Wind davon bekommen, er hat getobt.«

Matteo grinste. Eigentlich gefiel es ihm ganz gut, dass der widerliche Buffon sich seinetwegen aufgeregt hatte.

»Hören Sie mir überhaupt zu?«

»Natürlich, ja. Der Empfang hier oben ist nur manchmal etwas schlecht. Kann sein, dass er gleich wieder weg ist.«

»Ich meine das ernst. Es sieht so aus, als hätten Sie recht gehabt. Hier stimmt etwas nicht. Und wenn sich die Hinweise bestätigen, dann haben wir es mit Leuten zu tun, die nicht besonders zimperlich sind. Sie müssen sich da wirklich raushalten.«

»Was für Hinweise meinen Sie?«

»Meine Kollegen haben keinerlei Bremsspuren gefunden. Das könnte darauf hindeuten, dass der Wagen von Maldini ungebremst in den Abgrund gerast ist. Und das könnte die Annahme von einem Unfall widerlegen.«

Matteo liebte den Konjunktiv, der in solchen Fällen alle Aussagen beständig relativierte.

»Sieht ganz danach aus«, murmelte er geistesabwesend und suchte die Straße noch einmal mit den Augen ab.

»Wie?«

»Es sieht ganz danach aus, als ob ich mich aus der Sache heraushalten sollte.«

»Ich bitte darum.«

Matteo zögerte.

»Es wird Zeit, dass ich mich bei Ihnen bedanke. Jemand wie Sie ist mir bei der Mailänder Polizei eigentlich nie begegnet. Außer Ihrem Vater vielleicht.« Hier war ganz sicher weder Ort noch Zeit für Eitelkeiten, aber gerade war Matteo dennoch selbst ein bisschen überrascht darüber, dass er mitunter ganz charmant sein konnte. Er warf einen prüfenden Blick in den Außenspiegel des Lancias, zu dem er mittlerweile wieder hinübergeschlendert war. Nun ja. Reichlich müde und zerknittert sah er aus.

Zu schmal, mein Junge, hätte seine Mutter ausgerufen, wenn sie ihn so gesehen hätte, viel zu schmal. Und dann hätte sie im Handumdrehen irgendeine köstliche Mahlzeit auf den Tisch gezaubert. Matteo wurde im selben Moment klar, dass er unbändigen Hunger hatte – die Grissinis hatten über das flaue Gefühl in seinem Magen nur sporadisch hinweggeholfen.

»Hallo?!«

Mit einem raschen Blick prüfte er die Empfangsbalken auf seinem Telefon. Es hieß natürlich gar nichts, dass jetzt alle drei angezeigt wurden. Das konnte vor einer Sekunde noch anders gewesen sein. Wieso sollte die Kommissarin einfach so auflegen?

Als Matteo wieder im Wagen saß und die Fahrt Richtung

Cursolo fortsetzte, sprangen seine Gedanken zwischen drei Fragen hin und her. Zum einen, wo er um diese Tageszeit am Sonntag in dieser einsamen Gegend möglichst schnell etwas zu essen bekommen konnte. Vielleicht hatte die Albergo Belvedere in Orasso geöffnet. Die zweite Frage, die er sich stellte, war die, was er in dem Haus, das Gisella gekauft hatte, zu finden glaubte. Natürlich hatte er bereits während des Gesprächs mit Anna gewusst, dass er sich dort würde umsehen müssen.

Abrupt musste er bremsen und ein paar Meter zurücksetzen, um zwei entgegenkommende Fahrzeuge vorbeizulassen.

Als er kurz darauf an der Albergo Belvedere ankam, war die Küche geschlossen. Matteo unterdrückte ein Fluchen. Außer ein Paar Chips und Erdnüssen war nichts zu bekommen. Aber jetzt umzudrehen, wo er fast angekommen war, wäre auch blödsinnig gewesen, der Weg hinunter nach Cannobio würde ihn mindestens zwanzig Minuten kosten.

Die dritte Frage war, warum der Anrufer am Morgen nicht aufgetaucht war. Entweder war ihm etwas dazwischengekommen. Oder aber, auch nicht auszuschließen, er hatte gar nicht vorgehabt, dass es zu einer Übergabe kam und hatte Matteo nur auf dem Markt wissen und also woanders nicht haben wollen.

Es knirschte, als Matteo sich angestrengt zwischen den Locken kratzte, als könne er auf diese Weise noch einen verborgenen Gedanken, eine unbewusste Erkenntnis zutage fördern. Sandkörner wahrscheinlich.

»Madonna mia«, entfuhr es ihm, und er lenkte den Wagen auf den schmalen Seitenstreifen, ohne Rücksicht darauf, dass er ein buntes Gemisch aus Wildblumen platt walzte. Der Bauer, der gerade dabei war, das Ausgabefenster seines klapprigen Wohnwagens zu schließen, bedeutete ihm durch ein Handzeichen, dass er verstanden habe und Matteo sich Zeit lassen solle. Erleichtert ließ Matteo sich auf eine der Bänke fallen, die auf der Wiese neben dem Wohnwagen standen. Kurz darauf stellte der alte Mann eine dampfende Schale mit Polenta vor ihn hin, was Matteo kurz mit überwältigender Rührung erfüllte. Er beließ es aber bei einem Dank und einem anerkennenden Nicken.

Bevor er sich den ersten Löffel gönnte, sog er noch einmal ausgiebig den Duft ein. Steinpilze, vermutlich getrocknete, frische gab es um diese Jahreszeit noch nicht, Zucchiniblüten und ein würziger Parmesan. Dann aß er, nicht gierig, sondern konzentriert und gründlich.

»Du hast Glück gehabt«, rief der Bauer zu Matteo herüber, während er eine Wanne mit Geschirr zu seinem Haus trug, das dem Wohnwagen gegenüber stand. »Das Geschäft lief nicht gut heute, normalerweise ist bei so einem Rennen der Topf spätestens mittags leer. Jedenfalls bei der Rally Valli Ossolane, die einmal im Jahr hier langführt. Die reichen Leute mögen die traditionelle Küche nicht mehr und essen lieber in einem dieser neuen Bistros an der Promenade Rinderfilet.«

»Die Polenta ist köstlich«, gab Matteo zurück. »Es hat heute einen Unfall gegeben, beim Rennen, haben Sie davon etwas mitbekommen?«

Der alte Mann zuckte mit den Achseln und drückte mit der Schulter die Eingangstür seines Hauses auf. Als er nach ein paar Minuten nicht zurückgekehrt war, legte Matteo einen großzügig bemessenen Geldschein auf den Tisch und fuhr weiter. Anscheinend hatte der alte Herr keine Lust zu sprechen. Vielleicht hatte ihm auch einfach der Gedanke an die neuen Essgewohnheiten der Menschen die

Laune verdorben. Den Bergbewohnern war eine gewisse Scheuheit eigen, die man auch als Verschlossenheit verstehen konnte. Jeder hatte genug mit den Herausforderungen zu tun, die das eigene Leben und die Natur an ihn stellten, warum sollte man sich auch noch über die Probleme anderer Menschen den Kopf zerbrechen.

Nicht nur, weil Matteo in den Bergen geboren war, fand er diese Überzeugung ebenso einleuchtend wie sympathisch. Dass er ausgerechnet Psychologe geworden war und jahrelang in den Gefühlshaushalten und Vergangenheiten fremder Menschen herumgewühlt hatte, schien ihm mit Blick darauf schon weniger logisch.

Die Polenta verteilte sich als warme, wohlige Masse in seinem Magen, und Matteo merkte, dass er gerade wenig Interesse daran hatte, mit der eigenen Vergangenheit zu hadern. Er kurbelte das Fenster der Fahrertür hinunter und ließ die Frühlingsluft hereinströmen, die sanft und beinahe so warm war wie unten am Lago, auf dieser Höhe von fast neunhundert Metern aber stets von einer Ahnung der Kälte grundiert war, die auf den Gipfeln in zweitausend Metern Höhe zeitgleich herrschte. Oder auch, das dachte Matteo manchmal, von der Kälte des Universums. Eine Kälte, die aber gar nichts Bedrohliches hatte, sondern erlösend frisch war.

Mitunter, wenn er vom Haus seiner Eltern in die Weite des Tals und die Unendlichkeit des Himmels geblickt hatte, war ihm in den Sinn gekommen, dass es ein Leichtes wäre, sich unmittelbar dieser Weite hinzugeben, sich kopfüber hineinzustürzen. Für ihn war das eine sinnliche, körperliche Vorstellung von Erlösung gewesen. Einmal hatte er versucht, Teresa davon zu erzählen. Sie hatte ihn erst bestürzt und dann mitfühlend angesehen und seine Hand genommen. Zunächst war er enttäuscht gewesen, dass sie ihn missverstand. Er hatte nicht von einer Selbstmordfantasie gesprochen. Es ging nicht um ein Stürzen. Es ging um ein von allem befreites Davonsegeln, eingehüllt in undurchdringliche Kälte, die ihn in ungekannte Klarheit tauchte. Später hatte Matteo es als angenehm empfunden, dass Teresa durch dieses Missverständnis zumindest eine kleine Unzulänglichkeit offenbarte.

Jetzt allerdings, als er aus dem Seitenfenster in die Landschaft schaute, fragte er sich, ob nicht doch ein Funken Wahrheit in Teresas Deutung gesteckt haben könnte, ohne dass ihm das selbst bewusst gewesen war.

Nein, beruhigte er sich. Das Gegenteil war der Fall. In den Bergen lag das Versprechen von Frieden. Die Berge mochten hier besonders zerklüftet sein, die Felsen durchzogen von den ungewöhnlichsten Formationen, die der Regen im Laufe von Jahrhunderten in sie hineingewaschen hatte. Diese harten Seiten der Landschaft bekam man aber nur zu spüren, wenn man sie zu Fuß durchquerte. Matteo hatte es immer geliebt, der Natur auf diese Weise zu begegnen. Durch den dichten Bewuchs sahen die Berge an manchen Stellen aus, als wären sie mit einer dicken, weichen Moosschicht überzogen. So entstand die Gewissheit, so erging es zumindest Matteo, dass man seine Gedanken auf den Bergen ablegen, nachgerade sanft betten konnte. Jeden einzelnen Gedanken auf einer der langgestreckten Bergkuppen, um sie dann mit einem Abstand betrachten zu können, der zumindest einen Anschein von Sicherheit versprach.

Einigen Menschen, die fremd in dieser Gegend waren, erging es zunächst anders. Wer das kurvenreiche Fahren in den Serpentinen nicht gewöhnt war oder die Abgründe an den Schluchten, die sich mit der plötzlich hinter einer

Kurve auftauchenden unendlichen Weite des Horizonts abwechselten, mochte von Schwindel befallen sein, wenn er es bis in diese Höhen geschafft hatte.

Fast unwirklich schien dann die Einfahrt in das kleine Dörfchen Cursolo, das mit aller Selbstverständlichkeit und vollkommen unbeeindruckt in der gigantischen Landschaft lag. Ein Ort umfassender Stille, der wie viele andere Bergdörfer der Gegend lediglich während der Sommermonate belebt war. In den anderen Jahreszeiten waren es nur noch ein paar wenige Alteingesessene, die ihr Leben hier oben nicht aufgeben mochten. Hin und wieder traf man einen von ihnen in den krummen gepflasterten Gassen.

Der Marktplatz am Ortseingang von Cursolo, der nicht viel mehr als ein schmaler Parkstreifen war, nebst einer Kirche, einem Gedenkstein für die gefallenen Söhne des Dorfes, einer Gemeindeverwaltung, die zweimal die Woche geöffnet hatte, und dem benachbarten Friedhof, lag verlassen da, als Matteo den Wagen langsam ausrollen ließ. Ein alter Fiat Panda stand einsam in einer der aufgemalten Parkbuchten. Heute saß auch keiner der älteren Dorfbewohner vor der Kirche in der Abendsonne. Nur eine herrenlose Katze huschte über den Platz und verschwand in einer der kleinen Gassen.

Tatsächlich kannte Matteo das Haus, das nun Gisella gehörte, gehört hatte, korrigierte er in Gedanken. Es lag gleich am Eingang des Ortes und ragte über die übrigen Häuser des Dorfes hinaus, die sich eher, wie zum Schutz gegen das Wetter, aneinanderzudrücken schienen. Üblicherweise fand man die zu den Häusern gehörigen Gärten am Rande des Ortes. In Terrassen zogen sie sich am Berg entlang. Das ehemalige Feriendomizil der Ordensschwestern war von einem eigenen Garten umgeben, in dem es zwar wild wucherte, der aber keinesfalls verkommen wirkte. Sträucher blühten, Matteo erkannte das satte Grün eines alten Feigenbaums. Hier oben regnete es so oft, dass alles von allein wuchs. Zwischen den Steinplatten der Terrasse spross das Unkraut. Die Fensterläden waren geschlossen.

Hatte Gisella wirklich daran geglaubt, hier ein Ristorante eröffnen zu können, das so viele Gäste anzog, dass man einigermaßen davon leben konnte? Matteo ging die Stufen zur Eingangstür hinauf und drückte die Klinke hinunter. Die Tür ließ sich widerstandslos öffnen. Erfolglos tastete er nach einem Lichtschalter.

Schließlich tappte er vorsichtig zu einem der Fenster, nicht ohne gegen mehrere Stühle zu stoßen. Als er den störrischen Fensterladen geöffnet hatte und Licht in den Raum fiel, verflüchtigte sich der Eindruck des Verlassenen, den die Terrasse gemacht hatte. Die Wände leuchteten in demselben Grünton, der ihn auch in Gisellas Flur empfangen hatte. Offensichtlich hatte sie hier bereits mit dem Renovieren begonnen. Matteo versuchte den Stich zu ignorieren, den ihm das versetzte. Vielleicht hatte er zu viel hineingelesen in seine Freundschaft zu Gisella. Eine typische Schwäche von einsamen Menschen. Matteo schluckte. Ein einsamer Mensch. Es ließ sich nicht bestreiten, genau das war aus ihm geworden. Er ließ seine Hand über ein paar Stuhllehnen gleiten.

Ein Scheppern ließ ihn aufhorchen. Das klang nicht, als sei es von draußen gekommen, eher aus der Küche oder einem der hinteren Räume. Wahrscheinlich eine der zahllosen halbwilden Katzen, die hier herumstrolchten und die er aufgescheucht hatte. Gerade, als er die Tür zu einem weiteren Zimmer vorsichtig öffnen wollte, prallte von der anderen Seite mit Wucht ein Körper dagegen, Matteo wurde zurückgeworfen. An ihm vorbei stürzte eine Gestalt, geriet ebenfalls für ein paar Schritte ins Stolpern, warf zwei Stühle um und erreichte die Tür, bevor Matteo realisiert hatte, was gerade vor sich ging.

»Halt, warten Sie«, brüllte er. Als Matteo die Tür erreichte, sah er gerade noch, wie der Fremde die Gasse hinunterrannte, die Hände vor dem Oberkörper, als würde er etwas fest an sich drücken.

Der Mann war groß und schlank gewesen, alles war viel zu schnell gegangen, als dass Matteo sein Gesicht hätte erkennen können. Aber es war dunkelhäutig gewesen, da war er sich sicher. So wie das von Dinos neuem Koch. War es möglich, dass er es gewesen war, den er gerade in Gisellas Küche aufgeschreckt hatte? Matteo knetete seine Unterlippe, eine Geste, die ihm, als er sie bemerkte, aufgesetzt vorkam. Natürlich war es möglich.

Genauso gut konnte es sich aber auch um einen gedanklichen Kurzschluss handeln.

Matteos Blick fiel auf ein blaues Etwas, das am Rand der Terrasse lag und das der Mann bei seiner Flucht offenbar verloren hatte. Im Näherkommen erkannte Matteo, dass es sich um eine Aktenmappe aus Kunststoff handelte. Er ließ sich auf die Stufen sinken, die zur kleinen Gasse hinunterführten, und schlug die Mappe auf.

Langsam blätterte er durch die säuberlich ausgeschnittenen und mit Datum versehenen Artikel, die aus verschiedenen Tageszeitungen stammten. Der älteste war mehr als acht Jahre alt. Allesamt handelten sie von größeren Bauvorhaben, Schulen, Fahrradwegen, der Umbau einer Strandpromenade war darunter, ein Gemeindezentrum, unterschiedliche soziale Einrichtungen. Der jüngste war erst ein paar Monate alt: ein Interview über den geplanten Ausbau der Mailänder Metro. Schon beim flüchtigen Lesen erkannte Matteo, dass ein Name in fast allen Artikeln auftauchte: Ottavio di Lauro. Matteo fröstelte. Auf dieser Höhe wurde es schnell kühl, wenn die Sonne hinter den Bergen verschwand.

Im Haus, das er sich noch einmal vornahm, fand er nichts, was ihm einen weiteren Hinweis geliefert hätte. Das Geschirr im Spülbecken zeugte davon, dass die Küche vor Kurzem benutzt worden war. In einem Regal lagen zusammengerollt ein Schlafsack und eine Isomatte. Wenn noch etwas anderes hier gewesen war, was Matteo hätte weiterhelfen können, dann hatte der Unbekannte es mitgenommen.

Seufzend und müde ließ Matteo sich auf den weichen Sitz seines Lancias fallen, die Mappe mit den Zeitungsauschnitten warf er auf den Beifahrersitz. Eine Futura zwischen den Lippen, startete er den Wagen und stieß einen Fluch aus, als er nach dem Zurücksetzen die Bremse betätigte und ins Leere trat. Er stieg aus und hatte den verbrannten Geruch der immer noch heißen Bremsen in der Nase. »Scheiße. Scheiße. Scheiße! Das kannst du doch nicht ernst meinen, meine Schöne. Tu mir das nicht an. Nicht hier oben.«

Im Haus gegenüber wurde das Fenster geöffnet, und der von einem riesigen Handtuchturban umwickelte Kopf einer betagten Anwohnerin schaute, woher der ungewöhnliche Lärm kam.

»Signora, entschuldigen Sie. Ich wollte Sie nicht erschrecken.«

Doch die alte Frau schien sich über die Abwechslung zu freuen.

»Große Autos, große Sorgen. Deshalb fahren hier oben alle Fiat. Sehen Sie, dieser ist von meinem Nachbarn.« Sie deutete auf den Wagen, neben dem Matteo geparkt hatte.

»Der ist nie kaputt. Wollen Sie jemanden anrufen? Sie können gerne das Telefon benutzen. Kommen Sie doch herein. Warten Sie, ich öffne die Tür.«

Matteo hätte zwar genauso gut sein Handy benutzen können, aber er wusste, wie gekränkt die Frau sein würde, wenn er ihre Hilfsbereitschaft ausschlug. Er ließ sich den Weg zum Telefon weisen, das auf einem gehäkelten Deckchen stand, und schilderte Flavio in wenigen Sätzen, was vorgefallen war. Dann setzte er sich zu der alten Frau an den Küchentisch, auf dem bereits eine Zitronenlimonade stand.

»Seit wann steht das Schwesternwohnheim leer?«, fragte er. »Es war doch mal ein Schwesternwohnheim?«

Betrübt schüttelte die Frau den Kopf, wobei ihr Handtuchturban bedenklich ins Schwanken geriet.

»Hier ist doch fast alles geschlossen worden in den letzten Jahren. Wäre nur dieser schreckliche Unfall am See nicht passiert. Dann hätte Signora Gisella hier bald ein Ristorante eröffnet. Haben Sie davon gehört?«

»Von dem Badeunfall? Ja, es stand ja in allen Zeitungen. Kannten Sie die Signora?«

»Wir haben ein paar Mal zusammen draußen auf der Bank gesessen. Ich habe ihr von der Zeit erzählt, als ich als Kind den Sommer auf der Alpe verbracht habe. Sie wollte dort auch ein Rustico bewirtschaften. Sie war sehr an den alten Zeiten interessiert. Eine gute Stunde geht man den alten Saumpfad hoch, aber es ist eine andere Welt.«

»Ja, das ist es«, pflichtete Matteo ihr bei.

»Sie kennen die Gegend? Woher kommen Sie? Ihr Italienisch klingt ungewöhnlich. Fremd und gleichzeitig vertraut.«

»Ich stamme von hier«, Matteo machte eine unbestimmte Bewegung mit dem Kopf. »Aus Orasso. Aber ich habe lange Jahre in Mailand gelebt.«

»Orasso!«, rief die Frau erfreut und schenkte Zitronenlimonade nach, obwohl Matteo nur einmal kurz an seinem Glas genippt hatte.

Als er eine Stunde später neben Flavio im Abschleppwagen saß, war Matteo bis in die allerkleinsten Einzelheiten informiert über alle familiären Neuigkeiten, Verwicklungen, Nachwüchse und Nachwuchshoffnungen, die Cursolo zu bieten hatte. Ein seltsam weltläufiger Dorftratsch war das, denn die Kinder und Enkelkinder der wenigen verbliebenen Bewohner lebten im ganzen Land verstreut.

Natürlich hatte er immer wieder versucht, das Gespräch auf Gisella zu lenken. Aber die alte Dame hatte wenig Gefallen daran gefunden, an den Unfall erinnert zu werden. Und daran, dass es nun doch kein Ristorante hier oben geben sollte. Ein Detail hatte Matteo ihr aber doch noch entlocken können. Da sei, hatte die Signora geradezu verzückt gesagt und sich auf eine Art kurz geschüttelt unter ihrem Bademantel, die Matteo nicht ganz geheuer gewesen war, da sei ab und zu ein Mann gewesen, der Gisella geholfen habe. Ein Bild von einem Mann! Matteo hätte gern ein paar Einzelheiten über diesen Mann erfahren. Aber auch nach wiederholtem Nachfragen war von dem blumigen Redeschwall der Signora nicht viel mehr übriggeblieben, als dass dieser ominöse Helfer eine Attraktion dargestellt habe.

Flavio fuhr forsch, den Blick konzentriert auf die sich

am Berg entlangwindende Straße gerichtet. Matteo war es ganz recht, dass die Fahrt schweigsam verlief. Er versuchte, sich die Gestalt des Einbrechers in der Macelleria zu vergegenwärtigen. Könnte es sich bei ihm und bei dem Mann, mit dem er in Cursolo zusammengeprallt war, um ein und denselben handeln? Möglich wäre es. Möglich schien überhaupt alles oder nichts.

Dankend klopfte er auf das Blech der Motorhaube, als Flavio ihn an der Macelleria aussteigen ließ. Flavio hupte einmal und fuhr davon. Der Alte hatte es offenkundig eilig, nach Hause zu kommen.

Die Hintertür zur Macelleria war verschlossen, auch der Rollladen machte einen unversehrten Eindruck. Hier war niemand. Bevor Matteo sich eine Flasche Barolo öffnete, um sich für den anstrengenden Tag zu belohnen, musste er das Geld loswerden. Unglaublich, dass er seit heute Mittag fünfzigtausend Euro mit sich herumschleppte. Wasserdicht einpacken, hatte der Anrufer gesagt. Was hatte das zu bedeuten?

Matteo schnitt ein Stück Zeltplane zurecht, von der er annahm, dass sie wasserundurchlässig war, umwickelte das Ganze aber zur Sicherheit noch einmal komplett mit Isolierband. Dünn und unscheinbar lag das schwarze Päckchen schließlich vor ihm.

Die Taschenlampe stand in dem noch immer unrenovierten Flur. Immerhin hatte Matteo gerade eine recht passable Ausrede dafür, warum er nicht dazu kam, den Eingangsbereich seines neuen Zuhauses etwas einladender zu gestalten. Zweimal prüfte er, ob er die Tür auch wirklich abgeschlossen hatte.

Nachdem er das Päckchen neben den Angelhaken verstaut und den Ast wieder vor die Felsspalte drapiert hatte, lehnte er sich für ein paar Minuten an den Olivenbaum. Die Erschöpfung des Tages kroch langsam in seine Glieder. Er holte tief Luft und erschrak, als sein Aufschluchzen das friedliche, abendliche Plätschern zu seinen Füßen übertönte.

Hektisch zog Matteo die Futura-Packung aus seiner Jackentasche. Es schien ewig zu dauern, bis er mit zitternden Fingern endlich eine Zigarette herausgenestelt, in den Mund gesteckt und angezündet hatte. Stoisch nahm er einen Zug nach dem anderen, als könne er auf diese Weise das zurückhalten, was aus ihm herausdrängte. Nicht von vorne anfangen, nicht bei der Frage, was ihn überhaupt zurück an den Lago geführt hatte. Einfach nicht mehr darüber nachdenken.

Einfach nicht mehr darüber nachdenken. Matteo sprach diesen Satz im Stillen immer wieder vor sich hin. Dann ließ er sich auf die Knie nieder und beugte sich vor. Er war erstaunt, wie kalt das Wasser war, als er seine Hände in den Lago tauchte. Dem See wohnte eine unendliche Gleichmut inne. Auch deshalb musste er Gisellas Mörder finden. Um den See wieder reinzuwaschen.

Matteo stand auf und strich sich mit nassen Händen über Gesicht und Haare. Dass gerade jetzt der Gedanke an seine Vergangenheit mit einer solchen Wucht aufkam, lag nicht nur an der Erschöpfung und der Trauer um Gisella. Er merkte, dass er kurz davor war, eine Schwelle zu übertreten. Ein Moment, als würden auf einem Ozean zwei Schiffe einander kreuzen und es gäbe nur die eine Chance, vom einen auf das andere zu wechseln.

Er beeilte sich, wieder nach oben zu gelangen. Mit der Flasche Barolo und einem Glas setzte er sich an den Tisch, scrollte in seinem Adressverzeichnis nach unten und drückte die Wähltaste. Nicht warten, bis er es sich anders überlegte.

»Matteo!« Die Stimme am anderen Ende klang freudig überrascht. »Du! Wie geht es dir?«

Etwas in Matteos Magen zog sich zusammen.

»Cesario. Entschuldige. Habe ich dich geweckt?«

»Blödsinn«, das Lachen Cesarios, der seit drei Jahrzehnten mit unverwüstlicher Fröhlichkeit durch den Sumpf der Mailänder Kriminalität watete, klang ein Stück zu unbeschwert. Matteo war klar, dass Cesario sich bemühte, seine Irritation zu überspielen. Genauso wenig wie Matteo sich bei all den anderen Menschen aus seinem Mailänder Leben jemals wieder gemeldet hatte, hatte er es bei Cesario getan, obgleich er ihn umstandslos als einen Freund bezeichnet hätte.

»Ich kann nicht lange sprechen«, beeilte Matteo sich zu sagen, er wollte das Gespräch schnell hinter sich bringen. »Kannst du mir helfen, mit ein paar Informationen?« Dann nannte er, während er hörte, wie Cesario Zettel und Stift hervorkramte, den Firmennamen, den er auf Maldinis Visitenkarte gelesen hatte: »1919. grazioso«. Sich den Namen von Franco Maldini zu notieren, bat er Cesario ebenfalls, dazu die Herrenrunde aus dem Grandhotel: di Lauro, Foresta, Rossi.

»Ich ruf dich morgen früh wieder an. Dann magst du mir vielleicht erzählen, warum du meine Hilfe benötigst. Ich habe sie dir immer angeboten, aber ich kann mich nicht entsinnen, dass du jemals davon Gebrauch gemacht hast. Ich bin neugierig, aber du klingst erschöpft, daher dränge ich dich nicht«, sagte Cesario, und Matteo war ihm dankbar. Er war gerade nicht in der Verfassung für weitere Worte. Schon gar nicht für Erklärungen.

»Das mach ich. Danke.«

»Ciao, Matteo.«

Matteo schenkte den rubinrot schimmernden Barolo ins Glas und trank ihn in großen Schlucken, obwohl man sich mit diesem Wein Zeit lassen sollte, Zeit, damit er atmen konnte, Zeit, um dem nachzuspüren, was die Natur und das Wissen und das Gespür des Kellermeisters gemeinsam komponiert hatten. Matteo redete nicht gern über Wein, das war ihm oft zu aufgesetzt, aber einen guten Wein wusste er zu schätzen, und einen teuren Barolo trank er mit der Gewissheit, ihn mehr zu schätzen als die bourgeoisen Schnösel, die ihn tranken wie Wasser, um eine Saison später dem nächsten Modewein hinterherzurennen. Aber vielleicht war das auch ungerecht und ein schiefes Bild. Dass Genuss nur echt war, wenn er selten war, stimmte womöglich gar nicht. An der Sonne erfreute man sich ja auch jeden Tag.

Als er das Glas geleert hatte, drehte er es eine Weile gedankenverloren in der Hand, sodass der Strahl der Lampe darauf entlanghuschte.

8

Matteo sah kaum die Hand vor Augen. Mit jedem Schritt, den er durch die Viale Gorizia rannte, schien sich der Nebel dichter um ihn zu legen. Er versuchte mit aller Kraft, noch einmal zu beschleunigen, aber es schien, als würde er langsamer werden, je mehr Kraft er aufwendete. Wasser lief ihm über das Gesicht, nicht Schweiß, sondern der kondensierte Nebel brannte ihm in den Augen und trübte seinen Blick. Er musste den Canale erreichen.

Panik ergriff ihn, die Straße war menschenleer. Warum verdammt noch mal war es so neblig im Mailänder Hochsommer? Das Pflaster dehnte sich unter seinen Füßen wie Kaugummi. Seine Lunge brannte. Was war mit seinen Beinen geschehen? Jeder Schritt kostete ihn unendliche Mühe. Matteo versuchte, noch einmal alle Kräfte zu mobilisieren, schloss die Augen, zählte die Schritte. Als er sie wieder öffnete, stoppte er jäh, das Brennen in seiner Lunge wurde unerträglich, das Pochen in seiner Brust schien bis in seine Ohren zu dröhnen. Er taumelte rückwärts. Wie war er plötzlich bis zur Porta Ticinese gekommen? Wie hatte er am Canale vorbeilaufen können? Zurück, er musste zurück.

Wie aus dem Nichts versperrte eine Straßenbahn den Weg. Er hatte sie nicht kommen gehört, dabei quietschten diese antiken Modelle enorm. Ungeduldig schlug Matteo gegen den gelben Wagen, versuchte, an ihm vorbeizukommen. Erst jetzt erkannte er, dass es sich um drei Wagen handelte, die zentimeterdicht hintereinander standen, sodass kein Durchkommen war. Matteo hatte das Gefühl, als würde seine Atmung aussetzen, er sah nichts, nur Nebel und schwarze Schlieren. Nur nicht ohnmächtig werden. Endlich entdeckte er eine Lücke und zwängte sich zwischen den Bahnen hindurch, rannte, so schnell es in seinem Zustand ging, quer über die Straße, bog endlich in die kopfsteingepflasterte Gasse ein, die Brücke, die über den Canale führte, war fast mit Händen zu greifen. Matteo heulte auf, als unmittelbar vor ihm ein Revolver durch den Nebelschleier schimmerte. Ein unsichtbarer Knebel, der sich in seinen Mund bohrte, ließ seinen Aufschrei verstummen. Matteo warf sich blind in die Richtung, in der er die Waffe vermutete. Er streifte etwas mit den Fingerspitzen, es schepperte ohrenbetäubend. Dann fiel er. Etwas gleißend Helles blendete ihn.

Matteo saß aufrecht im Bett. Auf dem Boden lag die Nachttischlampe. Sein Atem ging schwer. Als könnte es helfen, den Traum aus seinem Gedächtnis zu tilgen, rieb er sich Gesicht und Augen, bis es wehtat. Er sah sich um: sein zerschlissener Sessel. Das kleine Fenster, das zum See hinausging. Alles an seinem Platz. Er widerstand der Versuchung, sich wieder ins Kissen sinken zu lassen.

Seit er an den Lago zurückgekehrt war, hatte ihn dieser Traum nicht mehr heimgesucht. Nun war er ihm also auch bis hierher gefolgt. Lange ließ Matteo das kalte Wasser der Dusche auf seinen Kopf trommeln, lehnte sich dabei mit beiden Händen an die kühlen Fliesen. In der Küche trank er eine Flasche Mineralwasser, anschließend zwei Caffè, die ihm wie heilender Balsam die Kehle hinunterrannen.

Mit dem Telefon in der Hosentasche stieg er zum See hinunter. Schwer zu entscheiden, was unverschämter leuchtete: Das Blau des Himmels oder der See, dessen silbriges Glitzern, wenn die Sonne um diese Tageszeit noch schräg stand, fast blendete. Alles in Ordnung. Kein Nebel. Matteo atmete ein paar tiefe Züge der morgendlich frischen Luft ein.

Gerade als er die Angel ausgeworfen und die Futura angezündet hatte, klingelte das Telefon.

Cesario hatte offenbar die Morgenstunden genutzt, um ein paar Informationen einzuholen. »1919. grazioso« gehörte zum traditionsreichen Giancomelli-Unternehmen. Seit Generationen wurde es von einer der wohlhabendsten Mailänder Familien betrieben, eine millionenschwere Firma, die mit Diamanten handelte und Schmuck herstellte, der teurer war als eine Loftwohnung im Mailänder Nobelviertel Brera, erfuhr Matteo. Es kursierten Gerüchte über erhebliche Umsatzeinbußen.

»Aber das halte ich für unerheblich«, erklärte Cesario. »Solche Gerüchte sind immerzu und über beinahe jede Firma im Umlauf.«

Cesario holte scheppernd Luft, seinen Vorsatz, sich endlich einmal sportlich zu betätigen, hatte er wohl in den letzten Monaten wieder verworfen.

»Was diesen Maldini angeht, scheint er mit ›1919. grazioso‹ eine sehr exklusive Kollektion innerhalb der Firma zu verantworten. Dazu konnte man mir aber nicht viel sagen.«

Gemächlich schaukelte der Blinker auf dem Wasser.

»Es tut mir leid, ich hätte dir gern etwas Spektakuläreres

berichtet. Aber auf den ersten Blick sieht hier alles sehr sauber aus. Geradezu vorbildlich.«

Matteo hörte ein Knarzen, dazu ein zufriedenes Grummeln. Er wusste genau, was das bedeutete: Cesario lehnte seinen üppigen Körper in einem Schreibtischstuhl, bei dem es sich eher um einen großzügig gepolsterten Sessel handelte, zurück und legte die Füße auf seinen auf geradezu schwindelerregende Weise mit Akten vollgestapelten Schreibtisch. Jedes Mal hatte Matteo bewundert, dass Cesario nicht nur noch ein freies Plätzchen für seine Füße fand, sondern dass er es auch schaffte, keinen der Papierstapel dabei umzustoßen.

»Signor di Lauro, der Herr Bauunternehmer, allerdings scheint schon eher ein Windhund zu sein. Ihm konnte nie wirklich etwas nachgewiesen werden, aber es gibt Berichte, vor allem in der linken Presse, die ihn belasten.«

Matteo legte die Angel auf einen Stein neben sich. »Ich habe hier auch einen Ordner mit Zeitungsartikeln gefunden. Kommunale Bauprojekte, der Name di Lauro fällt oft, aber ich kann mir keinen Reim darauf machen.«

»Ottavio di Lauro tritt nach außen als sauberer Geschäftsmann auf, inszeniert sich als Wohltäter, aber man wirft ihm Korruption vor. Er besticht die Beamten in den Baudezernaten, zahlt ihnen das dreifache Gehalt, wenn man den Berichten trauen darf, und ergaunert sich so die Aufträge. Aber das ist natürlich längst nicht alles.«

Matteo wusste, dass sie nun an einen Punkt gekommen waren, an dem er Cesario den Gefallen tun musste, ihm die nächsten Informationen ein wenig aus der Nase zu ziehen.

»Was hast du rausgefunden?«

Vom anderen Ende kam ein zufriedenes Schmatzen.

»In Padua ist ein Prozess anhängig. Ihm wird vorgeworfen, nicht nur durch Korruption an Aufträge zu kommen, es wird vermutet, dass er an dem derzeitigen Flüchtlingsdrama verdient, und zwar doppelt. Er baut Flüchtlingsunterkünfte, betreibt sie über eine Scheinfirma und unterläuft die Mindeststandards. Dreimal so viele Flüchtlinge wie erlaubt, so die Vorwürfe, pfercht er in seine Behausungen. Weißt du, was er dafür kassiert? Fünfunddreißig Euro am Tag pro Person. Bisher ist es aber zu keinem Urteil gegen ihn gekommen. Er hat einen guten Anwalt. Willst du raten, wie der heißt?«

»Andrea Foresta?«

»Treffer. Hör zu, Matteo, wenn ich meine Informanten auf di Lauro anspreche: eine Mauer des Schweigens. Sie haben Angst. Du musst vorsichtig sein.«

»Könnte es sein, dass di Lauro irgendwie verbandelt ist mit dem Schmuckunternehmen? Und dass beispielsweise Maldini als eine Art Mittelsmann fungiert? Ich habe bei Maldini Unterlagen über ein Luxusresort in Stresa gefunden.«

»Du weißt ja, möglich ist alles. Und, Matteo«, das zarte Quietschen deutete darauf hin, dass Cesario sich wieder in eine aufrechte Sitzposition begab. Er räusperte sich. »Was ich sagen wollte: Es ist schön, deine Stimme mal wieder zu hören. Ich hätte, offen gestanden, nicht damit gerechnet. Du fehlst hier. Ich wünschte, es hätte nicht so weit kommen müssen. Wir alle hier … Aber willst du mir nicht erzählen, warum du unter die Ermittler gegangen bist? Muss ich mir Sorgen machen?«

»Eine Freundin von mir ist ums Leben gekommen, kurz darauf hat dieser Maldini einen tödlichen Unfall gehabt. Di Lauro stand mit ihm in Kontakt. In welchem, kann ich noch nicht genau sagen.« Matteo stockte und dachte an die

Zeitungsausschnitte, die er in Gisellas Ristorante gefunden hatte. Oder die derjenige verloren hatte, den er dort überrascht hatte. »Die Polizei scheint das alles nicht weiter zu interessieren. Also muss ich mich ein wenig umsehen, um Klarheit zu bekommen. Ich melde mich wieder, ja? Oder du, wenn du was hörst. Warte noch kurz: Was ist mit diesem Rossi?«

»Absolut nichts, tut mir leid. Aber hattest du nicht auch gesagt, dass der in Frankreich lebt?«

»Du hast recht. Ich danke dir sehr, Cesario. Ich muss jetzt auflegen.«

Der Blinker schaukelte noch immer auf dem Wasser, als sei nichts geschehen. Wenn man den Tatsachen ins Auge sah, musste man sagen: Es war auch nichts geschehen. Sirrend drehte sich die Sehne auf. Als er ihm auf Augenhöhe vor dem Gesicht baumelte, betrachte Matteo den blanken Haken, der sich spitz in die Höhe bog. Wer auch immer es sein würde, der daran am Ende baumelte.

Mit einem Schwung leerte Matteo das Wasser aus dem Eimer und verstaute ihn gemeinsam mit der Angel in der Felsspalte, dann stieg er zur Macelleria hinauf.

Auf frische Salsiccia würden die Kunden heute verzichten müssen, entschied er und legte sich ein Roastbeef auf dem Hackblock zurecht. Ein paar anständige Bisteccas würden die Leute auch erfreuen. Überhaupt war er bisher sehr gut damit gefahren, sein Sortiment klein zu halten. Vielleicht mochte manchem seine Auslage spärlich vorkommen. Ausgewählt und exklusiv konnte man sie auch nennen.

Vorsichtig fuhr Matteo mit dem Messer am Fleisch entlang. Es war ein Ammenmärchen, Fleischer als brutale Kerle auszumalen. Mal abgesehen von der Legende der brandschatzenden Brüder von Cannero, die Matteo durchaus für historisch hielt. In diesem Fall aber war er sicher, dass sie Gewalt nur ihren Mitmenschen gegenüber angewandt hatten, nicht aber am Fleisch, das sie zu verarbeiten hatten.

Die Technik des Spitzschnittes war etwas, das sein Vater ihm als eines der ersten Geheimnisse der Fleischerkunst anvertraut hatte. Es war, das war Matteo in den vergangenen Wochen klar geworden, die Königsdisziplin des Handwerks. Muskel um Muskel löste man nicht, indem man entschieden Schnitt um Schnitt machte, sondern indem man sich vom Messer den Weg durch das Fleisch weisen ließ. Nicht die Hand führte das Messer, sondern das Messer führte die Hand, die sich ihm beinahe blind hingab. So wohnte dem Zerteilen selbst größerer Fleischstücke stets etwas Harmonisches inne. Das Messer fand seinen Weg, auch da, wo das Auge ihn nicht mehr sah.

Matteo kannte sich gut genug, um zu wissen, warum er ausgerechnet heute Nacht diesen Traum gehabt hatte, auch wenn er noch eine Weile so tat, als würde dies ein normaler Tag werden. In aller Ruhe röstete er sich zwei Scheiben Brot und schnitt einen neuen Prosciutto an. Der Schinken duftete himmlisch, er belegte die Brote großzügig damit. Die Randstücke konnte er ohnehin nicht verkaufen.

Er musste es lange klingeln lassen, bis endlich jemand den Hörer abnahm.

»Pronto?«

»Flavio, Matteo hier.«

»Du linke Arschbacke von einem Esel. Weißt du nicht, welches Spiel gestern war? Was denkst du, dass wir alles stehen und liegen lassen, um deine heilige Kuh wieder in Gang zu bringen?« Flavio schnaubte empört. »Und, außerdem, du hast doch gehört, deine alte Diva hat mal wieder

Sonderwünsche, die müssen wir erst bestellen. Können wir vielleicht hexen?«

»Hör zu, Flavio. Es geht nicht um den Lancia. Ich habe eine Bitte. Ich brauche eure Hilfe. Habt ihr heute viel zu tun?«

»Was denkst du dir, du durchgequirlter Radicchio. Hier ist immer viel zu tun, vor allem, wenn man wie ich mit zwei hirnlosen Volltrotteln geschlagen ist und immer alles allein machen muss.«

Aus dem lautstarken Protest im Hintergrund schloss Matteo, dass mindestens einer der beiden anderen auch schon in der Werkstatt war. Umso besser.

»Kann mich einer von euch nach Verbania zum Bahnhof fahren?«

»Nach Verbania?«

»Am besten sofort. Und das ist noch nicht alles. Ich werde den ganzen Tag unterwegs sein. Ich brauche jemanden, der sich um die Macelleria kümmert. Heute ist Montag, ich kann sie unmöglich noch einen weiteren Tag geschlossen lassen.«

»Warum stellst du keine Verkäuferin an, wenn du ständig in der Weltgeschichte rumfährst? Was hast du überhaupt vor, willst du wieder irgendwo einbrechen und dich schnappen lassen, du Anfänger?«

»So ähnlich.«

Flavio gluckste.

»Gib uns zehn Minuten.«

Es dauerte tatsächlich nur wenige Minuten, bis Flavio und Luigi hupend vor der Macelleria hielten, weitere zwei Minuten, bis Matteo neben Luigi in dem erstaunlich rumpeligen Colenta saß, dem Werkstattwagen. Die kurze

Einweisung, die Matteo Flavio geben wollte, hatte dieser ungeduldig abgewehrt und ihn aus der Macelleria geschoben. Während der Fahrt nach Verbania, die Luigi in atemberaubenden Tempo zurücklegte, hatte Matteo den Eindruck, als wäre Luigi beleidigt, weil er den Fahrdienst hatte übernehmen müssen, während Flavio Herr der Macelleria war.

Erst kurz vor Verbania drosselte Luigi den Wagen auf annähernd normales Tempo.

»Wo willst du eigentlich hin?«

»Mailand«, antwortete Matteo und blickte in den Himmel, als ob von dort ein Zeichen zu erwarten wäre, das sein Unwohlsein vertrieb.

Als sie vor dem Bahnhof hielten und Matteo schon ausgestiegen war, beugte sich Luigi noch mal zum ihm hinüber.

»Es scheint dir ernst zu sein. Pass auf dich auf. Versprichst du mir das?«

Matteo sah Luigi erstaunt an. Er konnte sich nicht daran erinnern, dass der Alte jemals einen Satz zu ihm gesagt hatte, der ohne Fluch oder angehängten Scherz ausgekommen wäre. Matteo nickte stumm.

»Und ruf an, wenn du was brauchst. Oder wenn wir dich wieder abholen sollen. Was immer du tust, es hat mit Gisella und Maldini zu tun. So viel habe ich begriffen.« Wiederum nickte Matteo nur.

»Und, Matteo, noch etwas. Ich zerbreche mir die ganze Zeit den Kopf darüber, aber mein altes Hirn ist vollkommen eingerostet. Schrottreif. Dieser Freund von Maldini. Wie heißt er noch mal, Rossi? Er war dabei, als Maldini den Wagen zu uns gebracht hat. Es will mir einfach nicht einfallen, aber den kenne ich.«

»Tatsächlich?«

»Nicht, was du denkst, Matteo. Ich kenne den nicht, weil ich ihm mal neue Felgen aufgezogen habe. Ich kenne den von irgendetwas Wichtigem. Hölle noch mal. Man sollte sich erschießen, sobald man ein Wrack wird. Aber ich schwör dir, es fällt mir noch ein.«

»Das wird es.« Matteo legte Luigi die Hand auf die Schulter, was dieser mit einem irritierten Blick quittierte.

»Willst du jetzt kuscheln, Fleischermeister?«

Matteo lachte und warf die Tür zu. »Danke, Luigi.«

Luigi verdrehte die Augen, schüttelte den Kopf und fuhr davon.

Matteo konnte sich nur noch vage daran erinnern, was er während der etwas mehr als einstündigen Fahrt gedacht hatte. Eine Art Mantra hatte er hin und her gedreht in seinem Kopf: Dass es wichtig sei, nach Mailand zu fahren. Und albern, ein derartiges Aufheben darum zu veranstalten. Heute Abend wäre er wieder am Lago Maggiore. Was war schon dabei. Er würde bestimmte Viertel meiden. Teresas Viertel. Den Kanal.

Jetzt, als er auf die von der Sonne beschienene Piazza Duca d'Aosta vor der Stazione Centrale trat, entwich alle Energie aus seinem Körper, wie das Gas aus einem dieser Luftballons, die Kinder ihren Eltern auf dem Rummel abrangen, um dann am nächsten Tag mit Entsetzen ein schlaffes Einhorn oder einen traurigen Spiderman auf dem Fußboden des Kinderzimmers entdecken zu müssen.

Was hatte er sich bloß dabei gedacht, hierherzukommen? Was kümmerte ihn dieser Maldini? Natürlich, er war derjenige, gegen den er den konkretesten Verdacht hatte. Vielleicht aber war der Schuldige auch noch gar nicht bis in sein Blickfeld vorgedrungen. Was war mit den anderen Partys oder Dinners, auf denen Gisella gearbeitet hatte? Eine eifersüchtige Ehefrau? Ein abgewiesener und gekränkter Verehrer? Nicht zu vergessen dieser di Lauro.

Er musste unbedingt systematisch die Liste mit Gisellas Auftraggebern abarbeiten. Matteo hatte das Gefühl, in einer Art Windkanal zu stehen, der ihn vorwärts zwang, während seine Beine sich eigenartig flau anfühlten. Er warf einen Blick zurück auf das mächtige Gebäude des Bahnhofs, das erhaben aussehen wollte, aber doch nur brachial und ungelenk wirkte, jedenfalls von außen. Sich der Situation, in die er sich selbst gebracht hatte, zumindest annähernd ergebend, kaufte er sich schließlich am Zeitungsstand eine Tageskarte für Straßenbahn und Metro und eine Packung Erdnüsse, die er sofort aufriss. Er schob sich eine Handvoll in den Mund.

Er hatte eine Nussallergie, die vor allem bei diesen gesalzenen Dingern zu hektisch wirkenden Hustenanfällen führte. Nicht immer, wie er festgestellt hatte, aber doch mit einer statistischen Wahrscheinlichkeit von neunzig Prozent. Was er aber auch festgestellt hatte, war, dass es mitunter half, die eigene Aufmerksamkeit zu verlagern. Wenn es sein musste, dann eben auf Anfälle von allergischem Reizhusten.

Schnell steckte er sich noch ein paar Nüsse in den Mund. Die widerwärtige Mischung aus Salz und Geschmacksverstärkern kauend, ließ er sich auf die blanke Holzbank der Straßenbahn gleiten, in die er mittlerweile gestiegen war.

Himmel, die Dinger waren wirklich höllisch. Matteo hustete so stark, dass ihm die Tränen in die Augen schossen. Eine ältere Dame, die ihm gegenübersaß, holte eine Flasche Wasser aus ihrer Einkaufstasche und deutete an, sie ihm zu reichen. Matteo hob freundlich abwehrend eine

Hand. Ein weiterer Hustenanfall hinderte ihn daran, einen Dank auszusprechen.

Aber was hätte er auch sagen sollen? Danke, nein, bitte kein Wasser, das soll so sein mit dem Husten? Ich bin ganz froh, wenn mir ein wenig Wasser in den Augen steht, dann muss ich nicht so viel sehen von der Stadt, die ich vor weniger als einem halben Jahr verlassen habe und in die ich nie wieder zurückkehren wollte?

Natürlich hinderten ihn die paar Tränen, die sein Husten ausgelöst hatte, nicht daran, die nur allzu vertrauten Gebäude und Plätze zu erkennen, an denen die Straßenbahn unter dem altvertrauten Quietschen und Rattern vorbeifuhr. Breit erschienen ihm die Straßen, herrschaftlich die Jahrhundertwendehäuser, obgleich Mailand, anders als der Ruf als Modemetropole es vermuten ließ, eine angenehm zurückgenommene und unaufgeregte Stadt war, in den meisten Ecken zumindest.

Die Straßenbahn kreuzte den Repubblica, jenen Platz, der Matteo immer erschienen war, als hätte ein Architekt, der eigentlich auf sozialistische Repräsentation spezialisiert war, sich ausnahmsweise einmal hier ausprobieren dürfen.

Der Hauptsitz der Giancomellis befand sich laut Cesario in der Via della Spiga, in jenem Luxusviertel, für das Mailand weltberühmt war, wo neue und alteingesessene Nobelboutiquen, Designer und Juweliere ihr vom Großteil der Menschen verborgenes Dasein fristeten. Dieses Viertel mochte nicht ganz so entspannt sein wie der Rest der Stadt.

Kaum eine Tür, an der nicht ein muskelbepackter Aufpasser in einem selbstredend tadellosen Anzug darüber wachte, dass kein zahlungsunfähiges Fußvolk die andächtige Stimmung im Laden störte. Matteo hatten diese Straßen nie gereizt. Sie hatten wenig mit seinem Mailand zu tun. Fast war er froh – soweit die Umstände etwas in dieser Stimmungsrichtung zuließen –, dass seine Nachforschungen ihn hierhin führten und nicht an einen seiner vertrauten Orte. Wobei diese Rechnung auch einen Gutteil Augenwischerei enthielt. Gleich hinter den luxuriösen Gassen lag die Scala. Schnell ließ er die letzten Erdnüsse in den Mund gleiten.

Nachdem er die Straßenbahn an der Piazza Cavour verlassen hatte, kam ihm die Straße wie überbelichtet vor. Die Anspannung würde sich auch durch eine weitere Packung Erdnüsse nicht unterdrücken lassen. Matteo hatte den absurden Gedanken, dass sich jemand, der wusste, dass auf einem der Dächer ein Scharfschütze lauerte, ganz ähnlich fühlen musste wie er. In seinem Nacken kribbelte es ungut.

Das Gefühl, dass ihn jederzeit etwas hinterrücks packen konnte, wurde nur unwesentlich besser, als er in die enge Via della Spiga abbog. Er kam sich wie ein Eindringling vor, der widerrechtlich zurückgekehrt war und damit rechnen musste, erwischt zu werden. Dabei war er es, der gegangen war. Niemand hatte ihn gezwungen. Niemand hatte ihn fortgejagt. Es war einzig und allein seine Entscheidung gewesen.

Matteo rief sich zur Räson. Er würde sein Vorhaben erledigen, würde bei Giancomelli ein paar Erkundigungen über Maldini einholen. Und heute Nachmittag würde er sich von Anna eine Liste derjenigen geben lassen, bei denen Gisella auf Feiern ausgeholfen hatte. Sicher gab es auch ein Verzeichnis ihrer Kursteilnehmer. Längst hätte er sich das vornehmen sollen.

Der Laden der Giancomellis sah unscheinbarer aus, als

Matteo es sich vorgestellt hatte. Darunter verstand man wohl Understatement. Schmal und kaum beleuchtet, eher wie ein altmodisches Kontor, lag er zwischen zwei Boutiquen, deren Schaufenster sich mit schrillen Farbtönen augenscheinlich zu übertrumpfen versuchten. Ein Namenszug fehlte, Matteo überprüfte noch einmal die Hausnummer. Sie stimmte. Erst als er zum wiederholten Male den Versuch gemacht hatte, die Ladentür aufzudrücken, sogar schon etwas unwirsch an dem geschwungenen Griff gerüttelt hatte, sah er die polierte Messingklingel, mittels derer Besucher um Einlass bitten mussten.

Als Matteo den Knopf gedrückt hatte und ein gedämpftes Läuten aus dem Innern des Ladens zu hören war, nahm er die Gestalt wahr, die an einem zierlichen und mit Intarsien versehenen Schreibtisch gesessen hatte und sich nun wie in Zeitlupe erhob und sich mit schleppendem Gang näherte, um die Tür zu öffnen.

Matteo war erstaunt, einen Mann vor sich zu haben, der entgegen dem Anschein, den seine Bewegungen und sein blassgrüner Tweedanzug vermittelten, allenfalls Ende dreißig sein konnte.

»Prego?«, fragte sein Gegenüber mit hinter Liebenswürdigkeit kaum verhohlenem Überdruss.

»Darf ich erst einmal eintreten, bitte?«

Der andere machte eine übertriebene Geste, mit der er Matteo Einlass gewährte. Das Licht im Innern des Ladens war weitaus weniger schummrig, als es von außen gewirkt hatte. Und selbst jemand wie Matteo, der abgesehen von seiner Courage niemals mit Schmuck jenseits der herkömmlichen Familienerbstücke in Kontakt gekommen war, erkannte auf den ersten Blick, dass es sich bei dem in alten Nussbaumvitrinen präsentierten Schmuck um ausgewählte Kostbarkeiten handelte. Gerade die Dezenz der Stücke schien Ausweis ihres Wertes zu sein. Matteo unterdrückte mühsam einen Hustenreiz, der ihm gerade äußerst unpassend vorgekommen wäre.

»Wie kann ich Ihnen helfen?« Der ironische Blick des Mannes zeugte davon, dass er überzeugt war, hier keinen potenziellen Kunden vor sich zu haben. Matteo ließ sich von dieser zur Schau gestellten Arroganz nicht beirren.

»Matteo Basso. Vielen Dank, dass Sie Zeit für mich haben.« Das war natürlich eher Behauptung denn Tatsache, vermittelte allerdings mehr Souveränität als das Husten, das ihm schon wieder den Hals hinaufzukriechen drohte. »Ich komme leider in einer etwas unschönen Angelegenheit. Franco Maldini ist gestorben. Ich weiß nicht, ob diese traurige Nachricht Sie schon erreicht hat, aber er war ja Mitarbeiter Ihrer Firma. Daher haben Sie ihn sicherlich gut gekannt.«

Der gelangweilte Enddreißiger hatte sich mittlerweile an eine der Vitrinen gelehnt und die Arme vor der Brust verschränkt. Er zuckte die Schultern.

»Ich habe Anlass zu der Befürchtung, dass es bei seinem Tod nicht mit rechten Dingen zugegangen ist.« Matteo gab sich Mühe, seinen Sätzen Nachdruck zu verleihen.

»Es könnte unter Umständen sehr hilfreich sein, wenn Sie mir zur Seite stehen könnten mit Informationen, Signor …?«

»Giancomelli, Emilio Giancomelli. Ich bin nur der«, er machte eine unbestimmte, etwas flatterhafte Handbewegung, »ich bin nur der Sohn. Ich habe keine Ahnung von den Geschäften. Und«, fügte er nach einer kurzen Pause an, in der er aussah, als ob es ihn unendliche Überwindung kosten würde, die Kraft zum Weitersprechen zu sammeln,

»auch nicht von den Personen, die in diesem Kosmos herumschwirren. Oder schwirrten.«

Er lächelte übertrieben gequält.

»Womöglich gibt es aber hier jemanden, der mir weiterhelfen kann?«

Giancomelli deutete in den hinteren Bereich des Ladens.

»Im ersten Stock sitzt unser Geschäftsführer, Signor Giuseppe Vaccani.« Dann schlich er zum Schreibtisch zurück und ließ sich, wie nach einer großen Anstrengung, in seinen mit Leder bezogenen Armlehnstuhl fallen.

Für wen spielte dieser Typ Theater? Für Matteo? Oder für die übliche wohlhabende Kundschaft, die möglicherweise diese Form der Dekadenz erwartete? Die selbstverständliche Arroganz, mit der Menschen wie Giancomelli durchs Leben gingen, verblüffte Matteo immer wieder.

Seine Schritte wurden von dem weinroten Teppich verschluckt, mit dem die Treppenstufen ausgelegt waren. Schon wieder kroch ihm ein Hustenreiz den Hals hinauf.

Im Flur der ersten Etage angekommen, musste Matteo sich kurz orientieren. Fünf mächtige dunkle Holztüren gingen von dem breiten Gang ab, der eher den Charakter einer Vorhalle hatte. In der Mitte stand eine barocke Sitzbank. Namen waren keine an den Türen. Auf gut Glück klopfte Matteo an einer von ihnen, der einzigen, hinter der er Geräusche vernahm.

Ohne eine Reaktion auf sein Klopfen abzuwarten, trat Matteo ein. Der Mann, der an einem sehr viel schlichteren Schreibtisch als Giancomelli, dafür aber in einem sehr viel größeren Raum saß, fuhr auf und starrte ihn durch runde Brillengläser an. Matteo musste ein Schmunzeln unterdrücken. Stellte man sich so einen Geschäftsführer vor? Eher ließ der Mann an einen etwas altmodischen Buchhalter denken. Ein Vogelkopf über dem ausgeprägten Adamsapfel. Die lichten Haare kurz geschoren. Wie ein erschrockener Habicht sah dieser Mensch aus, wie er da hinter seinem Schreibtisch stand mit seiner nickelgefassten Brille, die aus einem anderen Jahrhundert zu stammen schien.

»Wie kann ich Ihnen helfen?« Seine Stimme war für Matteos Geschmack eine Spur zu schrill. Um einen veritablen Kauz abzugeben, war der Mann allerdings zu jung. Matteo schätzte, dass er etwa im gleichen Alter war wie er selbst.

»Guten Morgen, bitte entschuldigen Sie, dass ich hier so hereinplatze.« Nun war es Matteo, der mit einer unbestimmten Handbewegung hinter sich deutete. »Signor Giancomelli war so freundlich, mich hineinzulassen. Ich möchte mit Giuseppe Vaccani, dem Geschäftsführer, sprechen.«

Der Vogelgesichtige kniff die Augen zusammen und fixierte Matteo.

»Worum geht es?«

»Sind Sie Giuseppe Vaccani?« Weil der andere nicht widersprach, nahm Matteo das als Zustimmung. »Mein Name ist Matteo Basso. Ich komme wegen meines Freundes Franco Maldini. Sind Sie schon darüber informiert, dass er einen tödlichen Unfall gehabt hat?«

»Die trau…ri…ge …«, war das Einzige, was Vaccani hervorbringen konnte, dann wurde er von einem Hustenanfall geschüttelt. Matteo betrachtete die breite Fensterfront, die man nicht erwartete, wenn man die niedrigen Decken der unteren Etage vor Augen hatte. Vaccani hatte sich mittlerweile einen Bonbon in den Mund gesteckt, der den Hustenreiz besänftigte. Er setzte neu an.

»Nehmen Sie Platz.« Er deutete auf einen der Stühle vor seinem Schreibtisch und setzte sich seinerseits.

»Die traurige Nachricht hat uns bereits gestern Abend erreicht. Wir sind zutiefst bestürzt. Und wir danken Ihnen für Ihr Kommen. Aber Sie sind sicher nicht nur hier, um uns diese Nachricht zu überbringen. Was führt Sie außerdem zu mir?«

»Ich hatte gehofft, dass Sie mir etwas über die Aufgabenbereiche von Franco Maldini sagen könnten. Über seine Kunden und Geschäftspartner. Darüber hat er mir nie etwas erzählt. Haben Sie beispielsweise Kenntnis von einem Streit oder Ähnlichem?«

Vaccani schob den Bonbon geräuschvoll zwischen den Zähnen hin und her.

»Sie gehen also, wenn ich Sie recht verstehe, nicht davon aus, dass es sich um einen Unfall gehandelt hat?«

Sein Blick war nun nicht mehr erschrocken, er taxierte Matteo eingehend, so wie ein Vogel ein Insekt, um im geeigneten Moment zuschnappen zu können.

»Ich habe Anlass, daran zu zweifeln.«

»Franco Maldini hatte, das wissen Sie sicher, hier im Hause unsere exklusivste Produktlinie zu verantworten. Dafür wurde er von allen sehr geschätzt. Mehr kann ich Ihnen im Grunde nicht sagen. Wissen Sie, wir sind ein traditionsreiches Familienunternehmen, mit einem klar definierten Engagement, da ereignet sich wenig Spektakuläres. Und selbst wenn sich etwas ereignen sollte«, Vaccani lächelte, »dann bleibt das selbstverständlich hinter verschlossenen Türen.«

»Verstehe«, Matteo bemühte sich ebenfalls um ein souveränes Lächeln, das leider durch einen erneuten Hustenanfall gestört wurde. Er hoffte, dass Vaccani nicht das Gefühl hatte, dass er ihn mit dem Husten imitieren und sich über ihn lustig machen wollte.

»Verzeihung, eine Unverträglichkeit«, krächzte er.

Vaccani lächelte verständnisvoll und reichte Matteo eine Packung mit Hustenbonbons.

»Bitte, nehmen Sie. Eine spezielle Mischung, die ich mir aus der Schweiz bestelle. Ich bin seit Jahren von verschiedenen Allergien betroffen.«

Matteo nickte dankbar. Schon der Duft, der ihm beim Auswickeln in die Nase strömte, hatte eine beruhigende Wirkung. Matteo ließ das altmodisch violette, aufwendig mit Blumenornamenten verzierte Bonbonpapier in seine Jackentasche und den Bonbon erleichtert in den Mund gleiten.

»Alpenkräuter«, erläuterte Vaccani.

Hätte er bloß den Schwachsinn mit den Nüssen gelassen.

»Seit wann war Maldini bei Ihnen tätig?«

»Sie verstehen sicher, dass wir mit Informationen über unsere Mitarbeiter äußerst diskret umgehen«, erwiderte Vaccani. »Und allenfalls gewähren wir ermittelnden Behörden Einblick in unsere Geschäftsgeheimnisse, keinesfalls aber Anverwandten oder Freunden unserer Mitarbeiter, mögen sie noch so vertrauenswürdig sein. Das werden Sie verstehen.«

»Hätten Sie dennoch die Güte, mir als Unwissendem kurz die Arbeit von Franco Maldini zu erläutern? Franco selbst hat, wie gesagt, ganz im Geiste Ihres Unternehmens, wenig über seine Arbeit gesprochen.«

»Herr Maldini war nicht selbst für die Entwürfe seiner Schmuckkollektion zuständig, er entschied zwar, welche Stücke in Produktion gingen, aber seine Hauptaufgabe bestand darin, uns weltweit auf Auktionen die außergewöhnlichsten Edelsteine und Diamanten zu sichern, und er hielt Kontakt zu unseren wichtigsten Kunden, für die Exklusivität ebenso wichtig ist wie Diskretion. Seine ›Arbeit‹«, er zog das Wort genüsslich in die Länge, »bestand jedenfalls nicht darin, dass er morgens um neun im Büro erschien und sich an seinen Schreibtisch setzte. Im Gegensatz zu mir«, fuhr er fort und hustete. Den letzten Satz schien er mehr zu sich selbst als zu Matteo gesagt zu haben. Vaccani steckte einen weiteren Bonbon in den Mund.

»Verstehe«, Matteo hatte wenig Hoffnung, dass er hier noch etwas Aufschlussreiches über Maldini erfahren würde. Er sollte sich schleunigst zum Bahnhof aufmachen und zurückfahren. Und vielleicht sollte er sich auch einfach dorthin begeben, wohin er seit ein paar Monaten gehörte: hinter seine Ladentheke und sich auf seine neue Aufgabe konzentrieren. Das Sternerestaurant »Piccolo Lago« am Lago di Mergozzo hatte Soppressata bestellt. Wenngleich ihm der Gedanke daran den Magen umdrehte, weil das Rezept seines Vaters ausdrücklich nur aus Schweineresten bestehen durfte: Zungen, Klauen, Köpfen. Er sah die nach langem Kochen grau gewordene, sämige Masse, die sich erst nach dem Trocknen in sattes Rot verwandelte, vor sich. Ihm graute davor, sie anzusetzen und in die Därme abzufüllen. Nicht, dass die Wurst beim letzten Mal, nachdem er sie drei Wochen zum Trocknen aufgehängt hatte, nicht gut geschmeckt hätte. Aber dieses Rezept war für Matteos Empfinden ganz einfach ein Stück zu rustikal.

Er würde dieses Mal andere, noblere Teile vom Schwein verwenden, beschloss er, vor allem aus Nacken und Schulter, auch wenn sein Vater darüber sicherlich entrüstet gewesen wäre. Immerhin, die Gewürzmischung aus Nelken, Knoblauch, Salz, Pfeffer, einer Prise Chili und süßem Wein würde Matteo beibehalten.

In seiner Tasche vibrierte das Handy. Rasch zog Matteo es heraus, um zu überprüfen, ob es der anonyme Anrufer war oder vielleicht die Kommissarin, die Neuigkeiten hatte. Aber die Nummer, die angezeigt wurde, gehörte Cesario. Er würde ihn später zurückrufen.

Vaccani sah ihn auffordernd an.

»Wenn ich Ihnen noch irgendwie weiterhelfen kann?«

Matteo machte einen letzten, wenngleich nicht mehr sonderlich überzeugten Versuch.

»War Franco Maldini derzeit mit außergewöhnlichen Aufgaben betraut? Oder ist Ihnen irgendetwas an seinem Verhalten aufgefallen? Hat er sich vielleicht zu besonderen Zukunftsplänen geäußert?«

Vaccani legte den Kopf schief und lächelte fast mitleidig.

Matteo nickte.

»Ich verstehe, die Diskretion.«

»Ganz genau«, erwiderte Vaccani und wies Richtung Tür. Matteo meinte die Vogelaugen, die ihn permanent fixiert hatten, noch immer zu spüren, als er den Flur hinunter und ins Treppenhaus ging.

9

Matteo steckte sich eine Futura an und lief nachdenklich an den fast ausnahmslos himmelschreiend hässlichen Auslagen der Designerläden vorbei. Manchmal musste man ganz froh sein, dass der liebe Gott einen nicht mit Reichtum gesegnet hatte, dachte er. Fassungslos betrachtete er ein Paar Schuhe, das sich auf einem goldenen Podest drehte. Wenn man dieses mehrstöckige Etwas überhaupt noch als Schuh bezeichnen konnte. Wie lange eine Frau wohl brauchte, um das Gewirr von Schnüren und Schnallen um ihre Knöchel und Waden zu wickeln? Und wie viele Schritte sie auf diesen Plateausohlen machen konnte, bis sie sich ein Bein brach? Oder auch den Hals.

Höchstens zehn Schritte, tippte Matteo. Aber auch das nur auf geradem, nicht abschüssigem Gelände. Kopfschüttelnd warf er noch einen letzten Blick auf das Schuh-Ungetüm.

Matteo hatte enttäuschend wenig über Maldini und seine Aufgaben bei Giancomelli erfahren. Aber vielleicht stellte dieses Nichts genau das dar, was es zu erfahren gab. Dass es nichts Besonderes zu wissen gab. Das Angebot richtete sich an die oberen Zehntausend, aber vielleicht war das in Wirklichkeit auch nicht spektakulärer, als eine Fleischerei zu betreiben. Womöglich ging in so einem Familienunternehmen einfach seit Jahrzehnten ohne Ausnahme alles seinen gewohnten selbstverständlichen Gang. Und Maldinis globale Einkaufstouren hatten weniger mit Blutdiamanten und Hehlerware zu tun, sondern dienten lediglich dazu, die besten Zutaten zusammenzutragen, genauso wie es Gisella auf ihren ausschweifenden Einkaufsfahrten durchs Tal getan hatte. Mit dem Unterschied, dass es bei Maldini um viel Geld ging, sehr viel Geld.

Viele Kunden schien dieser noble Zirkus allerdings nicht anzuziehen. Vielleicht war Montagmittag auch einfach nicht die richtige Zeit für die potenzielle Kundschaft, vielleicht steckte die in anderen Terminen. Matteo blickte hinter sich, um noch einmal die gähnende Leere der Via della Spiga in Augenschein zu nehmen, als er unsanft mit einem Mann aneinanderstieß, der mit schnellen Schritten aus einer Seitengasse trat. Matteo murmelte ein »Scusi« und ging weiter, als ihn der andere heftig an der Schulter packte.

Im nächsten Moment umarmte der Mann Matteo stürmisch und verteilte ein veritables Trommelfeuer von Klopfern auf seinem Rücken.

»Santo cielo! Matteo! Du hier!«

Jetzt erkannte Matteo, wer ihn da so begeistert begrüßte, auch wenn ihm das gerade entschieden zu viel Körperkontakt und Lautstärke waren. Er blickte in das strahlende Gesicht von Mounir Bidaui, dem marokkanischen Maskenbildner der Scala, Teresas Lieblingskollege, vermutlich der Lieblingskollege aller, dessen bildschönes, ein wenig zu bildschönes Gesicht immer verdächtig danach aussah, als hätte er auch hier einen seiner Pinsel angesetzt. Und wer Mounirs Eichhörnchen- oder Dachspinsel kannte, der wusste, dass sie Zauberwerke vollbringen konnten. Selbst einen dicklichen, etwas behäbigen Tenor, der im wahren Leben eher den Charme eines biederen Bankangestellten versprühte, konnte Mounir in einen feurigen Othello verwandeln. Seine Maskenzeiten waren ein hart umkämpftes Terrain bei der Disposition jeder Vorstellung.

Mounir wischte sich eine, wenn auch nur symbolisch vorhandene, Träne aus den Augen. Es gab nicht viele Menschen, deren Theatralik zugleich ausgestellt war und doch vollends von Herzen zu kommen schien.

»Mounir.« Mehr fiel Matteo gerade nicht ein.

»Wie geht es dir, hast du Zeit für einen Caffè?«

Matteo kam nicht umhin, nun doch auch selbst ein bisschen bewegt zu sein über Mounirs Begrüßung. Schließlich war er doch eher Teresas Freund und Kollege gewesen, nicht seiner.

»Bist du wieder hier?« Mounir strahlte ihn erwartungsvoll an. »Seid ihr etwa beide wieder hier?«

Matteo zuckte zusammen und schüttelte den Kopf.

»Entschuldige, was für eine dumme Frage!«, plapperte Mounir weiter, um gar nicht erst eine Verlegenheitspause entstehen zu lassen. »Aber du, sag mal, was treibst du hier?«

»Ich bin eigentlich gar nicht hier, eigentlich schon wieder weg«, erklärte er Mounir, der verwundert lächelte ob der fehlenden Logik von Matteos Worten. »Es ist wegen einer Freundin. Eine komplizierte Sache. Wie geht es dir?«, versuchte Matteo das Gespräch in eine andere Bahn zu lenken.

»Mir geht es gut, hier läuft alles. Der Vorhang muss sich heben. Das weißt du doch.« Das wahre Alter von Mounir war schwer zu schätzen und, neben den Gagen der regelmäßig für Gastrollen engagierten Star-Sopranistinnen, eines der am besten gehüteten Geheimnisse der Scala.

»Aber sag mir, was hat es auf sich mit deiner Freundin?« Mounir lächelte. »Etwas Ernstes?«

»Ernst, ja, leider tatsächlich. Ich hatte gehofft, hier etwas zu erfahren, was mir weiterhilft. Aber ich befürchte, das war von Anfang an eine sinnlose Idee.«

»Wieso glaubst du, dass es sinnlos gewesen ist, hierherzukommen?« Mounir legte Matteo die Hand auf die Schulter. »Es bedrückt dich, hier zu sein. Habe ich recht?«

Matteo zuckte hilflos die Schultern. Es war eigentlich zwecklos, Mounir die ganze Geschichte zu erzählen. Vermutlich aber war es der Wärme geschuldet, die Mounir mit jeder Faser seines Körpers ausstrahlte und die in seinen Augen schimmerte, dass Matteo sich doch dazu verleiten ließ.

»Diese Freundin. Sie ist tot. Die Polizei sagt, es sei ein Unfall gewesen. Ich glaube das nicht. Irgendetwas ist faul an der Sache. Weißt du, es ist erst ein paar Tage her, dass sie gestorben ist. Und schon jetzt habe ich das Gefühl, dass ich sie gar nicht richtig gekannt habe. Wir waren nicht die engsten Freunde, aber da war schon eine Vertrautheit, das dachte ich zumindest. Aber nun erfahre ich ständig Dinge, von denen ich nicht die geringste Ahnung hatte. Nichts Weltbewegendes. Aber es ist trotzdem seltsam, nun zu merken, wie wenig ich in Wahrheit von ihr wusste.«

Sie standen noch immer an der Ecke Via della Spiga / Via Santo Spirito, an der sie ineinandergerannt waren. Eigentlich tat es ganz gut, zumindest einen Teil dessen, was ihn in den letzten Tagen beschäftigt hatte, einmal auszusprechen.

»Und nun bin ich heute Morgen nach Mailand gefahren, was ich tatsächlich nie wieder tun wollte«, Matteo merkte, wie er sich durch seine Worte selbst aus dem Takt brachte.

Er räusperte sich, als könnte er damit die Beklemmung in seinem Hals wegdrücken. »Und gerade habe ich das Gefühl, dass das die vollkommen falsche Richtung ist. Dass ich mich immer weiter von dem entferne, was ich eigentlich herausfinden will.«

Matteo zögerte kurz. Im Grunde war es genauso, wie er es soeben gesagt hatte. »Ich entferne mich aus irgendeinem Grund immer weiter von Gisella.«

»Gisella heißt sie?«

»Gisella Tonetti. Gestern erfahre ich, wie nebenbei, dass sie früher an der Scala getanzt hat. Warum hat sie mir darüber nie etwas gesagt? Sie wusste doch, wo ich herkomme.«

»Was meinst du mit früher?«

»Ich habe keine Ahnung. Auf dem kleinen Foto, das ich aus dieser Zeit entdeckt habe, sieht sie sehr jung aus. Zehn, nein, eher fünfzehn Jahre muss das her sein.«

Mounir, dessen Hand noch immer auf Matteos Schulter lag, drehte ihn sanft einmal halb um die eigene Achse und bedeute ihm, sich in Bewegung zu setzen.

»Ich kann dir nichts versprechen, aber vielleicht bist du doch nicht ganz umsonst gekommen.«

Matteo war unschlüssig, was er von dieser Art der Bevormundung halten sollte.

»Wenn es jemanden gibt, der dir etwas über deine Freundin erzählen kann, dann ist das Carla Sorini. Jeder und jede, die in den letzten fünfzig Jahren an der Scala getanzt hat, ist durch Carlas Schule gegangen.«

Die Wohnung von Carla Sorini lag nur wenige Straßen entfernt. Eigentlich hatten die Räume kaum Ähnlichkeit mit einer Wohnung, eher erschienen sie Matteo wie Teile eines

Museums. Oder nein, wie der Fundus eines Tanztheaters, der seit mindestens einem Jahrhundert nicht mehr entrümpelt worden war. Auf Kleiderstangen reihten sich Tutus. Auf Regalen stapelten sich ausgetragene Ballettschläppchen. An den Wänden hingen Bilder von Aufführungen und Proben. Ein wenig erinnerte ihn die schiere Fülle an Gisellas Küche.

Matteo betrachtete staunend das Sammelsurium, das jedes kleine oder nicht mehr so kleine Mädchen in Verzückung versetzen musste. Auch an ihm selbst ging die märchenhafte Aura dieser Räume, während er der alten, feingliedrigen Dame folgte, nicht spurlos vorüber. Carla Sorini trug ein schlichtes Kleid aus weißem Leinen, was die Leichtigkeit, mit der sie lautlos durch die Räume glitt, noch verstärkte. Unter jedem Schritt Matteos hingegen gaben die Dielen mit einem vernehmlichen Knarren nach.

Mounir hatte Carla Sorini mit zwei schnellen Sätzen den Grund ihres Kommens erklärt, Matteo noch einmal fest umarmt und war davongeeilt, weil sein strenger Blick bei einer Perückenanprobe benötigt wurde. Die alte Dame hatte nur sachte genickt, sich umgewandt und bisher mit Matteo noch kein weiteres Wort gewechselt.

»Bitte«, mit einer fast unsichtbaren Geste bedeutete sie ihm nun, auf einem der beiden cremefarbenen Sessel Platz zu nehmen, die in einem Salon standen, dessen Wände ebenfalls mit Aufnahmen von Tänzern und Tänzerinnen bedeckt waren. Die den beiden Fenstern gegenüberliegende Seite wurde von einem Bücherregal ausgefüllt, in dem sich fast ausnahmslos großformatige Bände aneinanderreihten. Werkschauen von Choreografen, tippte Matteo.

Er fragte sich, ob er jemals eine trotz ihres hohen Alters so schöne Frau gesehen hatte. Sanft und zugleich respekteinflößend saß die zarte Person ihm gegenüber, den Rücken gerade durchgebogen, das Kinn konzentriert in seine Richtung geschoben. Ihre Augen ruhten auf seinem Gesicht. Sie wartete, dass er zu sprechen begann.

Also sprach er. Sprach von Gisella und erzählte, in groben Zügen, was ihn mit ihr verband und was in den vergangenen Tagen geschehen und wie sein Besuch in Mailand bisher verlaufen war.

Die alte Dame lauschte ihm, ohne ihn zu unterbrechen, ihr Gesicht zeigte während der Minuten, in denen Matteo berichtete, keine Regung. Lediglich, als er Gisellas vollständigen Namen das erste Mal aussprach, meinte er zu erkennen, dass ein kurzer Schatten über Carla Sorinis ungewöhnlich hellbraune Augen wanderte.

Als Matteo geendet hatte – seine Schilderung hatte sich bis zu dem Zusammenprall mit Mounir erstreckt –, erhob Carla Sorini sich, ging zu einem der Bücherregale und zog einen Band heraus, von dem Matteo nun erkannte, dass es sich um ein Fotoalbum handelte. Sie blätterte eine Seite auf und reichte Matteo das schwere Buch. Matteo betrachtete die Schwarz-Weiß-Aufnahmen.

Waren diese in äußerster Spannung gestreckten und gebogenen Körper nun anmutig oder wurde lediglich eine Grazie behauptet, hinter der sich in Wahrheit nur Disziplin und Quälerei verbarg? Wie schmal diese Frauen waren und wie jung.

»Erkennen Sie sie nicht?« Carla Sorinis Frage riss Matteo aus seinen Gedanken. Er blickte die alte Dame verwirrt an. Sie nickte ihm freundlich zu.

»Gisella.«

»Nein.« Geradezu ungeduldig war Matteo diese Antwort herausgerutscht, wofür er sich sogleich schämte, weil diese Ruppigkeit so gar nicht in diese Räume passte, schon gar nicht zu der alten Dame, die ganz offenbar etwas verwechselt hatte.

Sie nickte abermals, nun beinahe gütig, wie es Matteo schien.

»Doch, doch. Schauen Sie noch einmal genau hin. Gisella Tonetti. Sie ist die Kleinste. Es muss jetzt, warten Sie, beinahe siebzehn Jahre her sein, dass sie hierherkam. Sie war umwerfend. So voller Energie. Sie war wild. Und dann hatte sie, wenn sie tanzte, Momente von unfassbarer Zartheit.«

Matteo sah sich noch einmal die Bilder an. Versuchte, sich nicht auf die Körper, sondern nur auf die Gesichter zu konzentrieren. Versuchte, die streng nach hinten zum Dutt gekämmten Haare gegen Gisellas wild vom Kopf abstehende Fransen auszutauschen. Sah dann doch wieder auf den feingliedrigen, beinahe durchschimmernden Körper.

»Menschen verändern sich, wenn sie die Bühne verlassen. Besonders Tänzerinnen, wenn sie nicht mehr täglich im Ballettsaal stehen.«

Carla Sorini erhob sich, kam zu Matteo herüber und betrachtete, hinter ihm stehend, nun ihrerseits die Bilder. »Wenn sie die Vision von Schwerelosigkeit verloren haben.«

Leicht strich sie mit ihrem schmalen Zeigefinger über das Foto mit der Person, bei der es sich angeblich um Gisella handeln sollte. Matteo konnte es noch immer kaum glauben.

Mit leichten Schritten ging Carla Sorini zu einem der Fenster und blickte eine Weile schweigend auf die Straße hinaus. Kurz hatte Matteo das Gefühl, sie habe ihn vergessen, da wandte sie sich ihm zu.

»Sie hätte ein Star werden können. Aber eines Tages sagte sie mir, dass sie uns verlassen müsse. Für ein paar Monate, für ein Jahr. Sie versprach wiederzukommen. Sie wollte tanzen. Aber sie kam nicht wieder.«

»Was war der Grund dafür, dass sie weggehen wollte?«

»Sie hat zu viel an andere gedacht anstatt an sich. Das ist Gift für eine Künstlerin. Als sie zu mir kam, um sich zu verabschieden, sah ich, dass sie geweint haben musste, lange. Ihre Augen waren fast zugeschwollen, so verquollen waren sie. Aber als sie mir gegenübersaß, war sie gefasst.«

Matteo blickte Carla Sorini auffordernd an.

»Sie hat mir kein Wort gesagt. Und ich habe nicht gefragt. Tanz bedeutet Disziplin, das Gefühl muss sich im Betrachter herstellen, nicht im Tänzer selbst. Heute würde ich das anders sehen. Man wird milde im Alter.«

»Wie lange hat sie bei Ihnen getanzt?« Matteo hatte sich erhoben, weil er den Eindruck hatte, dass das Gespräch sich dem Ende näherte. Die alte Dame wog leicht den Kopf.

»Drei Jahre müssen es gewesen sein, relativ genau drei Jahre.«

Noch einmal blickte sie kurz hinaus, dann schritt sie Richtung Tür. Sein Gefühl hatte Matteo nicht getäuscht, die Audienz war vorüber. Er beeilte sich, der Tanzmeisterin zu folgen, und gab sich Mühe, dieses Mal die Dielen nicht ganz so sehr zum Knarzen zu bringen.

»Sie sagten, sie hat als Tanzlehrerin gearbeitet, am Lago Maggiore? Da kam sie her, erinnere ich mich richtig?«

Matteo nickte. »Ja, sie hat noch Familie dort. Ihre Schwester.«

»So.«

Als sie die Wohnungstür erreicht hatten und Matteo dazu ansetzte, sich zu bedanken, war es eine beinahe unmerkliche Kopfbewegung von Carla Sorini, die ihn verstummen ließ.

»Sie sind vorhin bei den Giancomellis gewesen. Man wird Ihnen dort vermutlich nichts erzählt haben, was Ihnen weiterhilft.«

»Das stimmt leider.«

Die alte Dame winkte überraschend resolut ab. »Emilio Giancomelli geht vollkommen in der Rolle des gelangweilten, übersättigten Sohnes auf. Ich glaube, er weiß gar nicht mehr, dass es eine Rolle ist. Eigentlich ist er ein netter Kerl. Und dieser Geschäftsführer, den interessiert nur sein Rechenschieber.« Sie sah Matteo scharf an, als wolle sie prüfen, ob er auch zu dieser Fraktion gehöre. »Wenn Sie Fragen zum Unternehmen haben, fragen Sie die Chefin, fragen Sie Maria Giancomelli. Sie hat die Firma jahrzehntelang allein geleitet, nachdem ihr Mann gestorben ist, und ebenso lang sind wir miteinander befreundet.«

»Wie kann ich Maria Giancomelli am besten erreichen?«, fragte Matteo.

Carla Sorini öffnete die Wohnungstür.

»Maria besucht jeden Tag zwischen drei und halb fünf den Cimitero Monumentale. Meistens werden Sie sie in der Ehrenhalle finden. Da ist es schön kühl, selbst in den Sommermonaten. Wenn sie Ihnen vertraut, wird sie reden, wenn nicht, nutzen Sie die Gelegenheit für einen Spaziergang. Der Friedhof sagt mehr über das Mailänder Bürgertum aus als jedes Museum oder Stadtarchiv.« Sie lächelte. »Auf Wiedersehen, Signor Basso.«

»Auf Wiedersehen, Signora. Ich danke Ihnen. Sie haben mir sehr geholfen.«

Auf der Straße warf er einen Blick auf die Uhr. Es war kurz nach zwei. Er hatte noch Zeit. Also steuerte er die nächste Bar an. Der Caffè war perfekt. Heiß und beinahe dickflüssig. Kurz bereute Matteo, dass er Carla Sorini nicht gebeten hatte, eines der Fotos von Gisella mitnehmen zu dürfen. Doch wahrscheinlich hätte sie es ihm ohnehin abgeschlagen, ihre Wohnung sprach nicht dafür, dass sie sich gern von Erinnerungen trennte.

Wie anders Gisella ausgesehen hatte. Das konnte doch nicht nur den Jahren geschuldet sein, die vergangen waren, seit die Aufnahmen gemacht worden waren. Matteo versuchte, das Mädchen, das trotz ihrer strahlenden Schönheit verletzlich und sogar scheu erschienen war, mit der robusten, vor Kraft strotzenden Gisella zusammenzubringen, die er gekannt hatte. Sicher, Menschen veränderten sich. Aber war es wirklich nur die Kompaktheit ihrer Gliedmaßen, die den Unterschied zu dem filigranen Wesen ausmachte, das Carla Sorini ihm gezeigt hatte? Und warum hatte sie, wenn ihr tatsächlich eine so glänzende Karriere bevorgestanden hatte, alles hinter sich gelassen und war zurück an den Lago gegangen, um fortan mäßig begabten Urlaubern ein paar Tanzschritte beizubringen oder dekadenten Typen wie Maldini die Abendgesellschaften auszurichten? Warum hatte sie sich freiwillig mit solchen Menschen abgegeben?

Ganz ähnliche Gestalten saßen natürlich auch im Zuschauerraum der Oper und nahmen sich heraus, einer Aufführung ihren Segen zu geben oder zu verweigern. Aber immerhin zog die Bühnenrampe doch eine kaum zu überwindende Trennlinie zwischen diesen Menschen und einem selbst.

Matteo ließ den Blick auf die Vitrine neben der Eingangstür wandern, in der kleine Kuchen und Gebäckstücke zum Kauf verlockten. Wenigstens eine gefüllte Brioche sollte er essen, bevor er die Straßenbahn nahm. Doch vorher würde er Cesario zurückrufen.

»Ciao Cesario. Hast du etwas Neues für mich?«

»Mein Informant sagt, es gibt den Verdacht, dass di Lauro die unglückseligen Menschen, die er wie Tiere hält, darüber hinaus zwingt, für ihn zu arbeiten. Moderne Sklaven. Verstehst du? So ein System funktioniert nur mit Gewalt und nur dann, wenn du alles im Griff hast. Nicht nur die Flüchtlinge, sondern den ganzen Apparat: die Behörden, die Justiz, die Polizei. Das, Matteo, stellt kein einzelner Mensch auf die Beine. So ein Vorgehen wird unter dem Schlagwort organisiertes Verbrechen subsumiert.

»Kann man mit dem Mann sprechen?«

»Matteo, wir haben es hier mit skrupellosen Kriminellen zu tun. Das ist ein Wespennest, du solltest da nicht hineinstechen. Moment mal, verstehe ich das richtig: Du bist in Mailand?«

Matteo drehte die leere Zuckerpackung zwischen den Fingern.

»Es ging nicht anders. Ich muss herausfinden, was di Lauro mit dem Tod meiner Freundin zu tun hat.«

»Du glaubst, sie stand mit di Lauro direkt in Kontakt?«

Matteo seufzte.

»Zumindest könnte es sein. Ich habe bei ihr Zeitungsartikel gefunden, in denen es um di Lauros Projekte geht.«

Matteo hörte ein unwilliges Schnauben von der anderen Seite. Dazu quietschte es bedenklich, als würde Cesario sich in seinem Sessel hin und her winden.

»Ich ruf dich gleich wieder an«, sagte er und hatte aufgelegt.

Kaum hatte Matteo die Brioche, die er sich bestellt hatte, aufgegessen, vibrierte sein Handy. Cesario war schnell gewesen.

»Mein Informant ist bereit, dich zu treffen. In zwanzig Minuten am Castello Sforzesco. Haupteingang, du weißt, wo das ist? Wenn man vom Cairoli-Platz hinübergeht. Er trägt einen hellblauen Mantel.«

»Du bist großartig, ich danke dir.«

»Du fragst, ob er irgendetwas über deine Freundin weiß, und damit hat es sich. Und kein Wort über diese Zeitungsartikel. Du musst jede Verbindung zwischen di Lauros Geschäften und dir vermeiden. Hast du mich verstanden?«

»Habe ich.«

Kreischend hielt eine der alten Straßenbahnen, die Matteo mit ihrem Rumpeln so viel lieber mochte als die neuen Waggons. Die glitten zwar ungleich ruhiger über die Schienen, dafür wurde das Öffnen der Türen an den Stationen durch einen nervenzersägenden Signalton verkündet, der erst verstummte, wenn die Bahn wieder abfuhr, und dessen Sinn sich Matteo absolut nicht erklären konnte. Es sei denn, der Sinn bestand darin, sämtliche Mailänder in den Wahnsinn zu treiben.

Dann schon lieber ein wenig durchgeruckelt werden von diesen musealen Bahnen, dachte Matteo und nahm auf einer der harten Holzbänke Platz. Sein Handy zeigte keine weiteren Anrufe. Aber sicher würde es nicht schaden, zu überprüfen, ob in der Macelleria alles seinen Gang ging oder ob die Alten einander schon die Köpfe eingeschlagen hatten.

»Pronto! Macelleria di Matteo, Festlichkeiten jeder Art, Verkostungen vor Ort, Barbecue.«

Matteo schnappte nach Luft.

»Sag mal, Flavio, was soll der Unsinn? Das ist eine Fleischerei, keine Jahrmarktbude.«

Am anderen Ende hörte er Flavios unverkennbares Kichern, das aber von einem ohrenbetäubenden Scheppern übertönt wurde. Matteo zog die Stirn in Falten.

»Um Himmels willen, was treibt ihr? Haut ihr mir das ganze Haus zu Bruch?«

»Matteo, mein Lieber. Beruhige dich«, Flavios Stimme war noch immer von einem Glucksen begleitet. »Hier ist alles in bester Ordnung. Aber du kennst doch Luigi, den roten Nichtsnutz, der ist und bleibt ein Tölpel vor dem Herrn.«

Aus dem Hintergrund drang lautes Fluchen, das zugleich Flavio und dem Regal mit den Töpfen zu gelten schien, das Luigi offenbar ins Gehege geraten war.

»Mach dir keine Sorgen. Hier läuft alles blendend. Wir haben schon meterweise Salsiccia verkauft.«

»Es gab doch gar keine«, antwortete Matteo irritiert.

»Was denkst du denn! Dass wir zu krumme Finger haben, um einen Fleischwolf zu bedienen? Wir sind gerade bei der Nachproduktion. Die Kunden stehen Schlange. Sogar diese fürchterlich affektierte Person war da, diese, na, du weißt schon.«

»Nein, weiß ich nicht«, entgegnete Matteo, immerhin etwas beruhigt, weil sich das Gerumpel gelegt hatte und das Fluchen von Luigi ebenfalls abgeebbt war.

»Diese Arztgattin, diese Dampfwalze, die uns neulich bei Dino fast auf den Schoß geplumpst wäre. Gegen Zwischenfälle solcher Art habe ich ja eigentlich nichts einzuwenden.

Aber bei dieser Person muss man befürchten, dass sie einem die Kehle durchbeißt oder ein anderes fragiles Etwas.«

»Teodora Venti? Die hat noch nie etwas bei mir gekauft. Was wollte sie denn?«

»Pah!« Flavio schien sich immer noch zu ärgern. »Was solche Frauen eben wollen oder nicht wollen oder meinen zu wollen. Minutenlang wedelt sie mit ihren komischen Gewändern vor der Theke rum, verpestet den Laden mit ihrem Parfüm, und am Ende verlangt sie drei Scheiben Prosciutto. Drei Scheiben, Matteo, stell dir das vor. Dafür schmeiße ich doch die Schneidemaschine nicht an.«

»Hast du ja auch nicht«, brüllte Luigi.

»Selbstverständlich habe ich das nicht. Drei Scheiben! Aber Luigi, der dumme Enterich, ist natürlich gleich brav angewatschelt gekommen. Aber was soll ich dir sagen, Matteo, er ist nicht nur zu dumm, um Autos zu reparieren, er kann noch nicht mal drei lächerliche Scheiben Prosciutto schneiden.«

»Die Maschine war falsch eingestellt«, kreischte es von hinten.

»Was ich meine, ist: Hat sie noch irgendetwas anderes gewollt? Hat sie nach mir gefragt?«

»Du interessierst dich doch nicht etwa für diese aufgetakelte Schabracke?«

»Flavio, bitte.«

Flavio grummelte unwillig.

»Jaja, sie hat nach dir gefragt. Aber woher soll ich wissen, worum es ging? Ich frage nicht nach. Ich weiß, was Anstand ist. Immerhin ich weiß es noch. Jetzt nimm deine dummen Pranken weg. Ich telefoniere!«

Matteo schloss aus den Geräuschen, die zu ihm drangen,

dass Luigi nun ebenfalls auf sein Recht pochte, über die Lage in der Macelleria Auskunft zu geben.

»Deine andere Freundin war übrigens auch da. Sehr hübsch, wirklich, sehr hübsch.«

Matteo stöhnte und schaffte es gerade noch, die Straßenbahn zu verlassen, bevor sie von der Station am Cairoli wieder abfuhr. Er sah auf die Uhr. Ein paar Minuten blieben ihm noch bis zum Treffen mit Cesarios Kontaktmann.

»Flavio, bitte, lass dir nicht alles aus der Nase ziehen. Welche Freundin? Und was hat sie gesagt?«

Mittlerweile war es Luigi gelungen, den Hörer zu erobern. Er klang atemlos.

»Die Kommissarin ist vor ziemlich genau einer Stunde hier gewesen«, verkündete er. »Sie hat nach dir gefragt. Flavio hätte sich fast verplappert, aber ich habe mir gedacht, dass du sicher nicht möchtest, dass sie weiß, wo du bist. Ich habe ihr also gesagt, dass du wandern bist.«

»Das hast du gut gemacht, Luigi.«

»Und, Matteo, hör zu, es gibt Neuigkeiten, die dich interessieren werden. Ich habe mir vorhin, nachdem ich dich zum Bahnhof gebracht habe, den Wagen von Maldini mal etwas genauer angesehen.«

»Ich dachte, der ist bei der Polizei unter Verschluss?«

»Was die so unter Verschluss verstehen. Ich habe ihn auf dem Parkplatz des Reviers gefunden.« Luigi gab sich wenig Mühe, den Stolz, der in seiner Rede mitschwang, zu unterdrücken. »Also jetzt pass auf, Matteo, vielleicht setzt du dich lieber.«

»Schieß los.«

»Der 1962er Alfa Romeo Giulietta SZ«, Luigi machte eine Pause, und Matteo meinte, sein strahlendes Gesicht geradezu hören zu können durch das Telefon, »der 1962er Alfa Romeo Giulietta SZ ist kein 1962er Alfa Romeo Giulietta SZ.«

»Wie?«

»Der 1962er Alfa Romeo Giulietta SZ«, wieder machte Luigi eine Pause, »der 1962er Alfa Romeo Giulietta SZ mag für das ungeübte Auge eines Stümpers aussehen wie ein 1962er Alfa Romeo Giulietta SZ. Aber er ist keiner. Er ist eine Kopie. Keine ganz schlecht gemachte, aber eben doch: eine Kopie. Zugegeben, man braucht schon ein feines Auge, aber im Grunde ist es ganz eindeutig: Diese Schweißnähte! Fast unsichtbar. Das würde bei einem Original, bei dem die Karosserie von Hand gefertigt wird, nie vorkommen. Und was noch viel verblüffender ist: Auch Motor und Getriebe stimmen nicht mit dem Original überein. Der Wagen hat ein Automatikgetriebe.«

Matteo kam nicht dazu, sich zu fragen, ob diese Nachricht tatsächlich so sensationell war, wie Luigi sie empfand, weil eine Schimpftirade, dieses Mal von Flavio, die erneut von unheilvollem Scheppern begleitet wurde, dazwischenfuhr. Matteo versuchte herauszuhören, was da gerade durch die Gegend flog, aber er konnte es nicht genau bestimmen. Er hatte den Eindruck: so ziemlich alles, was die Küche der Macelleria hergab.

»Du musst verstehen«, Luigi musste sich anstrengen, gegen den Lärm anzukommen. »Flavio ist etwas übellaunig heute. Er kann sich nicht damit abfinden, dass er, als er das angebliche Schmuckstück vor ein paar Tagen durchgesehen hat, einer Fälschung auf den Leim gegangen ist.«

Für ein paar Sekunden war es merkwürdig still auf der anderen Seite. Matteo wollte sich gerade überzeugen, ob das Gespräch unterbrochen worden war, da brüllte Flavio, wobei er jedes Wort einzeln absetzte und zu einem neuen Schrei ansetzte:

»Es war ein 1962er Alfa Romeo Giulietta SZ. Beim Pudel meiner Mutter!«

Luigi kicherte wieder, was Matteo eindeutig für gefährlich hielt. Er dachte dabei nicht nur an Luigi, sondern auch an seine Macelleria.

»Luigi, ist dir sonst noch irgendetwas aufgefallen?«

»Die Fahrertür wurde weggerissen, das Dach ist völlig eingedrückt, es war nicht ganz leicht, einen Blick ins Innere zu werfen. Und weißt du, was seltsam ist? Das Gaspedal klemmte fest. Und zwar nicht, als habe es sich zufällig verkantet, daran ist anständig manipuliert worden, wenn du mich fragst.«

»Bist du sicher?«

»Zweifelst du meine Kenntnis als Mechaniker an? Dann kannst du dir für deinen Lancia einen anderen Dummen suchen.«

»Natürlich nicht«, beeilte Matteo sich zu sagen. »Das ist großartig, was du herausgefunden hast. Ich muss jetzt Schluss machen. Bitte redet mit niemandem darüber. Und, Luigi, es wäre schön, wenn die Macelleria noch stehen würde, wenn ich zurückkomme.«

»Was denkst du denn von uns?«

»Ich denke gar nichts, ich danke euch. Ihr seid meine Rettung, in jeder Hinsicht, nicht nur heute. Verkauft noch ein paar Würste für mich. Und, Luigi, eins noch, die Schneidemaschine hat links unten einen kleinen Hebel, damit kann man die Dicke der Scheiben variieren.«

»Zu Befehl, Comandante!«

Aus der Metrostation am Cairoli strömten Touristen in Richtung Castello. Eine Gruppe Grundschüler, von ihrer Lehrerin dazu verdonnert, sich durch grellgrüne Schirmmützen als zusammengehörig auszuweisen, ging plappernd ebenfalls in Richtung der monumentalen Festung, die inmitten eines ausladenden Parks unweit des Domes lag und in der nun verschiedene Museen beheimatet waren. Matteo näherte sich der beeindruckenden Burg und suchte zwischen den Besuchern den Mann im hellblauen Mantel, Cesarios Informanten. Im frühen 16. Jahrhundert war das Castello von einem Blitz getroffen worden und in die Luft geflogen, weil in einem seiner Türme enorme Mengen Schießpulver gelagert wurden.

Was für ein unvorstellbares Inferno das inmitten der Stadt gewesen sein mochte. Da. Kurz vor dem steinernen Torbogen stand ein Mann in einem hellblauen Trenchcoat, die Hände in den Hosentaschen vergraben. In diesem Moment heulte ein Motor hinter Matteo auf. Er fuhr herum und sah, wie die Besuchermenge erschrocken zur Seite wich. Ein Motorrad mit zwei schwarzgekleideten Gestalten raste heran und jagte an ihm vorbei. Unnatürlich laut hallten die Schüsse wider, die in die Festungsmauer einschlugen. Matteo duckte sich instinktiv, eine Frau schrie auf, Menschen warfen sich auf den Boden und bedeckten den Kopf mit den Armen. Die Schulkinder drängten sich verängstigt aneinander.

Das Motorrad bremste kurz ab, fuhr am Eingang des Castellos eine scharfe Kurve, beschleunigte, wieder heulte der Motor auf, und dann war das Motorrad auch schon im dichten Verkehr des Cairoli verschwunden, ohne dass Matteo dessen Nummernschild, geschweige denn Fahrer oder Beifahrer hätte erkennen können.

Es herrschte Totenstille, nur der Verkehrslärm vom Cairoli drang aus der Ferne herüber. Matteo lief zum Eingang des Castello, an dem eben noch der Mann im hellblauen Trenchcoat gestanden hatte. Jemand begann zu wimmern, dann setzte ein allgemeines leises Gemurmel ein. Der Mann war verschwunden. Ohne Zweifel hatten die Schüsse ihm gegolten. Sie waren genau an der Stelle eingeschlagen, an der er auf Matteo gewartet hatte, einen knappen halben Meter über seinem Kopf, schätzte Matteo.

Hatte der Schütze so schlecht gezielt? Oder hatte er den Mann absichtlich verfehlt? Matteo fühlte seinen Puls hart bis in den Hals hinaufhämmern.

Vor dem Castello fuhren Polizeiwagen vor. Die würden sich um die Sache kümmern. Auf ihn wartete noch ein anderer Termin. Matteo blickte auf die Uhr, dann winkte er ein Taxi heran. Das war ihm gerade lieber als die Straßenbahn. Das unangenehme Gefühl im Nacken war wieder da. Nur dass er dieses Mal wusste, dass es sich nicht nur um den eigenen Widerwillen, nach Mailand gekommen zu sein, handelte.

Matteo ließ sich auf die Rückbank des Taxis gleiten und schloss die Augen, sobald der Wagen anfuhr. Fast surreal kam ihm die Szene vor, die doch erst wenige Minuten zurücklag. Wo war Gisella da nur hineingeraten? Matteo versuchte sich an irgendein Detail zu erinnern, das einen Hinweis auf die Identität der Motorradfahrer liefern konnte. Wobei, im Grunde wusste er natürlich, wer diesen Gruß geschickt hatte.

Der Fahrer bremste, und Matteo sah, dass sie schon am Cimitero Monumentale angelangt waren.

Während er den kiesbedeckten Vorplatz des Friedhofs durchmaß, rauchte er rasch ein paar Züge. Wer mit ausreichend schwarzem Humor gesegnet war, konnte der Tatsache vielleicht etwas abgewinnen, dass er wenige Minuten nach den Schüssen vor dem Castello lebendig einen Friedhof betrat.

Wie winzig man sich vorkam, wenn man die steinerne Treppe hinaufstieg, die zu dem Gedenksaal führte. Eigentlich genau richtig, dass die Lebenden hier klein wirkten und die Toten erhaben über der Stadt thronten.

Im Innern der Ehrenhalle war es kühl, die Geräusche der Stadt waren verschwunden. Als hätte man an der Schwelle ein anderes, fernes Universum betreten. Matteo war nie zuvor hier gewesen. Warum auch, seine Familie hatte am Lago gelebt und lag auch dort begraben. Und selbst im weiteren Verwandtenkreis zählte niemand zu den auserwählten Wohlhabenden, die hier ihre letzte Ruhe fanden, eine Ruhe, die bisweilen mit einigem Pomp inszeniert wurde. Die Camparis hatten sich auf ihrer Grabstätte da Vincis Abendmahl in 3-D nachbauen lassen. Die Mottas hatten immerhin Humor bewiesen – man konnte nur hoffen, dass es sich um Humor handelte: Die Gruft der erfolgreichen Panettone-Bäcker-Dynastie hatte die Gestalt eines riesigen, nun ja, Panettones.

Matteo erkannte Maria Giancomelli sofort. Warum, hätte er nicht genau sagen können. Vielleicht, weil sie so vertraut und vertrauensvoll hier saß, die Augen geschlossen, den Kopf leicht zurückgelehnt, als würde sie auf etwas lauschen. Diese Frau in ihrem schlichten dunkelblauen Kostüm und mit den streng aufgesteckten grauen Haaren sah nicht aus wie eine Touristin. Sie wirkte wie jemand, der regelmäßig herkam.

Unschlüssig schlenderte Matteo in der Halle umher, las ein paar der Namen, die in die Gedenktafeln, die bis unter die Decke hingen, gemeißelt waren. Immer wieder sah er zu der Frau hinüber, die er für Maria Giancomelli hielt. Konnte er sie ansprechen, wenn sie so dasaß mit geschlossenen Augen? Sicher befand sie sich mitten in ihrem persönlichen Gedenkritual. Er würde warten.

»Was schleichen Sie hier herum?«, hörte er im selben Moment.

Matteo beeilte sich, zu ihr hinüberzukommen, um nicht quer durch den Raum rufen zu müssen, auch wenn sie sich allein darin befanden.

»Maria Giancomelli?«

Die Antwort war ein ironisches Verdrehen der Augen.

»Kann ich Ihnen ein paar Fragen stellen?«

»Von welcher Zeitung kommen Sie?«

Die Dame sah nun ganz und gar nicht mehr danach aus, als ob sie meditieren oder trauern würde.

»Was wollt ihr? Warum lasst ihr mich nicht endlich in Ruhe? Sind vier Jahrzehnte nicht genug? Ist euch immer noch nicht langweilig geworden? Denkt euch gefälligst etwas anderes aus, womit ihr eure Drecksblätter füllen könnt.«

»Mein Name ist Basso, Matteo Basso. Ich bin von keiner Zeitung. Ich komme mit einer Empfehlung von Carla Sorini. Ich benötige Ihre Hilfe.«

Das Misstrauen im Gesicht von Maria Giancomelli nahm eher zu als ab. Der Einstieg war nicht unbedingt optimal gelaufen.

»Ich komme«, Matteo ließ sich auf die Steinbank sinken, von der Maria Giancomelli sich gerade erhoben hatte, »weil eine Freundin von mir ums Leben gekommen ist. Und deshalb habe ich heute Carla Sorini aufgesucht, weil diese Freundin vor vielen Jahren eine ihrer Tänzerinnen gewesen ist. Und Gisella, so hieß sie, hat ab und zu für einen Mitarbeiter Ihrer Firma gearbeitet. Franco Maldini.«

Matteo blickte hoch, um abzuschätzen, ob er gerade dabei war, Maria Giancomelli nur noch mehr gegen sich aufzubringen. Aber sie nahm wieder Platz.

»Franco Maldini ist ein feiner Mensch. Was hat er mit dem Tod Ihrer Freundin zu tun?«

»Signora Giancomelli, Franco Maldini ist auch tot.«

»Ist das wahr?«, bestürzt sah Maria Giancomelli ihn an.

»Vielleicht war es Mord, vielleicht hat er Selbstmord begangen. Jeder Hinweis hilft mir, sein Schicksal aufzuklären und auch das von Gisella.«

Maria Giancomelli hatte den Kopf gesenkt. Matteo beobachtete sie von der Seite. Sie hatte die Augen wieder geschlossen. Sie war schön, trotz ihres Alters, Kinn und Nase waren stolz geschwungen. Aber über dem Stolz lag ein sentimentaler Schleier. Man musste genau hinsehen, um ihn zu bemerken. Die makellose Eleganz ihres Kostüms, die Perfektion ihrer Frisur täuschten auf den ersten Blick darüber hinweg. Zwei außergewöhnliche Frauen waren es, auf die er hier in Mailand getroffen war. Wenn diese ihm doch nur mehr erzählen würde.

»Warum haben Sie gedacht, dass ich von der Presse bin?«

Maria Giancomelli sah ihn zuerst verwundert, dann forschend an.

»Sie kennen die Geschichte unserer Familie gar nicht?«

Matteo verneinte.

»Sie wissen auch gar nicht, wie mein Mann umgekommen ist.« Das war nun schon keine Frage mehr gewesen. Maria Giancomelli verzog das Gesicht zu einem schmerzhaften Lächeln.

»Dann will ich es Ihnen erzählen. Wir mögen eine reiche

Familie sein, eine Familie, der die Welt und deren Sorgen relativ egal sein konnten. Aber Filipo war anders. Er machte sich nichts aus Geld, er machte sich Gedanken. Sorgen. Er interessierte sich für Menschen, für Gerechtigkeit. Er hätte sich wohl nie träumen lassen, und er hätte sich vermutlich sogar immer dagegen gewehrt, wenn ihm jemand prophezeit hätte, dass er in eine Familie wie die unsere einheiraten würde.« Sie machte eine kurze Pause. »Er hat es dennoch getan. Aus Liebe. Aber das hat ihn nicht davon abgehalten, seinen Überzeugungen nachzugehen. Mit allen Konsequenzen.« Sie stockte.

»Wie ist Ihr Mann gestorben, Signora Giancomelli?«

»Sie sind jung. Aber die Roten Brigaden werden Ihnen wohl dennoch etwas sagen?«

»Ihr Mann hat im kommunistischen Untergrund gekämpft?«

»Filipo war ein Mensch, der für seine Überzeugungen gekämpft hat. Lange hat er es mit Worten versucht, irgendwann hat das nicht mehr gereicht. Seiner Meinung nach. Argumente können weggewischt werden, sagte er.«

Sie blickte Matteo an, um seine Reaktion zu prüfen. Matteo nickte leicht, um ihr zu bedeuten, sie möge fortfahren.

»Er hat nie Menschen verletzt. Aber er wollte Zeichen setzen.«

»Er hat Anschläge verübt.«

»Anschläge würde ich es nicht nennen. Es ging darum, ernst genommen zu werden.«

Matteo hatte das Gefühl, dass man die Stille der Gedenkhalle regelrecht greifen konnte.

»Filipo ist bei einem Autounfall gestorben. Er wollte den Wagen zu einem Regierungsgebäude fahren und davor parken. Die Bombe, die im Kofferraum lag, ist zu früh hochgegangen. Er saß noch im Wagen.«

Maria Giancomellis Augen glänzten, als sie Matteo ansah.

»So zumindest lautet die offizielle Version.«

»Sie glauben, dass ihm jemand auf die Spur gekommen sein könnte? Dass es Mord war? Dass die Politik sich auf diese Weise einen unangenehmen Gegner vom Hals geschafft hat?«

Es vergingen wieder ein paar Augenblicke, bevor sie antwortete.

»Sein engster Freund hat ihn gewarnt, beschworen, diesen Auftrag nicht zu übernehmen. Was würde es ändern, zu wissen, dass es kein Unfall war? Was sollte man tun? Filipo war herausgefallen aus der Gesellschaft. Er hatte sich, in den Augen der Behörden und auch in denen meiner Familie, doch längst den Anspruch auf eine gerechte Behandlung verwirkt.«

Die letzten Worte hatte sie laut gesprochen. Abrupt, wie erschrocken, dass all das aus ihr herausgebrochen war, verstummte sie. Langsam, als müsse sie jede ihrer Bewegungen kontrollieren, erhob Maria Giancomelli sich.

»Wenn Sie mich jetzt entschuldigen würden.«

»Warten Sie«, Matteo war ebenfalls aufgesprungen. »Franco Maldini, bitte sagen Sie doch noch ein Wort zu ihm. Er stand mit sehr fragwürdigen Leuten in Kontakt. Da war oder ist viel Geld im Spiel. Es hat irgendetwas mit Immobilien zu tun. Ich bin sicher, dass es schmutzige Geschäfte sind.«

»Ich habe keine Ahnung, was Sie zu mir geführt hat«, ein leichtes Beben der Stimme verriet die Anspannung, unter der Maria Giancomelli stand. »Franco Maldini ist vor etwas mehr als drei Jahren in unsere Firma eingetreten. Er hatte ausgezeichnete Referenzen. Aber Sie verstehen sicher, dass ich Fremden keine Auskünfte über Mitarbeiter geben kann.«

Das Echo ihrer Schritte hallte von den Wänden wider, als sie rasch auf den Ausgang zustrebte.

Matteo ließ sich zurück auf die Bank sinken. Erst jetzt nahm er die Kuppel der Halle wahr. Im Gegensatz zu den marmornen Wänden war sie in tiefem Blau gestrichen. Und auf diesem Himmel, der sich da über ihm wölbte, strahlten lauter gelbe Sterne. Fast kindlich sah das aus und passte eigentlich gar nicht zu der Anmut des Saales. Aber es gefiel Matteo.

Als sein Telefon klingelte, blickte er sich verstohlen um. Noch immer war niemand in der Nähe, der diese Unziemlichkeit bemerken konnte. Wieder war es Cesario. Mit ein paar schnellen Schritten gelangte Matteo ins Freie.

»Pronto?« Er lehnte sich ans Geländer der Empore und hoffte, dass ihn niemand telefonieren sah, schließlich befand er sich immer noch auf dem Friedhof.

»Matteo, Cesario hier. Wo steckst du?«

Matteo sah, wie Maria Giancomelli den Platz vor dem Cimitero Monumentale hinabschritt. Hocherhobenen Hauptes.

»Ist alles in Ordnung?«

»Ja, Cesario, alles ist gut, mir ist nichts passiert.«

Von der anderen Seite klang ein schweres Schnaufen.

»Da bin ich froh. Es war unverantwortlich von mir, dich in so eine Situation zu bringen. Ich könnte mich ohrfeigen. Ich bitte dich wirklich: Überlass die Sache denjenigen, die dafür zuständig sind. Tu mir den Gefallen, ich habe keine Lust, mir wegen dir einen dunklen Anzug zu kaufen. So weit waren wir fast schon mal, falls du dich erinnerst.«

Ein schneidender Schmerz fuhr in Matteos Stirn. Ein blauer Wagen fuhr am Cimitero vorbei. Was war das für eine Marke, Matteo kniff die Augen zusammen, der Wagen verschwamm vor seinen Augen, die Straße mit ihm. Matteo griff haltsuchend nach dem steinernen Emporengeländer. Cesarios besorgte Stimme holte ihn in die Gegenwart zurück.

»Matteo, verzeih mir. Dein alter Freund Cesario ist ein Trampeltier, ein dickes hässliches Trampeltier. Vergiss, was ich gesagt habe. Ich meinte doch nur: Halt dich da raus. Gib mir den Namen deiner Freundin, ich werde schauen, was ich tun kann.«

»Gisella Tonetti.« Matteos Stimme ging fast unter im Wind, der über die Empore wehte. Dann drückte er das Gespräch weg.

10

Als er um kurz vor halb neun die Tür zur Macelleria öffnete, wurden Matteo kurz die Knie weich. Während er in Mailand auf den Zug gewartet hatte, hatte er zwar zwei Tramezzini gegessen, aber die hatten den Hunger allenfalls vorläufig gestillt. Wie nannte man das, was er da gerade erlebte? Ein Déjà-vu? Wobei es sich ja nicht um ein Bild, sondern um einen Duft handelte.

Doch der Anblick, der sich ihm in der Küche bot, ließ ihn seinen Hunger und den himmlischen Duft vergessen. Wider Erwarten war es den Alten zwar gelungen, das Schlachtfeld, nach dem es sich während des Telefonats angehört hatte, zu beseitigen. Dafür sahen sie selbst jedoch aus, als hätten sie die eine oder andere Schlacht ausgefochten. Flavio saß auf dem Hackblock, die wenigen Haare, die sonst stets akkurat nach hinten gekämmt waren, hingen ihm in zerzausten Strähnen in die Stirn. Eine Schürze, deren ursprüngliche Farbe allenfalls noch zu erraten war, hing schräg an ihm herunter, sodass sein ganzer Körper den Eindruck erweckte, in Schieflage geraten zu sein.

Luigi stand am Herd und rührte apathisch in einem der großen Edelstahltöpfe. Weil sein Schädel nur noch ein paar kurz rasierte Stoppeln aufwies, wirkte seine Frisur einigermaßen unversehrt. Dafür hatte es sein Hemd erwischt, dessen linker Ärmel einmal komplett gerissen war und schlaff herunterbaumelte.

»Männer?«

Mehr wusste Matteo angesichts dieser Szene nicht zu sagen. Flavio ließ sich vom Hackblock gleiten und band die Schürze ab.

»Sechs Stunden«, Flavio sprach fast tonlos. »Sechs Stunden habe ich das Ragù gerührt. Es war perfekt. Dieses Ragù war wie ein junger Frühlingsmorgen am Mittelmeer. Dieses Ragù war wie feiner Goldstaub. Es war das Ragù aller Ragùs.«

Luigi hatte währenddessen sein gleichmäßiges Rühren nicht eine Sekunde unterbrochen.

»Ich befürchte, ich kann euch nicht ganz folgen.«

»Beppo kam, um deinen Wagen zu bringen.«

Matteo hatte den Lancia schon gesehen, als er aus dem Taxi gestiegen war. Allerdings schien gerade nicht der richtige Zeitpunkt, um über die Reparatur zu sprechen.

»Ich habe das Ragù nur zwei Minuten allein gelassen, um einen Blick auf den Wagen zu werfen. Ich konnte doch nicht wissen –«

Luigi fuhr herum, sein Gesicht war hochrot. Entweder von dem Dampf, der aus dem Topf quoll, oder vor Aufregung.

»Ich habe doch gesagt, es tut mir leid!«, fuhr er Flavio an.

Der nickte, als habe er gerade nur eine weitere Bestätigung für eine Trauernachricht erhalten, mit der er sich längst abgefunden hatte.

»Jetzt brüllt er auch noch.«

»Ich kann doch nicht mehr, als mich zu entschuldigen«, fauchte Luigi und beschleunigte seine Rührbewegungen.

»Gleichmäßig«, kam es wie ein Befehl von Flavio. Luigi, der sich bereits wieder abgewandt hatte, zuckte zusammen.

Matteo konnte sich in groben Zügen zusammenreimen, was vorgefallen war. Aber ihm war vollkommen klar, dass er den beiden die Bühne geben musste, um das Drama bis zum letzten Akt aufzurollen.

»Und so etwas will Koch gewesen sein! In Paris. Natürlich in Paris! Bei diesen französischen Banausen.« Flavio lachte höhnisch. »Jaja, wer sich Froschschenkel in den Mund schiebt, der ertränkt auch« – seine Stimme erreichte an dieser Stelle bedenkliche Höhen – »mein Ragù in einer Flasche Wein.«

»Es ist doch schon wieder so gut wie verkocht«, unternahm Luigi den zaghaften Versuch einer Verteidigung. Hilfesuchend sah er zu Matteo. »Ich hatte Angst, dass es anbrennt.«

Flavio jaulte auf, verzichtete aber darauf, die augenscheinlich seiner Überzeugung nach frevelhafte Tat weiter zu kommentieren.

Matteo ging zu Luigi hinüber und schaute in den Topf, aus dem neben Unmengen an Dampf, der, wie er jetzt wusste, von dem verdunstenden Wein stammte, eben jener herrliche Duft strömte, der ihn an der Tür empfangen hatte. Luigis Blick hatte sich von hilfesuchend in flehend verwandelt. Aber dieses Flehens hätte es gar nicht bedurft.

Matteo blickte von einem zum anderen und stützte, was er noch im selben Moment als alberne Geste empfand, die Hände in die Hüften.

»Dieses Ragù duftet umwerfend. Es sieht fantastisch aus. Und ich falle um vor Hunger. Kann ich es nicht einfach essen?«

»Findest du?« Flavios Gesicht verwandelte sich in ein einziges Strahlen. Luigis stand ihm in nichts nach.

»Finde ich«, bekräftigte Matteo und ließ möglichst unauffällig die Hände wieder von den Hüften sinken und verkniff sich die Frage, was so schlimm daran sein sollte, Wein in das Ragù zu gießen. Er hatte es nie anders gemacht. Aber vielleicht handelte es sich bei Flavios Variante um eines der vielen Spezialrezepte, die innerhalb der Familien weitergegeben und deren Details Staatsgeheimnissen gleich gehütet wurden. Oder zumindest wurde so getan, um dann immer wieder, in Anspielung auf die eigenen raffinierten Varianten, über die Zubereitungsweisen anderer die Nase rümpfen zu können. Aber dennoch. Ragù ohne Flüssigkeit, wie sollte das funktionieren?

»Wasser für die Pasta kocht schon«, erklärte Flavio eifrig. Dann verdunkelte sich sein Gesicht.

»Matteo, hast du etwas herausfinden können? Über Gisella?«

»Ich bin nicht sicher«, gestand Matteo, »aber ich habe das Gefühl, dass ich heute, auch dank eurer Hilfe, ein entscheidendes Stück weitergekommen bin.«

»Das ist gut, Matteo. Das ist gut. Wenn es wirklich kein Unfall war, dann soll derjenige dafür büßen. Wir wollen nicht, dass durch so etwas das Leben hier vergiftet wird.«

»Nein, Flavio, das will ich auch nicht.«

Er wandte sich an Luigi.

»Sag mal, ist dir inzwischen eingefallen, woher du diesen Rossi kennen könntest?«

Luigi schüttelte den Kopf.

»Ich denke die ganze Zeit darüber nach«, Luigi klang matt, »aber gerade befindet sich in meinem Kopf nur eine große Nebelwolke.«

»Dampf«, Flavio kicherte. »Nicht Nebel, sondern Dampf. Komm, du Knallcharge, wir gehen.« Er klopfte Luigi auf die Schulter. Solche Gesten der Zuneigung sah man nur selten zwischen den Alten, auch wenn natürlich jeder in Cannobio wusste, wie heiß und innig sie sich liebten und dass keiner es ohne die anderen beiden aushalten würde.

»Ihr geht? Soll ich etwa alleine essen?«

»Ach«, Luigi tat überrascht, »das haben wir ja ganz vergessen, da draußen wartet noch jemand auf dich. Lasst es euch schmecken.«

»Und übrigens«, fügte Flavio an, »in der Kühlkammer steht ein bisschen was, das wir für morgen vorbereitet haben. Salsiccia mit einer Kräutervariation. Und mein verehrter Kollege Luigi hat es sich nicht nehmen lassen, nach dem Spezialrezept seines Urgroßvaters einen kleinen Sugo anzusetzen. Ja, jetzt guck nicht wie ein verschrecktes Kaninchen. Wir haben genommen, was noch so da war, das muss ja verbraucht werden, sonst verdirbt es.«

»Wir sehen uns dann morgen um neun«, sagte Luigi und ließ die Pasta in den Topf gleiten.

»Um neun?« Matteos Gehirn arbeitete gerade bedenklich langsam. Das musste an der Unterzuckerung liegen.

»Du findest heraus, wer Gisella auf dem Gewissen hat. Wir sind alt und krumm. Aber wir können uns währenddessen wenigstens um deinen Laden kümmern.«

»Ihr seid phänomenal. Ich danke euch. Für das alles hier. Und für das Ragù. Und ärgert Beppo nicht so sehr. Immerhin hat er meine Diva wieder zum Laufen gebracht.«

Als er durch den Hinterausgang auf die kleine Terrasse der Macelleria trat, stellte Matteo fest, dass es sich bei seinem Gast um eine Besucherin handelte.

»Guten Abend.«

Nina Zanetti, ein Glas Wein in der Hand, erhob sich.

»Das ist eine Überraschung.«

Matteo war froh, dass sie ihm die Hand entgegenstreckte, er hätte nicht genau gewusst, welche Begrüßung angebracht gewesen wäre.

»Ich dachte, ich schaue mal vorbei«, sie nahm wieder Platz, »für einen kleinen Gedankenaustausch nach Feierabend. Ich habe gehört, Sie waren heute in Mailand? Ein Treffen der Fleischerinnung?«

Erst jetzt bemerkte Matteo, dass die Alten den Tisch gedeckt hatten, für zwei. Wein, Wasser und Brot standen da. Sogar ein kleiner Strauß Blumen. Und nur der Himmel wusste, wo sie auch noch Servietten aufgetrieben hatten. Hatte Luigi sich nicht gebrüstet, dass er der Kommissarin weisgemacht hätte, Matteo sei wandern? Sei es drum.

»Ich muss mal kurz nach der Pasta schauen«, murmelte Matteo, was einerseits stimmte, ihm andererseits aber auch Zeit gab, sich auf die Situation einzustellen.

Als er kurz darauf mit zwei dampfenden Schüsseln wieder nach draußen trat, stand die Sonne bereits dicht über den Berggipfeln auf der anderen Seeseite. Bald würde es dunkel werden.

»Gibt es neue Ermittlungsergebnisse?«

Die Kommissarin zog die Stirn in Falten, und noch immer lag ein ironischer Zug um ihre Mundwinkel. Zum ersten Mal aber kam Matteo der Gedanke, dass dieser womöglich auch den Sinn hatte, eine gewisse Unsicherheit ihrerseits zu überspielen.

»Was ist bei der Untersuchung von Maldinis Wagen herausgekommen?«, hakte Matteo nach.

»Die Forschheit steht Ihnen eigentlich ganz gut. Das Ragù ist übrigens köstlich. Der Wagen wird erst morgen untersucht. Der Spezialist reist eigens aus Rom an.«

»Aus Rom?« Dieses Mal war es Matteo, der ungewollt spöttisch klang. »Mein Spezialist konnte den Wagen bereits heute in Augenschein nehmen.«

Die Kommissarin lachte kurz auf und schaute ihn dann verdutzt an.

»Doch, ganz im Ernst. Luigi hat ihn sich vorgenommen, und Sie müssen mir glauben, das hat er auf eigene Faust getan, ich habe damit nichts zu tun. Stimmt es, dass der Wagen einfach so auf dem Hof des Polizeireviers steht?«

»Er passte nicht durch die Tür. Mensch, was glauben Sie eigentlich? Wir sind ein kleines Revier in der Provinz, Einbrüche, ein paar Schlägereien, ein Streit unter Nachbarn. Wir sind auf so etwas nicht eingestellt. Was hat Ihr Spezialist denn so herausgefunden?«

»Bei dem Wagen handelt es sich um eine Kopie. Optisch das gleiche Fahrzeug, aber anderer Motor, anderes Getriebe, und Luigi vermutet, dass das Gaspedal manipuliert worden ist.«

»Sie glauben also an Mord.«

»Oder der Selbstmord eines Menschen, der befürchtet, dass er im entscheidenden Moment einen Rückzieher machen könnte und deshalb Vorsorge trifft.«

»Da könnte was dran sein.«

»Haben Sie die Leiche mittlerweile gefunden?«

»Noch nicht.«

»Wieso ist es denn so schwierig, die Leiche zu finden? Wie viele Kollegen haben Sie im Einsatz?«

»Genügend, glauben Sie mir. Aber wenn Sie recht haben«, fuhr sie fort, »wäre das ein ziemlich aufwendiges Unterfangen für einen Suizid. Das kann man einfacher haben. Es sei denn«, sie überlegte, wobei sich wieder diese eindrücklichen Falten um ihre Nasenflügel legten, »Maldini wollte zwei Fliegen mit einer Klappe schlagen und zusätzlich jemandem einen Mord anhängen. Fällt ihnen jemand ein, dem Maldini auf diese, zugegeben, nicht ganz konventionelle Weise posthum hätte schaden wollen?«

»Das wäre reine Spekulation. Aber ich habe heute etwas anderes erfahren, das Sie interessieren dürfte«, Matteo hob die Weißweinflasche aus dem Kühler, »noch einen Schluck?«

Ungeduldig schüttelte die Kommissarin den Kopf.

»Es geht um di Lauro. Ganz offensichtlich ist er nicht nur Bauunternehmer, sondern ein moderner Sklavenhändler. Er lässt Flüchtlinge für sich arbeiten, unter miesesten Bedingungen. Und anscheinend ist er so gut vernetzt oder zahlt so gute Bestechungsgelder, dass sein Treiben von den Behörden gedeckt wird.«

Die Kommissarin griff die Wasserflasche, goss sich nach und nahm einen großzügigen Schluck.

»Sind Sie sicher?«

»Absolut.«

»Sie scheinen gute Quellen zu haben. Alte Kontakte?«

Matteo würde sich hüten, der Kommissarin zu erzählen, was bei dem missglückten Treffen mit Cesarios Quelle vorgefallen war. Dann würde sie ihn womöglich bis auf Weiteres unter Hausarrest stellen.

»Ich habe natürlich auch versucht, mich über di Lauro schlauzumachen«, nahm die Kommissarin den Faden wieder auf, »bin allerdings nur gegen Wände gerannt. Das würde Ihre Annahme bestätigen, dass die Behörden in diesem ganzen Sumpf mit drinhängen. Widerlich.«

Ihre ehrliche Empörung gefiel Matteo.

»Die Frage ist natürlich, ob und wenn ja, wie diese Machenschaften von di Lauro mit Maldinis Tod und mit dem Tod von Ihrer Freundin zusammenhängen.«

Matteo dachte an die Zeitungsartikel über di Lauro, die der Fremde aus Gisellas Haus in den Bergen hatte holen wollen.

Dieses verdammte Geld, das er bei ihr gefunden hatte, lag ihm wie ein Stein im Magen, auch wenn er sich beim besten Willen nicht vorstellen konnte, vorstellen wollte, dass Gisella in kriminelle Machenschaften verwickelt war. Vielleicht brachte es ihn weiter, wenn er sich erkundigte, über wen der Verkauf des Hauses in den Bergen abgewickelt worden war.

Gleichzeitig wurde Matteo das ungute Gefühl nicht los, dass er die Zusammenhänge gar nicht so genau wissen wollte. Unsinn. Er nahm einen Schluck Wein, natürlich wollte er es wissen. Aber er würde sein Wissen für sich behalten, wenn Gisellas Andenken Schaden nähme, wenn seine Recherchen Dinge zutage förderten, die ein schlechtes Licht auf sie warfen.

Er blickte hinüber zu den Bergen, deren Gipfel noch ein letztes Mal für ein paar Momente aufglühten, dann verschwand die Sonne hinter ihnen. Der Lago schien vollkommen unbewegt. Doch nein, das täuschte. Hin und wieder war da der Hauch einer Bewegung, wie ein Zittern, das über die Wasseroberfläche fuhr.

»Was haben Sie in Mailand gemacht?«

Matteo nahm die Weinflasche und studierte das Etikett. Ein Weißwein aus dem Süden.

»Haben Sie den mitgebracht?«

Er erntete nur ein spöttisches Lächeln.

»Ich bin ein wenig auf den Spuren der Vergangenheit gewandelt.« Er schnitt eine Grimasse, weil er diesen Satz selbst unerträglich banal fand. Die Kommissarin sah ihn auffordernd an.

»Ich war bei der Ballettmeisterin von Gisella. Sie hat in Mailand getanzt, bevor sie hierher zurückgekommen ist. Ihre ehemalige Lehrerin hat mir Fotos gezeigt. Seltsam, die zu sehen. Als würde man einen vollkommen fremden Menschen anblicken.«

»Das scheint hier Mode zu sein, dass alle Leute zurückkehren an den See.«

»Das ist so, ja. Aus den verschiedensten Gründen.«

»Was war der Grund bei Ihrer Freundin?«

Matteo zuckte die Schultern.

»Ich habe nicht die geringste Ahnung.«

»Das glaube ich Ihnen. Aber ganz sicher war das nicht der einzige Grund, nach Mailand zu reisen. Was halten Sie davon, wenn wir die Spielregeln ändern? Information gegen Information. Ich beginne: Maldinis Freund Rossi ist sehr überstürzt abgereist. Sein Zimmer im Grandhotel war noch für zwei Tage gebucht und bereits bezahlt.«

Matteo strich mit einem Stück Brot die letzte Pasta von seinem Teller.

»Wie wäre es mit dieser Variante«, sprach die Kommissarin weiter, »Maldini, di Lauro und dieser Rossi machen Geschäfte miteinander. Wenn Ihre Informationen über di Lauro stimmen, können wir davon ausgehen, dass es sich um Geschäfte handelt, die alles andere als sauber sind. Gisella, weil sie hin und wieder für Maldini arbeitet, bekommt irgendetwas davon mit. Vielleicht droht sie, zur

Polizei zu gehen, und wird aus dem Weg geschafft? Die Frage aber ist: Hängen diese Fäden überhaupt miteinander zusammen oder sieht es nur zufällig so aus, als täten sie das?«

Matteo konnte sich immer noch nicht überwinden, der Kommissarin zu erläutern, warum er so sicher war, dass die beiden Sachen etwas miteinander zu tun hatten.

Als hätte sie seine Gedanken erraten, fragte sie:

»Hat sich der anonyme Anrufer noch einmal bei Ihnen gemeldet? Und ist Ihnen inzwischen eingefallen, was er gewollt haben könnte?«

»Bedauere, nein.«

»Also gut«, Nina Zanetti erhob sich. »Ich bin mir ziemlich sicher, dass Sie mehr wissen, als Sie mir erzählen. Rufen Sie mich an, wenn Sie sich doch dazu durchringen können, mit mir zusammenzuarbeiten. Der Wein ist tatsächlich von mir. Meine Eltern schicken mir fast wöchentlich ein Care-Paket. Ich soll Sie von meinem Vater grüßen.«

Matteo hatte sich ebenfalls erhoben und war zu der Kommissarin getreten. Aus der Nähe sah sie müde aus. Erst jetzt bemerkte Matteo, dass sich unter ihren Augen leichte Ringe abzeichneten. Sie strich sich eine Haarsträhne aus dem Gesicht, obwohl Matteo sicher war, dass sich dort gerade gar keine befunden hatte.

»Sind Sie wieder mit diesem furchtbaren Gefährt da? Können Sie denn noch fahren?«

»Was haben Sie gegen meinen Roller? Sie sind wirklich ein komischer Kauz.«

Die Bezeichnung Kauz traf Matteo unvermutet heftig. Waren nicht Käuze alte, verschrobene Männer, die das Dasein eines Einsiedlers fristeten? So weit war es doch nun wirklich noch nicht gekommen mit ihm. Bevor er weiter mit dem Ausdruck hadern konnte, fiel ihm noch etwas ein.

»Was ist eigentlich mit diesem Menschen, der seit Neuestem in dem Maklerbüro in der Via Umberto arbeitet?«

»Was soll mit dem sein? Helfen Sie mir auf die Sprünge.«

»Ich habe keine Ahnung. Er läuft mir in den letzten Tagen ständig über den Weg. Macht einen komischen Eindruck. Unter Strom, würde ich sagen. Außerdem hat er als Makler immerhin etwas mit Immobilien zu tun. Vielleicht gibt es da eine Verbindung.«

Sie waren beim Roller der Kommissarin angelangt, den sie auf der gegenüberliegenden Straßenseite geparkt hatte.

»Ich werde mich mal mit ihm unterhalten«, sie setzte ihren Helm auf. »Ciao. Und bis bald, vermute ich.« Damit ließ sie den Motor aufheulen und fuhr rasant davon.

Sie war schon längst hinter der nächsten Kurve verschwunden, als Matteo auf seine kleine Terrasse zurückkehrte. Er zündete sich eine Futura an. Der See lag mittlerweile vollständig im Dunkeln, die Lichter der gegenüberliegenden Ortschaften, die sich zu kleinen, unregelmäßigen Grüppchen formierten, hoben sich von dem Schwarz ab.

Ob die Kommissarin ihm ebenso viel verschwieg wie er ihr? Seine Begegnung mit Dinos Koch – wenn der es denn gewesen war. Die eigenartigen Auftritte von Teodora Venti, der Arztgattin. Die Gespräche mit den Giancomellis. Und die wesentliche Sache: das Geld. Nicht zu vergessen, dass der anonyme Anrufer sich natürlich gemeldet hatte.

War es wirklich klug, das alles für sich zu behalten, nur um Gisella zu schützen oder besser gesagt das Bild, das er sich von ihr bewahren wollte? Ganz sicher würde es die Chancen erhöhen, den Mörder oder die Mörder zu finden, wenn zwei Menschen über die Zusammenhänge nachdachten, und zwar über alle Zusammenhänge. Und noch immer hatte er den Eindruck, dass die Kommissarin sich sehr unterschied von den Ermittlern, die ihm bisher begegnet waren. Dennoch sagte ihm seine Intuition, dass er erst mehr Klarheit gewinnen musste, bis er mit Nina Zanetti auch darüber sprach.

Matteo goss sich den Rest des Weins ein. Er nahm einen Schluck und knallte sein Glas auf den Tisch, dass die Teller, die er noch nicht abgeräumt hatte, bedenklich klirrten, das Glas blieb erstaunlicherweise heil. Es musste etwas geben, das er übersehen hatte. Eine Unstimmigkeit, einen versteckten Hinweis.

Das Klingeln seines Telefons unterbrach Matteos Überlegungen.

»In fünf Minuten unten bei dir am See. Bring das Geld mit.«

Matteo warf einen Blick auf das Display. In fünf Minuten. Das bedeutete: um 22.24 Uhr. Wenn der Anrufer dieses Mal wirklich kam, was wäre das Schlaueste? Was konnte geschehen, wenn er ihm das Geld verweigerte? Wie konnte der Anrufer überhaupt so sicher sein, dass Matteo das Geld herausrückte? Eine klassische Erpressung sah anders aus.

Er würde es darauf ankommen lassen. Wenn die Übergabe unten am See stattfinden sollte, konnte das eigentlich nur heißen, dass der andere per Boot kommen würde. Die letzten Meter bis zum Ufer waren so flach, dass er würde aussteigen müssen. Vielleicht würde es Matteo gelingen, ihn zu überwältigen. Wenn der Anrufer ihm etwas mehr Zeit gegeben hätte, dann hätte er die Polizei informieren können, die ebenfalls auf dem Wasserweg dem Anrufer den Weg hätte abschneiden können. Aber so dumm war der Kerl natürlich nicht. Die Kommissarin?

Matteo verwarf den Gedanken. Das würde er jetzt allein durchziehen.

Er rannte in die Küche, sah sich rasch um. Er entschied sich für das Beil, schloss kurz die Augen und holte Luft. Dann beeilte er sich, hinunter ans Ufer zu gelangen, ohne abzurutschen. Der aufsteigende Dunst ließ die Böschung an den bewachsenen Stellen höllisch glatt werden. Matteo tastete sich vorwärts, um an den Steinen und am Wurzelwerk Halt zu finden.

Als er unten angelangt war, stand ihm der Schweiß auf der Stirn. Er versuchte, seine Augen an das Dunkel zu gewöhnen. Der Ast, der sonst vor der Felsspalte stand, war verschwunden. Erst jetzt kam Matteo der Gedanke, dass ihm jemand zuvorgekommen sein könnte. Blind tastete er in dem Versteck, das seit Kurzem sehr viel kostbareres Gut bewahrte als seine Angel. Das Paket war noch an seinem Platz. Matteo stopfte es in seine Gesäßtasche.

Dann zog er sein Handy heraus. 22.23 Uhr. Das Beil wog schwer in der Hand. Matteo atmete ein. Er atmete aus. Er starrte auf den See und versuchte in der Dunkelheit irgendetwas zu erkennen. Er horchte. Nichts. Er versuchte, seinen Atem auf ein normales Tempo zu regulieren. In jeder Faser seines Körpers spürte er die Aufregung.

Wenn das hier schiefging, wenn der Anrufer mit dem Geld entkommen konnte, dann hatte er sich um eine der wenigen vagen Spuren gebracht.

Innerhalb von Sekunden schoss Matteo all das durch den Kopf, was er versäumt hatte. Hätte er der Kommissarin von dem Geld erzählt, hätte man versuchen können, dessen Herkunft zu rekonstruieren. Man hätte, verzweifelt fuhr Matteo sich durch die Haare, das Geld gegen registriertes austauschen können, sodass man seinen Verbleib nachvollziehen und dem Mann auf diese Weise auf die Spur hätte kommen können.

Tatsache war, dass ihn das Geld misstrauisch gemacht hatte, misstrauisch gegen Gisella. Was für eine Verbohrtheit, zu glauben, dass man gebremst durch solche Vorbehalte ein Verbrechen aufklären konnte. Hätte er wenigstens ein Päckchen präpariert, das vortäuschte, ein Bündel Euroscheine zu sein.

Matteo kam nicht dazu, sich weiter zu geißeln. Ein leises Motorengeräusch unterbrach seine Gedanken. Noch konnte er nichts erkennen, noch nicht einmal an der Bewegung des Wassers ließ sich ablesen, dass sich ein Boot näherte. Matteo schloss die Hand fester um das Beil, lauschte. Das Motorengeräusch schien etwas anzusteigen, noch immer aber war es so leise, dass es auf ein Boot schließen ließ, das sich allenfalls in der Mitte des Sees befinden konnte.

Wie aus dem Nichts tauchten zwei kleine grüne Lichter auf, die sich nicht schnell, aber kontinuierlich auf die Bucht zubewegten, in der Matteo wartete. Noch immer stand er auf dem etwas erhöhten Vorsprung, von dem aus er sonst seine Angel auswarf. Er fixierte die Lichter, die Kurs hielten, aber nicht wirklich größer zu werden schienen. War das Boot stehen geblieben?

Möglicherweise hatte der Mann es an einer der Bojen befestigt und war an einer anderen Stelle an Land gegangen, um ihn von hinten zu überraschen. Matteo fuhr herum. Doch da war niemand. Es gab keinen anderen Weg hier herunter als den, den er genommen hatte.

Matteo sah wieder auf die Lichter, versuchte abzuschätzen, wie weit das Boot noch entfernt war, da tauchte unmittelbar vor ihm etwas auf, das ihn kurz ins Taumeln geraten ließ. Das konnte doch nicht wahr sein. Matteo stieß einen leisen Fluch aus. Nicht auf dem Wasser, sondern in der Luft bewegte es sich. Eine kleine, ferngesteuerte Drohne, wie man sie problemlos im Internet bestellen konnte oder wie sie mittlerweile in den meisten Spielzeuggeschäften neben den Modellhubschraubern stand.

Langsam kreiste das insektengleiche Gerät vor ihm. Was für eine lächerliche, aber leider auch geniale Idee. Der Anrufer saß da hinten irgendwo auf dem See und lachte sich ins Fäustchen. Matteo war vollkommen klar, worin der Plan bestand. Er sollte das Päckchen unter die Drohne klemmen. Per GPS navigierte Drohnen, die automatisch zu ihrem Ausgangspunkt zurückkehrten. Davon hatte er gelesen. Aber war es nicht auch so, dass sie nur ein geringes Gewicht tragen und nicht länger als eine halbe Stunde fliegen konnten, weil dann die Akkus leer waren? Ihm blieben also nur zwei Möglichkeiten: Er konnte die Drohne irgendwie aufhalten oder sie manipulieren.

Das kleine Fluggerät landete auf einem der großen Steine, die im flachen Teil des Wassers aufragten. Matteo fluchte und watete bis zu den Knien ins Wasser. Ob der Kerl ihn durch ein kleines Kameraauge beobachtete? So etwas hatten Drohnen doch gemeinhin.

Matteo beugte sich zu dem Apparat hinunter, dessen vier Rotorblätter träge zuckten.

»Signor Basso, sind Sie da unten?«

Das war die Kommissarin, die nach ihm rief. Und das war, musste er leider feststellen, ein äußerst ungünstiger Moment. Vielleicht hatte sie nur etwas vergessen und würde wieder gehen, wenn er sich ruhig verhielt. Das Wasser schwappte ihm in die Schuhe.

Matteo suchte noch einmal die Dunkelheit des Sees ab. Er konnte nichts entdecken. Nur die Lichter auf der anderen

Uferseite. Er ging in die Hocke, schob das Päckchen mit dem Geld in das Plastikfach, das der Erpresser unterhalb des Ufo-ähnlichen Mittelbaus montiert hatte, in dessen Kapsel sich wohl der Motor, die Elektronik und die Akkus befanden.

Dann drehte er die Drohne von sich weg, falls es ein Kameraauge gab, musste es vorne sein und konnte ihn so nicht erfassen. Er hob sie mit einer Hand hoch über den Kopf, als Zeichen, dass sie abflugbereit war, und brach, mit einer raschen Bewegung, zwei der vier Rotorblätter in der Mitte entzwei. Ein Stück weit würde der improvisierte Geldtransporter mit dieser Versehrtheit kommen. Aber relativ rasch, so schätzte Matteo, würde die Drohne ins Trudeln geraten.

Wenn der Anrufer die Gefahr erkannte, würde er sich aus seinem Hinterhalt wagen müssen, um das Geld zu retten. Diese Schlussfolgerung hatte Matteo in aller Eile gezogen.

»Signor Basso?«, kam es wieder von oben.

Unendlich langsam erhob die Drohne sich in die Luft.

»Nun mach schon«, murmelte Matteo. Wenn sie in der Geschwindigkeit weiterflog, würde sie nicht weit kommen.

Erst jetzt kam Matteo darauf, sich bis auf die Unterhose auszuziehen und seine Sachen ans Ufer zu legen, ohne den Blick von der Drohne mit ihrer wertvollen Ladung zu wenden. Wenn er ins Wasser musste, würde er in diesem Zustand schneller vorankommen. Plötzlich sackte die Drohne ab, drehte sich einmal um sich selbst und wurde mit einem schnellen Schwung vom See verschluckt. Die Wasseroberfläche war vollkommen schwarz. Matteo wartete. Aber nichts geschah. Kein Anrufer, der aus seinem Versteck stürzte und das Geld zu retten versuchte.

Fassungslos stand Matteo auf den Steinen, die seine Fußsohlen schmerzhaft malträtierten, und musste sich eingestehen, dass er gerade nicht nur fünfzigtausend Euro im Lago versenkt hatte. Er hatte mit seiner blödsinnigen Idee auch jemanden verprellt, der höchstwahrscheinlich etwas mit Gisellas Tod zu tun hatte. Matteo verharrte noch ein paar Minuten, obwohl er längst wusste, dass nichts mehr passieren würde. Auch sein Handy blieb stumm.

»Scheiße, scheiße, scheiße«, stieß er hervor. Für alle weiteren Verwünschungen war er zu erschöpft. Die Zigaretten in seiner Tasche waren klamm geworden. Er schlüpfte in die Hose, warf sich Hemd und Jacke über, die auch nicht mehr viel gegen die Kälte, die seinen Körper erfasst hatte, ausrichten konnten, warf einen letzten Blick auf den See und das Desaster und stieg den Hang hinauf. Immerhin konnte man das Beil ganz gut als Stütze in die Böschung schlagen.

Zum zweiten Mal an diesem Tag erwartete Matteo auf seiner kleinen Terrasse eine Überraschung. Allerdings hatte es den Anschein, als wäre die Überraschung seiner Gäste noch ein Stück größer als seine eigene.

Die Kommissarin war aufgesprungen, kam ihm ein paar Schritte entgegen, stoppte dann abrupt und musterte ihn irritiert.

»Was ist passiert? Was ist mit Ihnen?«

»Nichts, was soll mit mir sein?« Matteo ließ den Blick an sich herunterwandern, das offene Hemd, die nackten, schlammbespritzten Füße. Die ebenfalls matschüberzogenen, tropfenden Schuhe in der einen Hand, das Beil in der anderen.

Das ängstliche Erstaunen im Gesicht seiner zweiten Besucherin ließ keinen Zweifel daran, dass Matteo eine reichlich merkwürdige Erscheinung abgab. Es war das erste Mal, dass er das Gesicht des Mädchens sah, ohne dass es einen genervten oder wütenden Ausdruck hatte. Offenbar hatte sein ungewöhnlicher Aufzug die Tochter von Anna und Renzo so sehr überrascht, dass sie ganz einfach vergessen hatte, eine ihrer üblichen Mienen aufzusetzen.

»Ich war noch ein bisschen angeln und bin ausgerutscht.« Matteo versuchte, seine Stimme möglichst unbeschwert klingen zu lassen, um seiner Erklärung zumindest eine gewisse Glaubwürdigkeit zu verleihen. Die Kommissarin nickte stumm. Um ihre Nase hatten sich wieder die skeptischen Falten gebildet.

»Und was hat das hier zu bedeuten?« Matteo sah zu Mara, die seinem Blick auswich.

»Wollen Sie sich erst mal etwas Trockenes anziehen?«, fragte die Kommissarin. »Wir warten hier.« Das war in mehrerlei Hinsicht eine gute Idee.

Als Matteo sich ein paar Minuten später und mit fast schon wieder warmen Füßen zu Nina Zanetti und dem Mädchen setzte, legte ihm die Kommissarin in kurzen Worten dar, was vorgefallen war. Sie hatte Mara, bepackt mit einem großen Rucksack, kurz vor Verbania aufgegriffen. Bis dahin war das Mädchen per Autostopp gekommen.

»Wohin wolltest du?«, fragte Matteo.

»Zum Bahnhof.«

»Und von dort aus?«

Mara schaute auf den benutzten Teller vor ihr, den Matteo noch immer nicht in die Küche getragen hatte.

»Warte kurz. Ein bisschen was Warmes wird dir guttun. Ich bin gleich zurück.«

Matteo bekam aus den Augenwinkeln mit, dass die Kommissarin ihn überrascht anblickte. Im Gegensatz zum ersten

Mal, als er an diesem Abend den Gang an den Herd als Ausflucht benutzt hatte, um ein wenig Ordnung in seine Gedanken zu bringen, hatte er jetzt den Eindruck, dass dem Mädchen nicht nur das Essen guttun würde, sondern auch eine Pause, bevor noch mehr Fragen auf sie einstürmten. Während er eine Portion des Ragùs gemeinsam mit der übrig gebliebenen Pasta in einer Pfanne aufwärmte, fragte Matteo sich, warum die Kommissarin das Mädchen zu ihm und nicht sofort zu den Eltern zurückgebracht hatte.

Mit einem Tablett, auf das er neben dem Essen noch zwei Caffè und eine Tasse warme Milch stellte, kehrte er wenig später zurück auf die Terrasse. Wobei er nicht ganz sicher war, ob er sich durch diese Getränkewahl den Unwillen des Mädchens zuziehen würde.

Schweigend sahen sie zu, wie Mara sich mit Heißhunger über das Ragù hermachte. Wie hübsch sie aussah, wenn ihr die Haare nicht ins Gesicht fielen. Nachdem Mara auch noch ohne zu zögern die Milch ausgetrunken hatte, sah sie die beiden Erwachsenen erwartungsvoll an. Dann erst schien ihr einzufallen, dass umgekehrt von ihr etwas erwartet wurde. Leise sagte sie endlich:

»Mama und Papa drehen total durch. Ich bin doch auch traurig«, sie stockte und sah Matteo an. »Tante Ella fehlt mir so«, flüsterte sie. »Aber so halte ich das nicht aus. Mama weint nur noch. Oder schreit rum. Und Papa sagt gar nichts und bekommt überhaupt nichts mehr mit.«

Nina Zanetti nahm Maras Hand.

»Du musst ihnen Zeit geben. Sie stehen unter Schock.«

Mara schüttelte unwillig den Kopf.

»Und wo wolltest du nun hin?«, fragte Matteo.

»Meine beste Freundin ist letztes Jahr mit ihren Eltern nach Alessandria gezogen.«

Matteo nickte. Er konnte diesen Impuls, sich zu entziehen, nur allzu gut verstehen.

»Deine Tante war eine tolle Frau«, sagte er, »eine der tollsten, die ich gekannt habe. Du hast viel Zeit mit ihr verbracht, oder?«

Mara nickte. »Sie war ja eigentlich mehr eine große Schwester. Ich musste immer so lachen, wenn sie sich über die Leute am Strand lustig gemacht hat. Oder über die Schnösel, bei denen sie gearbeitet hat.« Dann ließen sich ihre Tränen nicht mehr aufhalten. Matteo sah zur Kommissarin hinüber, die noch immer Maras Hand hielt. Die schüttelte nur leicht den Kopf. Was wohl heißen sollte: Lassen Sie sie.

Mara weinte und kroch dabei, wie ein kleines Kind, immer weiter zu Nina Zanetti hinüber, die ihren Stuhl, ohne die Hand des Mädchens loszulassen, dichter neben sie rückte. Als sie Mara fest in den Arm nahm, bebte der Körper des Mädchens noch ein paar Mal auf, geschüttelt vom Weinen. Nach und nach aber beruhigte sie sich, das Schluchzen verebbte, ihr Atem wurde immer langsamer, als sei sie eingeschlafen.

Vorsichtig schob Matteo seinen Stuhl zurück und entfernte sich ein paar Meter. Es dauerte lange, bis Renzo ans Telefon ging. Die Eltern hatten noch gar nicht bemerkt, dass ihre Tochter nicht in ihrem Bett lag. Matteo verzichtete darauf zu erzählen, wie weit Mara bereits gekommen war. Auch, was sie dazu getrieben hatte, wollte er vorerst für sich behalten. Renzo wirkte abwesend und schien vollends zufrieden mit Matteos Auskunft, dass Mara müde, aber wohlauf sei und dass er sie morgen früh nach Hause bringen würde. Als er aufgelegt hatte, war Matteo sich nicht ganz sicher, ob Renzo ihm überhaupt richtig zugehört hatte.

»Ich bring dich morgen früh nach Hause«, erklärte Matteo, als er an den Tisch zurückkehrte, wo Mara noch immer vertrauensvoll im Arm der Kommissarin ruhte. »Erst mal schläfst du jetzt ein bisschen, in Ordnung?«

Das Mädchen nickte erleichtert.

»Das ist eine gute Idee«, stimmte auch die Kommissarin zu. »Werde ich hier noch gebraucht?«

Matteo schüttelte den Kopf. »Vielen Dank für alles.«

»Und du, schlaf gut, versprochen?«, die Kommissarin strich Mara über die Wange und erhob sich. Leise sagte sie zu Matteo:

»Ich hoffe, es war okay, dass ich mit der Kleinen zu Ihnen gekommen bin. Ich hatte das Gefühl, dass es in dieser Situation keine gute Idee ist, wenn die Polizei Mara nach Hause bringt. Die Familie ist sehr aufgewühlt, ich wollte nicht noch mehr Unruhe in die Situation bringen. Und jemand anderes ist mir auf die Schnelle nicht eingefallen.«

»Machen Sie sich keine Gedanken, das war genau richtig. Ich schaue, dass die Kleine gut einschläft und dann werde ich mich auch hinlegen. Oder muss ich heute Abend noch mit einem dritten Besuch von Ihnen rechnen?«

»Nein, ganz sicher nicht, das sollten wir uns für ein anderes Mal aufheben.«

Matteo war froh über das dämmrige Licht auf der Veranda. Er hoffte, die Kommissarin hatte den Anflug von Röte auf seinem Gesicht nicht bemerkt.

Als Nina Zanetti gegangen war, führte Matteo die schlaftrunkene Mara in sein Zimmer. Ohne auch nur einen Anflug von Protest legte sie sich ins Bett, ließ sich von Matteo noch die Schuhe abstreifen, rollte sich auf die Seite und schlief augenblicklich ein.

Fasziniert von der Selbstverständlichkeit, mit der Kinder schlafen konnten, betrachtete Matteo das Mädchen. Er verstand Annas Schmerz nur allzu gut. Aber man durfte deshalb das eigene Kind nicht übersehen. Und auch nicht dessen Traurigkeit.

Matteo verbot sich, diesen schulmeisterlichen Gedanken weiterzuspinnen. Wer war er, dass er Eltern etwas über Sorgfaltspflicht erzählen konnte?

Bevor er das Licht löschte, sah er sich suchend im Zimmer um. Abgesehen von einer zusätzlichen Wolldecke, die für kalte Tage im Kleiderschrank lag, gab es hier nichts, woraus er eine Schlafgelegenheit improvisieren konnte. Immerhin fiel ihm ein, dass im Schuppen noch zwei Auflagen für Gartenstühle zu finden sein mussten. Das war besser als nichts.

11

Mara hatte darauf bestanden, dass Matteo sich vor der Haustür in der Via Umberto verabschiedete. Sie wollte ihren Eltern allein gegenübertreten und auch allein erklären, was vorgefallen war. Die Offenheit des Vorabends war wieder den vor dem Gesicht hängenden Haaren nebst der altbekannten Wortkargheit gewichen. Immerhin zeugte es von einer gewissen freundschaftlichen Annäherung, dass dem Mädchen hin und wieder doch ein Satz über die Lippen kam. Einmal hatte sie sogar gelacht an diesem Morgen – als sie nach dem Aufwachen zum Ufer hinuntergekommen war und Matteos Angel gesehen hatte. In welchem Museum er die denn habe mitgehen lassen, hatte sie gefragt.

Matteo hatte sich ein wenig zusammenreißen müssen, um nicht beleidigt zu sein. Er hatte die Angel bei seiner Ankunft im Schuppen gefunden. Es mochte sich nicht um das neueste Modell handeln. Aber was machte das schon, Angel war Angel. Und ganz abgesehen davon hatte er nach einer relativ ungemütlichen Nacht auf den Gartenstuhlauflagen eher mit einem Dank dafür gerechnet, dass er Mara sein Bett abgetreten hatte. Statt sich zu bedanken allerdings oder zu fragen, wie er geschlafen hatte, war Mara mehr daran interessiert gewesen, ob er auch etwas anderes zu essen im Haus habe als diese Fleischberge, wie sie es nannte. Das geröstete Brot, das Matteo ihr mit Honig bestrichen hatte, hatte sie schweigend und unter erstaunlichem Krümeln gegessen.

Matteo blickte zu den Fenstern von Annas und Renzos Wohnung hinauf. Er würde später mit ihnen sprechen. Den Blick zu Gisellas Fenstern vermied er.

Flavio und Luigi waren wie versprochen am Morgen aufgetaucht und hatten ihm zugesichert, dass sie sich den ganzen Tag um die Macelleria kümmern würden. Matteo hoffte, dass sie das hinbekämen. Die beiden waren sichtlich angeschlagen. Aber nicht etwa vom gestrigen Tag, wie er zunächst angenommen hatte.

Flavio war nach einigem Zögern damit herausgerückt, dass am frühen Morgen die Polizei in der Werkstatt gewesen war. Nicht die Kommissarin allerdings, sondern der unausstehliche Buffon hatte die drei über die Inspektion des Alfa Romeos ausgefragt. Indirekt hatte Buffon ihnen unterstellt, dass sie irgendwie in die Sache verstrickt seien. Dass man ihnen so etwas zutraute, nagte an ihnen.

Auch Matteos Laune war mäßig. Der Anrufer hatte sich nach der verpatzten Übergabe nicht wieder gemeldet. Als die Nacht schon weit fortgeschritten war, hatte Matteo es aufgegeben, auf das Telefon zu schauen und zu überprüfen, ob es nicht doch ein Problem mit dem Empfang gab. Wie hatte er nur so unfassbar dumm sein können? Die fünfzigtausend Euro, die jetzt irgendwo auf dem Grund des Lago herumtrieben – oder schwammen sie obenauf? –, ließen ihn vollkommen kalt. Aber dass er in einem Anflug von Selbstüberschätzung tatsächlich geglaubt hatte, den Kerl nicht nur aus seinem Versteck locken, sondern auch noch überwältigen zu können, war unfassbar lächerlich. Das durfte er niemals jemandem verraten. Vielleicht war es der Wein gewesen, der ihn auf so eine Idee gebracht hatte.

Aber es nützte nichts, sich den Kopf über etwas zu zerbrechen, das man nicht mehr ändern konnte. Besser würde er Teodora Venti einen Besuch abstatten. Sie hatte mit ihm sprechen wollen. Vorher aber wollte er sich Dinos Koch vornehmen.

Während Matteo zu Dinos Bar ging, wühlte er in den Tiefen seines Gedächtnisses nach dem Namen des schlanken jungen Mannes. Aber er wollte ihm beim besten Willen nicht einfallen. Immerhin, Maras Namen hatte er sich nun gemerkt. Das war doch schon mal etwas.

Bei Dino war noch alles dunkel. Matteo legte die Hand an die Scheibe, um ins Innere der Osteria schauen zu können. Auch in der Küche brannte kein Licht. Matteo kramte eine Futura hervor. Gut, dann würde er zuerst zu Teodora Venti fahren.

Deren Haus, in dem zugleich die Praxis ihres Mannes untergebracht war, lag oberhalb von Cannero, in Trarego. Man kam daran vorbei, wenn man zum Ristorante »Usignolo« wollte. Sein Vater war Patient bei Venti gewesen, ein oder zwei Mal war Matteo als Kind mitgekommen und hatte draußen spielen müssen, während sein Vater den Arzt konsultierte. Über den Grund seiner Besuche hatte der Vater beharrlich geschwiegen, verstockt wie eine Bergziege, schon damals, als man es noch nicht als Altersstarrsinn hatte abtun können. Matteo lächelte bei der Erinnerung an seinen Vater und fragte sich, ob er ihm eigentlich ähnlich war. Anna schüttelte hin und wieder den Kopf und murmelte etwas vom alten Basso, wenn sie Matteo traf.

Matteo ließ den Lancia an. Wenn Beppo, wovon er ausging, anständige Arbeit geleistet hatte, dann würden die Steigungen dem Wagen heute keine Probleme bereiten. Zumal die Temperaturen auch eher verhalten daherkamen. Viel mehr als zwanzig Grad waren es heute sicher nicht.

Das Haus der Ventis war ein kleines Anwesen, in einer Lage, die jeder Immobilienmakler mit Attributen wie idyllisch, traumhaft, atemberaubender Seeblick angepriesen und dabei keinen Deut übertrieben hätte. Dennoch musste man den Ventis lassen, dass sie sich darum bemüht hatten, dem Haus eine gewisse Bescheidenheit zu verleihen, indem es sich in seiner an die typischen Rusticos angelehnten Bauweise trotz seiner Größe recht harmonisch in die Umgebung einfügte.

Zu gelblastig allerdings, befand Matteo, als er den Lancia auf dem Seitenstreifen geparkt hatte und auf das Eingangstor zuging. Ein bisschen weniger Farbe hätte für seinen Geschmack nicht geschadet. Tor und Briefkasten sprangen den Besucher in zitronigen Tönen an, die Fassade des Hauses war kaum zurückgenommener, und selbst das Dach war in einem Orangeton gehalten. Sicher hatte Teodora Venti in irgendeinem Ratgeber gelesen, dass Gelbtöne einen positiven Einfluss auf die Patienten ausübten.

Eine Klingel konnte Matteo nirgendwo entdecken, anders als bei Maldini aber war das Tor nicht verschlossen. Die Straße war leer, in den Nachbargärten war niemand zu sehen. Wie stets dröhnte nur in unbestimmter Entfernung irgendein Gartengerät, das allerdings der Stille kaum etwas anhaben konnte.

Selbst diese halbe Höhe hier genügte, um Matteo aufatmen zu lassen und ihn in eine Stimmung zu versetzen, als wäre er allen Problemen enthoben, die ihn in einem diffusen »da unten« drückten. Während er sich dem Zitronenhaus näherte und mit einer gewissen Erleichterung zur Kenntnis nahm, dass das fehlende »Attenti al Cane«-Schild den Tatsachen entsprach und ihm kein Hund entgegenstürmte, fragte er sich nicht zum ersten Mal, warum er eigentlich nicht ganz zurück in die Berge gezogen war.

Die Sprechzeiten fanden nur an den Nachmittagen statt, wie er auf einem Schild las. Anscheinend machte der Arzt vormittags Hausbesuche. Als auch auf sein zweites Klingeln niemand reagierte, der Chevrolet in der Einfahrt aber darauf hindeutete, dass Teodora Venti zu Hause sein musste, ging Matteo um das Haus herum, vorbei an Oleanderbüschen, üppigem Rhododendron und prächtigen, rankenden Pflanzen mit satten, pinkfarbenen Blüten, deren Name ihm entfallen war.

»Signora Venti, Buongiorno?«, rief er, als er um die Ecke bog, und hoffte, dass er die Dame des Hauses nicht gerade beim Nacktbaden überraschte. Dass ein Haus wie dieses einen Pool hatte, stand außer Frage. Und richtig, es hatte nicht nur einen Pool, sondern auch, was Matteo nicht sonderlich wunderte, eine ausladende, von einer sonnengelben Markise überspannte Terrasse.

»Da bekommt man doch einen Augenschaden«, murmelte er und versuchte, den Gedanken an ein gelbes Ledersofa im Wohnzimmer zu verdrängen, über dem ein Ölbild mit einem Sonnenblumenarrangement hing. Immerhin hatte sich seine Sorge wegen des morgendlichen Schwimmens als unbegründet erwiesen. Die Signora saß auf der Terrasse, vollständig bekleidet, ihr leuchtend blaues Gewand ergoss sich seitlich über die Lehnen eines Gartenstuhls, der mit dem Rücken zu ihm stand. Auch in der Farbwahl ihrer Kleidung schien sie sich eine gewisse Konsequenz auferlegt zu haben.

Matteo räusperte sich. »Signora, entschuldigen Sie, dass ich Sie hier überfalle«, setzte er an und trat neben sie. Dann wich er erschrocken zurück. »Verdammt!«

Fahrig nestelte er das Telefon aus der Tasche und drückte die Nummer der Kommissarin, ohne den Blick von der Frau ihm gegenüber abwenden zu können.

»Buongiorno, Signor Basso«, meldete sich die Kommissarin, »Ist alles gut? Haben Sie die Kleine wieder bei den Eltern abgeliefert?«

»Nein, das heißt, ja. Mara ist zu Hause. Aber gut würde ich die Situation nicht nennen. Ich bin hier gerade bei Teodora Venti in Trarego«, er stockte. »Es gibt noch eine Tote.«

»Ist das Ihr Ernst?«

»Sie wurde erschossen, wenn mich nicht alles täuscht.«

»Verdammter Mist. Fassen Sie nichts an. Wir sind so schnell wie möglich da. Sagen Sie mir bitte noch die genaue Adresse.«

Matteo betrachtete die Tote. Ihr Mund stand offen, Speichel war ihr auf das Kleid getropft. Der Fleck war noch nicht ganz getrocknet. Der Mörder musste kurz vor ihm hier gewesen sein. Ein ungläubiger Blick lag in den starr aufgerissenen Augen von Teodora Venti. Wer auch immer sie getötete hatte, er hatte sie beim Frühstück überrascht. Das Geschirr stand noch in bester Ordnung auf dem Tisch. Die Kugel hatte sie frontal in die Brust getroffen. Ohne Experte zu sein, schien Matteo, als hätte der Schuss sie in die etwas nach hinten gesenkte Lehne des Stuhles gedrückt, wo sie, ohne dass der leblose Körper zusammengesackt war, immer noch nahezu aufrecht saß, nur der Kopf war zur Seite gekippt.

Hatte der Mörder mit ihr hier gesessen? Matteo sah auf das zweite Gedeck, das auf dem Tisch stand. Solange er nicht wusste, aus welcher Entfernung der Schuss abgegeben worden war, war das eine müßige Überlegung. Genauso gut konnte es sich um das Frühstücksgeschirr ihres Mannes handeln, der aufgebrochen war, während sie noch sitzen geblieben war und unfreiwillig auf ihren Mörder gewartet hatte.

Der Garten war so üppig bewachsen, dass er gegen Einblicke der Nachbarn gut geschützt war. Aber dennoch war es ein ziemlich riskanter Ort für einen Mord am helllichten Tag.

Matteo hatte das dringende Bedürfnis nach einer Zigarette, hielt es aber für klüger, am Tatort darauf zu verzichten. Pietätvoller war es ohnehin. Nichts anfassen, hatte die Kommissarin gesagt. Auch wenn er sich nicht darum riss, eine Leiche zu berühren, hätte er doch gern die Augen von Teodora Venti geschlossen. Er hatte das unangenehme Gefühl, dass ihr Starren ihm galt.

Was hatte sie ihm erzählen wollen? Über Gisella? Musste sie deshalb sterben? Eine unliebsame Zeugin?

Er hatte das Gehabe der Arztgattin für wichtigtuerisch und exzentrisch gehalten. Wie man sich täuschen konnte. Vielleicht steckte doch mehr hinter ihrem Auftritt bei Dino. Womöglich hatte sie etwas über Gisella gewusst, von dem jemand mit aller Macht verhindern wollte, dass es an die Öffentlichkeit gelangte.

Viel Zeit blieb ihm nicht. Gleich würde die Kommissarin hier auftauchen und vermutlich auch der unvermeidliche Buffon, der sicher nicht erfreut sein würde, ihn hier anzutreffen.

Mit ein paar Schritten war Matteo an der offen stehenden

Verandatür und trat ins Wohnzimmer. Bei anderer Gelegenheit hätte ihm die senfgelbe Couchgarnitur sicher ein Lächeln entlockt. Sein Blick flog über den Esstisch, die offene Küchenzeile. Hier schien alles seine Ordnung zu haben. Rasch nahm Matteo die gefliesten Stufen, die vom Wohnzimmer aus in den vorderen, durch die Hanglage etwas tiefer gelegenen Teil des Hauses führten, wo sich, wenn er sich nicht täuschte, auch die Praxisräume befanden.

Als Matteo vorsichtig eine nur angelehnte Tür öffnete, sah er, dass die Schublade eines Büroschrankes herausgerissen war, einzelne Patientenakten des alphabetisch geordneten Hängeregisters lagen auf dem Boden verstreut. Augenscheinlich diejenigen der Buchstaben R, S, T. Matteo überlegte, wie er die Akten am besten in Augenschein nehmen konnte, ohne Fingerabdrücke zu hinterlassen, als er die Polizeisirenen hörte.

Unverrichteter Dinge kehrte er auf die Terrasse zurück. Als wenig später die Kommissarin um die Hausecke bog, genügte Matteo ein Blick in ihr Gesicht, um das Theater vorauszusehen, das Buffon wenige Sekunden später veranstalten würde. Bestimmt hatte er schon während der Fahrt hier hinauf getobt.

Es hätte nicht viel gefehlt, und Buffon hätte Matteo gleich in Handschellen legen lassen. Die Kommissarin versuchte ihrem Vorgesetzten klarzumachen, dass es eher ungewöhnlich war, dass der Mörder selbst die Polizei alarmierte. Und noch dazu am Tatort verweilte. Restlos überzeugt war Buffon, dessen Haare frisch gestutzt waren und seinem Kopf eine beinahe quadratische Form verliehen, allerdings nicht. Schließlich aber gab er nach.

»Ich werde hier jeden Grashalm umdrehen lassen«, raunzte er Matteo an. »Und wenn du etwas damit zu tun hast, ich schwöre es dir, dann werden wir das herausfinden.«

»Ich bin ja begeistert«, erwiderte Matteo und bemühte sich, dabei einen kühlen Ton anzuschlagen, obgleich es in ihm kochte, »dass Sie es überhaupt mal für nötig halten, zu ermitteln. Ich hoffe, es wird von Erfolg gekrönt sein.«

»Pass bloß auf«, zischte Buffon und machte einen Schritt auf ihn zu. Zufrieden registrierte Matteo, dass er selbst sich weder von der Stelle rührte, noch eine Miene verzog. Buffon hingegen war anzusehen, dass er sich gern noch weiter an Matteo abgearbeitet hätte.

Nun schaltete sich Nina Zanetti ein.

»Signor Basso, wir werden jetzt hier die Spurensicherung ihre Arbeit machen lassen. Wir melden uns, wenn wir noch Fragen haben.«

Matteo verkniff sich einen weiteren Kommentar, nickte der Kommissarin zu und wandte sich zum Gehen, nicht ohne Buffon noch einmal ungerührt in die Augen zu blicken. Als der Typ nach Gisellas Tod bei ihm aufgetaucht war, war Matteo zu durcheinander und angegriffen gewesen. Und so verzagt er auch sonst manchmal sein mochte, so gab es ein paar Menschen, die ihn in ihrer Arroganz und Borniertheit so wütend machten, dass er ihnen etwas entgegensetzen musste. Und wenn es nur ein paar Sätze oder ein Blick waren. Nicht uninteressant, dass dieser Unwille bei all den Menschen, mit denen Matteo in den vergangenen Tagen zu tun gehabt hatte, am heftigsten von Buffon ausgelöst wurde. Da konnten weder Maldini noch di Lauro mithalten.

Auf der Fahrt zurück nach Cannobio legte Matteo erhebliches Tempo an den Tag, sowohl, was die Frequenz der gerauchten Futuras anging, als auch die Geschwindigkeit des Lancias, der in ein paar Kurven empört kreischte.

»Verzeih mir, meine Gute«, Matteo tätschelte das Lenkrad. »Geht nicht anders. Ich würde einfach gern vermeiden, dass der nächste Mensch mundtot gemacht wird, bevor ich mit ihm gesprochen habe.«

Ein Keil verhinderte das Zuschlagen der Tür von Dinos Osteria, die von den Gerüchen des vorangegangenen Abends gelüftet wurde. Matteo klopfte an den Türrahmen und trat in den Gastraum, dessen Boden gerade gewischt worden war und an einigen Stellen noch feucht glänzte.

»Buongiorno, wir öffnen erst am Nachmittag.« Bepackt mit mehreren Kisten Gemüse, hinter denen er komplett verschwand, kam der Koch die Kellertreppe hinauf und schob mit der Schulter die Schwingtür zur Küche auf.

»Ich komme nicht wegen des Essens. Ich komme wegen des Todes von Gisella Tonetti.«

In diesem Moment, als der Koch in seiner Bewegung verharrte, fiel Matteo dessen Name wieder ein. Ibrahim.

»Was haben Sie in Gisellas Ristorante gesucht?«, setzte Matteo nach.

Die Gemüsekisten fielen krachend zu Boden, der Koch stürzte in die Küche, wobei er der Schwingtür einen heftigen Schlag versetzte, sodass sie immer noch wild hin und her schwang, als Matteo sich den Weg an den eng gestellten Tischen und Stühlen und dem am Boden liegenden Gemüse vorbei gebahnt hatte.

»Stopp, warten Sie!«, rief Matteo. Als auch er den Hinterausgang erreicht hatte, sah er, wie der Koch die Via Umberto hinunterrannte. Matteo fluchte innerlich, während er sich so gut es ging an den Passanten vorbeischlängelte.

Der Typ war verdammt schnell. Er rannte wie um sein Leben.

Kurz verlor Matteo den Mann aus den Augen. Ungeduldig hupte ein Auto. Ohne sich umzublicken, winkte Matteo ärgerlich ab. In welche Richtung war er abgebogen? Matteo keuchte, suchte die Gassen ab, auf die mittlerweile die Läden ihre Auslagen geschoben hatten. Hinter ihm hupte es immer noch. Ein paar Meter die Via Castello hinunter tauchte Ibrahim wieder auf.

»Verdammt, warte doch!«, brüllte Matteo. Wenn der Koch auf die Piazza lief, konnte Matteo ihm den Weg abschneiden.

Matteo rannte die Via Miracolino hinunter, Köpfe wandten sich nach ihm um, und ein paar lustig gemeinte Anfeuerungen wurden ihm nachgerufen. Hielten sie das Ganze für einen Wettlauf? Matteo versuchte, eng an den Häusern entlangzurennen, wo die Gassen nicht mit diesen elenden runden Steinen gepflastert waren.

Drei Stufen auf einmal nehmend, eilte er die Treppe hinunter, die von der Guglielmo Marconi auf die Piazza führte, umrundete eine alte Dame, die auf der Hälfte der Stufen eine Pause eingelegt hatte und erstaunt auf den Mann blickte, der da an ihr vorbeihechtete.

Unten angelangt, musste Matteo kurz Atem holen. Er versuchte, die weitläufige Piazza zu erfassen. Tatsächlich, hinter den breiten Reihen von Tischen der Restaurantterrassen, die den Platz säumten, entdeckte er ihn. Matteo drängelte sich an einem verwunderten Kellner vorbei und schreckte ein paar empört aufflatternde Tauben hoch. Kurz kam Ibrahim aus dem Takt, als er seinen Verfolger überraschend aus einer anderen Richtung kommen sah.

Matteo nutzte den Moment, packte einen der Stühle von der Terrasse und schleuderte ihn, begleitet vom entsetzten Aufschrei des Kellners, in den Lauf des Koches. Der schmiss die Arme hoch, strauchelte, versuchte, das Gleichgewicht wiederzuerlangen. Matteo sah die Verwunderung auf seinem Gesicht, kurz blitzte das Bild der toten Teodora Venti vor ihm auf. Dann schlug der Mann beinahe ungebremst auf den steinernen Boden. Die wenigen Passanten, die um diese Zeit über die Piazza schlenderten, wichen erschrocken zurück.

Matteo lief zu dem Mann hinüber und bekam ihn zu packen, bevor dieser sich aufrappeln konnte. Keuchend hockte er über dem Koch, der stöhnte.

»Ich will jetzt endlich wissen, was hier vor sich geht«, stieß Matteo hervor.

»Was weißt du über Gisellas Tod? Was hast du damit zu tun?« Matteo spürte, wie das Adrenalin nicht nur jede Faser seines Körpers unter Spannung setzte, sondern wie auch die Wut, die er kurz nach Gisellas Tod gespürt hatte, wieder in seinen Körper schoss. Er packte den Mann und schüttelte ihn, als ob er auf diese Weise die Worte aus dessen Mund herauszwingen könnte.

»Jetzt rede endlich!«

Schweiß rann ihm in die Augen.

Der Koch nahm zögernd die Hände vom Gesicht. Er hatte eine Schürfwunde an der Schläfe, ansonsten schien er unverletzt zu sein.

»Was willst du? Lass mich gehen«, presste er hervor. In seinen Augen lag Angst.

»Was hast du in Gisellas Haus gesucht? Du wolltest Beweise wegschaffen, was?« Matteo drückte sein Knie fester in den Magen des anderen.

»Hat di Lauro dich geschickt? Ich werde nichts sagen, ich verspreche es. Aber lass mich gehen, bitte.«

Matteo lockerte den Griff und verringerte den Druck seines Knies.

»Wieso sollte di Lauro mich geschickt haben? Was hat der mit der Sache zu tun? Was redest du? Verdammt noch mal, jetzt sag endlich, was du weißt!«

Dann besann Matteo sich und versuchte es anders: »Ibrahim, ich bin ein Freund von Gisella. Ich weiß, dass di Lauro ein Schwein ist. Ich weiß, was für Geschäfte er macht.«

Der Koch schloss für ein paar Momente die Augen. Als er sie wieder öffnete, sah er verändert aus. Die Panik war aus seinem Gesicht verschwunden. Matteo ließ von dem Mann ab, und erst jetzt registrierte er, dass sich in einem Sicherheitsabstand eine kleine Menschentraube gebildet hatte. Als die Beobachter merkten, dass er zu ihnen hinübersah, löste die Gruppe sich murmelnd auf. Auch der Kellner, der sich hilfesuchend an einen der Tische gekrallt hatte, wollte sich gerade abwenden.

»He«, rief Matteo zu ihm herüber. »Machst du uns zwei Caffè Corretto?«

Der Kellner nickte und huschte hastig und gegen ein paar Stühle polternd hinein, um die Bestellung weiterzugeben. Der Koch rappelte sich langsam auf, ging wankend zur steinernen Balustrade des Seeufers und beugte sich schwer atmend darüber.

Matteo folgte ihm und wartete, bis der andere wieder zu Atem gekommen war. Inzwischen hatte auch der sichtlich verstörte Kellner den mit Grappa versehenen Caffè auf einem der Tische abgestellt.

»Komm, wir setzen uns dort hinüber. Ein bisschen Koffein und Schnaps wird uns beiden guttun.«

Ibrahim blickte, nachdem sie Platz genommen hatten, in eine unbestimmte Ferne. Vielleicht blickte er auch nirgendwohin und versuchte nur, sich zu besinnen.

»Ich weiß nicht, wer deine Freundin getötet hat«, setzte er an. »Ich weiß auch nicht, welches Schwein Maldini auf dem Gewissen hat.«

Matteo blickte Ibrahim erstaunt an. Hatte er sich verhört oder war er tatsächlich aufgebracht über Maldinis Tod?

»Ich habe einen Verdacht, wer damit zu tun haben könnte, aber ich habe keine Beweise.«

Ibrahim riss seinen ins Nirgendwo gerichteten Blick los und sah Matteo eindringlich an.

»Du bist ein Freund von Gisella. Ich habe dich eben nicht erkannt, sonst wäre ich nicht weggelaufen.«

Matteo nickte ungeduldig. Wollte dieser hoch aufgeschossene, makellos schöne Mann, der nun schon zweimal vor ihm geflüchtet war, wirklich reden oder hielt er ihn hin?

»Ich bin aus Eritrea gekommen, vor fast zwei Jahren.« Wieder ließ Ibrahim den Blick abschweifen. Zwei Jahre, dafür sprach er erstaunlich gut Italienisch. Hatte er neulich bei Dino nicht von fünf Jahren gesprochen? Ibrahim schien seinen Gedanken zu erraten.

»Es sind tatsächlich erst zwei Jahre. Mir kommt es vor wie fünfzig. Ich bin vor zwei Jahren im Sommer gekommen. Mit einem dieser Boote, die das Glück hatten, es bis nach Lampedusa zu schaffen. Wir waren über dreihundert. Wir wurden in ein völlig überfülltes Lager gebracht. Schlimmer als jedes Gefängnis.«

»Dort bist du abermals geflüchtet, und nun lebst du illegal hier am See?«

»Zumindest habe ich keine Papiere«, Ibrahim lachte bitter auf. »Ihr sagt ›illegal‹, und damit ist die Sache für euch erledigt. Aber ihr habt keine Vorstellung davon, was mit denen geschieht, die es bis nach Europa schaffen.«

»Entschuldige, so war das nicht gemeint. Hör mir zu. Ich erzähle dir, was ich über di Lauro in Erfahrung gebracht habe, und vielleicht erzählst du mir dann, was es mit diesem Ordner auf sich hat, den du auf deiner Flucht vor mir in Cursolo verloren hast. Ich weiß, dass di Lauro Geld damit verdient, dass er Unterkünfte für Flüchtlinge baut und über Scheinfirmen auch betreibt. Und ich habe die Information, dass er darüber hinaus die Bewohner dazu zwingt, auf seinen Baustellen zu arbeiten. Maldini und di Lauro standen miteinander in Kontakt. Ich habe Unterlagen über ein Bauprojekt in Stresa bei Maldini gefunden, aber ich habe keine Ahnung, wie das zusammenhängt.«

Matteo reichte Ibrahim eine Zigarette, der nickte dankbar und ließ sich Feuer geben. Nach ein paar Zügen antwortete er gedankenverloren.

»Wer die Überfahrt auf einem der Boote überlebt hat, will weiter. Weg aus Italien, in die Schweiz, nach Deutschland oder Skandinavien. Aber das klappt nur bei denen, die noch Geld haben. Die anderen campieren zu Hunderten an den Bahnhöfen in Rom oder Mailand. Auch ich war in Mailand. Es ist entsetzlich. Viele sind krank, Ratten überall. Aber eines Tages sprachen uns zwei Landsmänner an, an ihrer Seite stand di Lauro. Er lächelte, gestikulierte und versprach uns eine bessere Unterkunft und Arbeit. Viele von uns gingen mit ihm.«

»Und dann hat er euch in einer seiner Unterkünfte untergebracht?«

Ibrahim nickte.

»Und dann musstet ihr für ihn arbeiten?«

Ibrahim nickte wieder.

»Wir wurden auf verschiedene Baustellen verteilt. Keiner bekam Lohn ausgezahlt, aber nach sechs Monaten, so sagte man uns, würden wir so viel verdient haben, dass wir leben könnten, wo immer wir wollten. Ohne Gefahr und mit dem Anrecht auf Arbeit, auf eine eigene Wohnung. Wir haben ihnen geglaubt. Diese Menschen verkaufen Träume. Sie versprechen dir, wonach du dich sehnst.«

Ibrahim starrte düster vor sich hin. »Kann ich noch eine Zigarette haben?«

Matteo reichte ihm die Schachtel und Feuer.

»Zuerst habe ich auf einer großen Baustelle in Avezzano gearbeitet. Wir lebten in Containern auf dem Gelände. Hauptsächlich Afrikaner, ein paar Syrer und Afghanen. Nur die Vorarbeiter kamen aus Italien. Und die, die uns überwachten und darauf achteten, dass wir das Gelände nicht verließen.«

Er nahm einen tiefen Zug von der Futura, sein Blick wurde hart.

»Ich bin diesem Scheißkerl auf den Leim gegangen. Aus sechs Monaten wurde ein Jahr. Ich war kurz davor, einfach irgendwo runterzuspringen. Aber ich kann das nicht. Ich kann sie nicht im Stich lassen. Ich habe eine Frau und drei Kinder. Ich will sie nachholen, wenn ich so viel Geld habe, dass sie als Touristen getarnt mit dem Flugzeug reisen können. Aber ich habe kaum noch Hoffnung.«

Ibrahim blickte wieder in die Ferne. Dann sprach er weiter.

»Es gab unter den Aufsehern einige, die hatten Mitleid. Und so konnten wir einmal in der Woche die Baustelle verlassen. Wir saßen dann oft in einer Bar, die von zwei jungen Nigerianern betrieben wird. Dort trafen wir auf Mitarbeiter einer Hilfsorganisation, und eines Tages kam ein Mann dazu, der uns fragte, wo wir in den vergangenen Monaten gearbeitet hätten. Erst dachte ich, er sei von der Ausländerbehörde oder von der Polizei. Aber dazu war er zu gut gekleidet. Ein paar meiner Kumpel erzählten freimütig, wie wir betrogen worden waren. Ich war misstrauisch. Di Lauro ist mächtig. Was sollte ein einzelner Mann da ausrichten?«

Matteo rieb sich die Stirn, als könnte er dadurch ungeschehen machen, was er da gerade hörte. Wie lange konnte ein Mensch das demütigende Gefühl aushalten, dass es für ihn keinen Platz auf der Welt gab?

»Ich habe mich getäuscht.«

Matteo musste sich kurz besinnen, welche Täuschung Ibrahim meinte.

»Der Mann sah aus wie ein Bonze. Aber er war keiner. Er war di Lauro seit einiger Zeit auf der Spur. Aber er brauchte mehr Beweise, um ihn auffliegen lassen zu können.«

»Also doch ein Polizist? Oder ein Journalist?«

»Nein, er war Idealist.«

Ibrahim wechselte in eine Sprache, die Matteo nicht verstand. Es schien sich um Verwünschungen zu handeln, die er in den Himmel schickte.

»Wir waren so nah dran.«

»Wer war der Mann?«, beharrte Matteo.

»Franco Maldini.«

Es dauerte einige Sekunden, bis Matteo realisierte, was Ibrahim ihm da gerade mitgeteilt hatte.

»Du willst mir ernsthaft weismachen, Franco Maldini, der weich gebettet in einem Palazzo lebt, sich Kashmirpullis um die Schultern drapiert und einen gewienerten Oldtimer durch die Gegend kutschiert, ist verdeckter Ermittler im Immobiliensumpf?«

»Nein, ich habe doch gesagt: Er war kein Polizist. Er wollte di Lauro drankriegen, weil er dessen Geschäfte menschenverachtend fand. Er tat das aus Überzeugung.«

»Das kannst du deiner Großmutter erzählen.«

Matteo musste aufstehen und ein paar Schritte gehen, so wahnwitzig kam ihm diese Geschichte vor.

»Bezahlt Maldini dich, damit du so einen Unsinn verzapfst?«, rief er zu Ibrahim hinüber. Aber der reagierte nicht auf seine Frage.

Die Oberfläche des Lago war von kleinen, dichten Wellen überzogen, die in der Sonne glitzerten. Die Gipfel auf der gegenüberliegenden Uferseite waren in Dunst gehüllt. Von Süden hatte ein leichter Wind aufgefrischt. Inverna nannten die Einheimischen diesen aus den Tälern kommenden Wind, der auf gutes Wetter hindeutete.

Matteo dachte an die Begegnung mit Maria Giancomelli, dachte daran, wie vehement sie für Maldini eingetreten war. War das einfach nur die übliche Loyalität, mit der sich eine Chefin vor einen ihrer Mitarbeiter stellte? Warum hatte sie ihm so ausführlich die Geschichte ihres Mannes erzählt?

Er setzte sich wieder zu Ibrahim.

»Bist du sicher, dass Maldini di Lauro auffliegen lassen wollte?«

»Maldini hat mich mit hierhergenommen, er hat mir den Job bei Dino besorgt. Deine Freundin, Gisella, hat mir die wichtigsten Rezepte beigebracht.«

Matteo traute seinen Ohren nicht.

»Das Bauprojekt in Stresa hat Maldini initiiert, um di Lauro endgültig auffliegen zu lassen. Wir hatten schon so viele Beweise zusammen. Es ist zum Verzweifeln.«

»Du glaubst, di Lauro hat Verdacht geschöpft und Maldini

beseitigen lassen? Und Gisella gleich mit? Weil sie dir die wohlgehüteten Geheimnisse der italienischen Küche beigebracht hat und du nun dein Geld nicht mehr auf dem Bau verdienen musst?«

Ibrahim zuckte hilflos die Schultern. Matteo versuchte, irgendeine annähernd logische Ordnung in die Informationen zu bringen. Maldini als Kämpfer für die Erniedrigten? Sein ganzes Auftreten nur Kostümierung? Aber was hatte es dann mit dem Geld auf sich? Warum war er, Matteo, kurz vor ihrem Tod zu Maldini gerufen worden? Matteo wusste, dass es keinen Sinn hatte, sich wieder und wieder vorzuwerfen, dass er das Telefon nicht gehört hatte.

»Und die Beweise lagen oben in den Bergen, in Gisellas Haus? «

Ibrahim rang verzweifelt die Hände.

»Maldini war ihm seit drei Jahren auf der Spur. Haarklein hatte er di Lauros Geschäftspraktiken dokumentiert. Wir hätten nur noch die Falle in Stresa zuschnappen lassen müssen. Dann hätte man das als schönes Paket an die Behörden geben können.«

»Warum hat er das nicht längst getan?«

»Di Lauro arbeitet nicht alleine. Und wegen der Villa in Stresa ist Maldini das erste Mal auch seinem miesen Kompagnon begegnet.«

»Foresta?«

Ibrahim nickte. »Maldini war ein perfekter Schauspieler. Er hat sie in dem sicheren Gefühl gewiegt, dass er einer von ihnen ist und das nächste große Ding mit ihnen anleiern will.«

»Vielleicht haben sie sich nicht ganz so sicher gefühlt, wie ihr angenommen habt. Was hat Gisella mit der ganzen Sache zu tun?«

»Nichts, so weit ich weiß. Ich glaube nicht, dass Maldini ihr etwas erzählt hat. Er war vorsichtig. Er wusste, dass man kaum jemandem vertrauen kann. Aber er hatte einen Schlüssel zu ihrem Haus in den Bergen. Ich war sicher, dass er die Beweise dort versteckt hat. In seinem Haus in Pallanza war jedenfalls nichts.«

Matteo war also nicht der Einzige, der sich bei Maldini umgesehen hatte.

»Und in Gisellas Haus hast du alle Unterlagen gefunden?«

Ibrahim schlug mit der flachen Hand auf den Tisch.

»Unwichtiges Zeug. Zeitungsartikel. Genau das, womit man nichts anfangen kann.«

»Könnte jemand vor dir dort gewesen sein?«

»Aber wer kannte das Haus?«

Matteo dachte nach. Anna, natürlich. Renzo vermutlich. Vielleicht Paolo, auch wenn er es Matteo gegenüber nicht zugegeben hatte. Und derjenige nicht zu vergessen, bei dem Gisella das Haus gekauft hatte. Unmittelbar hatte Matteo den immer latent aggressiven Typen aus dem Maklerbüro vor Augen. Möglicherweise hatte der Wind von der Sache bekommen und wollte auch noch seinen Profit daraus schlagen.

Aber natürlich war das längst nicht der einzige Makler in der Gegend. Und möglich war immerhin auch, dass Gisella ihr Haus direkt von jemandem in Cursolo gekauft hatte. Fast alle Häuser waren in Familienbesitz.

Matteo beobachtete Ibrahim, der neben ihm saß und eine weitere Zigarette aus der Packung fischte. Schwer vorstellbar, was diesem Mann in den letzten zwei Jahren widerfahren war. Noch schwerer vorstellbar, dass Tausende Kilometer entfernt Frau und Kinder lebten, deren einzige Hoffnung er war. Für die er die lebensbedrohliche Überfahrt gewagt, die Demütigungen im Auffanglager in Kauf genommen hatte. Und jetzt saß er hier, verloren, vor dem Nichts.

»Was ist das eigentlich für eine Sorte? Futura. Die Marke habe ich noch nie gesehen. Schmeckt ungewöhnlich.«

»Italienisch. Nicht dieser amerikanische Einheitsbrei.«

Ibrahim versuchte ein Lächeln, das aber eher gequält aussah.

»Wirst du bei Dino bleiben können?«

»Maldini hat mir Papiere besorgt. Sie sehen echt aus. Dino haben sie überzeugt.«

Wenn das Essen regelmäßig nur halb so gut war wie der Rinderbraten, der Matteo vor ein paar Tagen dort serviert worden war, dann bedeutete Ibrahim wohl ebenso für Dino eine Hoffnung, wie es umgekehrt der Fall war. Aber das war natürlich keine Lösung. Vielleicht würde Ibrahim irgendwann genug Geld verdient haben, dass er seine Familie nachholen konnte. Und dann? Wenn sie, mit Glück, Europa erreicht hatten, fing dann nicht alles von vorne an? Der Kampf mit den Behörden? Das menschenunwürdige Leben in überfüllten Massenunterkünften?

Matteo blickte den stolzen Mann an, der ihm hoch aufgerichtet gegenübersaß. Vielleicht würde er es schaffen, eine Aufenthaltsgenehmigung zu bekommen und ein annähernd normales Leben zu führen. Aber was war mit den unzähligen anderen Menschen, die voller Hoffnung nach Europa kamen? Sie waren leichte Beute für Verbrecher wie di Lauro.

12

Schon wieder stand Matteo vor Maldinis sandsteinfarbenem Haus. Der Himmel hatte sich während seiner Fahrt nach Pallanza innerhalb von Minuten zugezogen, die dunklen blauschwarzen Wolken schienen regelrecht gegen die Berge zu drücken.

Wer in den Bergen aufwuchs, der verfügte über einen natürlichen Sinn für die Regungen und kleinen Zeichen der Natur. Matteo jedoch konnte sich nicht mehr so recht darauf besinnen, allenfalls eine vage Ahnung schlummerte in einer nicht näher zu bestimmenden Tiefe seiner Erinnerung, sonst hätte er den Dunst vorhin nicht für einen Vorboten der Sonne gehalten. Irgendwo zwischen den Mailänder Häusern oder Straßenbahnschienen musste ihm dieser Instinkt abhandengekommen sein.

Matteo blickte sich um. Wenn die alten Nachbarinnen sich wieder hinter ihren Gardinen verschanzt hatten, dann musste man ihnen zugestehen, dass sie das durchaus mit einer gewissen Dezenz taten.

Als hätte jemand ein Ventil geöffnet, lag plötzlich ein intensiver Duft nach Oleander und Rhododendron in der Luft. Dieses Zeichen erkannte selbst Matteo. Die abrupt ansteigende Luftfeuchtigkeit als Vorhut des Regens bewirkte, dass die Natur mit aller Kraft auf die Sinne einströmte. Matteo ließ seinen Blick die bewachsene Mauer entlanggleiten, die Maldinis Haus umgab. Er lief ein paar Schritte bis zu jener Stelle, wo sich die Mauer, durch den Rhododendron unsichtbar, für die Vorübergehenden absenkte, und schwang sich hinüber.

Ibrahim hatte gesagt, dass er im Haus nichts gefunden hatte. Wie es aussah, hatte Maldini damit gerechnet, dass jemand sich bei ihm umsehen würde, und hatte seine Recherchen zu di Lauro beiseitegeschafft. Dass Ibrahim noch Teile der Unterlagen in Gisellas künftigem Ristorante gefunden hatte, sprach dafür, dass dort ursprünglich die kompletten Papiere gelegen hatten. Noch immer fiel es Matteo nicht ganz leicht, die Tatsache hinzunehmen, dass Maldini nicht nur – anders als er selbst – von Gisellas Hauskauf gewusst hatte, sondern zudem im Besitz eines Schlüssels gewesen war.

Vielleicht war es sinnlos, dass er noch einmal hierher zurückkehrte. Dennoch hatte Matteo die vage Hoffnung, dass er nun, wo sich sein Bild von Maldini in wesentlichen Punkten verschoben hatte, auch dessen Haus noch einmal mit anderem Blick durchsuchen konnte. Vielleicht würde er auf etwas stoßen, das seiner Aufmerksamkeit zuvor entgangen war.

Angenommen, überlegte Matteo, Gisella hatte Maldini lediglich um Rat gefragt, was den Hauskauf anging. Oder sich Geld geliehen? Dann wäre, zumindest in dieser Hinsicht, alles ganz harmlos und sein kaum zu unterdrückender Argwohn wegen der fünfzigtausend Euro hinfällig.

Am Himmel grollte es, und Matteo spürte die ersten Regentropfen. Ein paar Meter vom Haus entfernt stand die von Clematis berankte Garage, die man wegen ihres Bewuchses beinahe für ein romantisches Gartenhäuschen hätte halten können. Matteo warf einen Blick durch das fast blinde Fenster. Er erkannte die Umrisse eines Fahrzeugs, das von einer Plane verdeckt war.

Er lief um die Garage herum und rüttelte an deren Tor, das natürlich abgeschlossen war. Es krachte gewaltig, als er sich dagegenwarf, ohne dass das Tor eine nennenswerte Reaktion zeigte. Im Gegensatz zu den Nachbarn vermutlich, die, wenn sie Matteo bisher nicht gesehen hatten, zweifelsohne jetzt auf ihn aufmerksam geworden waren. Wieder grollte es am Himmel. Wenn Matteo Glück hatte, hielten sie das Krachen für ein vorab verirrtes Donnern.

Das Garagentor war mit einem einigermaßen altertümlichen Vorhängeschloss verriegelt. Es sah nicht aus, als ob jemand versucht hätte, es aufzubrechen. Bis jetzt. Matteo griff sich einen der Steine, mit denen die Beete umrandet waren.

Nach zwei gezielten Schlägen zerfiel das Schloss in seine Bestandteile, und das Tor schwenkte bereitwillig auf. Matteo trat ein und zog die Plane, die das Fahrzeug bedeckte, beiseite.

»Porca vacca!« Matteo stieß einen Pfiff aus.

Vor ihm stand, im schönsten Rot und, soweit man das auf den ersten Blick und in dem schummrigen Licht der Garage beurteilen konnte, vollkommen makellos, ein 1962er Alfa Romeo Giulietta SZ. Der Wagen, den er vor ein paar Tagen auf der Hebebühne in der Werkstatt gesehen hatte. Matteo ließ, irritiert über diesen unverhofften Fund, die Hand über die Heckklappe des Alfa Romeo gleiten, wie; um sich noch einmal von dessen tatsächlicher Anwesenheit zu überzeugen.

Den Alfa Romeo auf dieselbe Weise zu öffnen wie die Garage, würde er kaum übers Herz bringen, dachte Matteo. Das allerdings war auch gar nicht nötig, der Kofferraum war nicht abgeschlossen, die Klappe öffnete sich umstandslos und gab den Blick auf eine Tasche aus weichem hellbraunem Leder frei. Hatte Maldini verreisen wollen? Bevor Matteo den Reißverschluss der Tasche aufzog, sah er sich nach einem Lichtschalter um. Draußen musste der Himmel mittlerweile tiefschwarz sein, Matteo hörte das Donnern und den Wind, der um die Garage peitschte.

In der Tasche lag dem ersten Augenschein nach nur die übliche Ausstattung für eine kürzere Reise. Kleidung, zwei Bücher, Rasierzeug. Im Seitenfach der Tasche steckte eine Brieftasche, in der sich eine stattliche Menge Bargeld befand. Matteo verzichtete darauf, das Geld zu zählen, sondern faltete stattdessen die Papiere auseinander, die neben den Scheinen steckten.

»Sieh an«, murmelte er. »Also doch etwas mehr als ein kleiner Ausflug.«

Bei dem Papier handelte es sich um den Ausdruck eines per Internet gebuchten Flugtickets. Start: Mailand Malpensa, Zwischenstopp: New York, Zielflughafen: San Francisco International, Terminal 2.

Matteo fuhr sich durch die Locken und kratzte sich am Hinterkopf, während der plötzlich heftig einsetzende Regen die Garage mit einem Trommelfeuer überzog.

»Nur leider«, stellte Matteo mit einem Blick auf die Reisedaten fest, »ist dir dieser Ausflug wohl entgangen.« Der Flug war für den vergangenen Sonntag, den Tag des Rennens gebucht. Erst jetzt las Matteo, auf welchen Namen das Ticket ausgestellt war.

Er ließ sich auf den Kofferraum sinken und tastete nach

den Futuras, aber die Packung, die er in seiner Jacke fand, war leer. Langsam, sehr langsam sickerte die Information, die Matteo schwarz auf weiß vor Augen stand, in sein Bewusstsein. Der Name auf dem Ticket lautete: Gisella Tonetti.

Fieberhaft begann Matteo, noch einmal die Reisetasche zu durchwühlen. Kleidung, ein paar Schuhe, nichts, das auf eine außergewöhnliche Unternehmung hinwies. Er hatte die beiden Bücher in der Tasche schon zur Seite geschoben, da stockte er und sah sich genauer an, um welche Reiselektüre es sich handelte. Ein Band Moravia. Das andere, leicht ramponierte Buch hatte Matteo vor ein paar Tagen bereits in der Hand gehalten. Es war das Buch mit den Sagen aus dem Tal, das er aus Maldinis Regal gezogen hatte. Matteo schlug die erste Seite auf, und sein Blick streifte die verschlungenen Initialen. E.T. Wie hatte Mara ihre Tante genannt, eine Abkürzung, die nicht unüblich, aber Matteo noch nie in den Sinn gekommen war? Ella. E.T. Ella Tonetti.

Matteo schmiss die Tasche in den Kofferraum zurück, öffnete die Garagentür, die ihm vom Wind beinahe aus der Hand gerissen wurde, ein Schwall Regen schlug ihm ins Gesicht. Er fluchte und versuchte, soweit das mit dem aufgebrochenen Schloss möglich war, die Garagentür am Aufspringen zu hindern. Zweifelnd beäugte er die wacklige Konstruktion, dann rannte er zur Gartenmauer, setzte darüber und sprang in den Lancia. Wenn er richtig deutete, was er da eben in Maldinis Garage gefunden hatte, dann wusste er jetzt womöglich, wo er suchen musste.

Der Scheibenwischer kam kaum gegen die Wassermassen an. Wenn es hier regnete, dann hatte man mitunter den Eindruck, dass der halbe See über der Landschaft ausgeschüttet würde. So nah wie möglich fuhr Matteo auf den Wagen vor ihm auf, der wegen des Regens nahezu auf Schrittgeschwindigkeit heruntergedrosselt hatte. Überholen war bei dieser Sicht lebensgefährlich.

»Mach schon, mach schon«, knurrte Matteo und trommelte auf das Lenkrad. Ohne den Wagen vor ihm aus den Augen zu lassen, holte er sein Telefon hervor und scrollte zu Annas Nummer.

»Anna, Matteo hier. Ruf mich bitte zurück.« Er zögerte kurz. »Ich hoffe, es ist alles gut bei euch, also mit Mara. Das war nett mit ihr gestern.« Dann legte er auf und starrte wütend auf den Schleicher vor ihm.

Nach gefühlten Ewigkeiten bog der Wagen in eine Einfahrt ab, und Matteo konnte Gas geben. Das Wasser des Lago war aufgewühlt und sah finster und bedrohlich aus. In einiger Entfernung allerdings, kurz vor Stresa, schien, beinahe wie mit dem Lineal gezogen, ein Schnitt durch den Himmel zu gehen, an dem dichte Bewölkung und Sonnenschein aneinanderstießen.

Matteo bog nach rechts und schoss die E 62 hinunter, ließ den kleinen Lago di Mergezzo und den mächtigen Steinbruch von Candoglia hinter sich, aus dem seit dem 14. Jahrhundert der Marmor für den Mailänder Dom gewonnen wurde. Vielleicht lag es daran, dass Matteo den Steinbruch länger kannte als die Kathedrale, die als eine der schönsten der Welt galt, aber ihm war der Steinbruch immer erhabener vorgekommen als der Dom selbst, dessen Monumentalität durch die Üppigkeit seiner barocken und gotischen Zierden ins Gefällige abdriftete. Er drückte das Gaspedal durch.

Noch einmal versuchte er es bei Anna. Das Val Grande und das angrenzende Valle Cannobina, auf deren Grenze

Cursolo lag, waren riesig. Mit etwas Glück lag er richtig mit seiner Vermutung, vielleicht aber würde sich das Ganze als die berühmte Nadel im Heuhaufen herausstellen. Als wieder nur Annas Mailbox anging, warf Matteo das Telefon entnervt auf den Beifahrersitz. Auch auf der Höhe, die er nun erreicht hatte, hatte der Regen bereits eingesetzt. Er musste Tempo machen, solange es noch möglich war.

Kurz hinter Domodossola quietschten die Scheibenwischer so kläglich, als wollten sie den Dienst quittieren. Mit dem Ärmel seiner Jacke versuchte Matteo, wenigstens das Beschlagen der Scheiben von innen zu verhindern. Der Wagen war von einer rauschenden Wand aus Dunst und Wasser umgeben. Kurz überkam Matteo die Vorstellung, dass sein Wagen abheben und auf einer Woge davongeschwemmt werden würde. Jeder halbwegs vernünftige Fahrer würde die Warnblinkanlage einschalten und am Straßenrand abwarten, bis der Regen abgenommen hatte. Aber Vernunft war das Letzte, was Matteo jetzt weiterhelfen würde. Er umklammerte das Steuer.

Als er die kleine Passhöhe oberhalb von Finero erreicht hatte und bald darauf an dem Partisanen-Denkmal vor der Friedhofsmauer vorbeifuhr, entschied er, einen kleinen Umweg über das Haus seiner Eltern in Orasso zu machen, um aus dem alten Spind im Keller die Beretta zu holen, die sein Vater dort deponiert hatte.

Geschossen hatte sein Vater nie mit dieser Waffe, die noch aus dem Besitz von Matteos Großvater stammte, der im Zweiten Weltkrieg gemeinsam mit zahllosen anderen Bergbewohnern und Bergbewohnerinnen in der Resistenza gegen die Faschisten gekämpft hatte. Matteos Vater hatte die Beretta bloß manchmal aus dem Leinentuch gewickelt und mit der Hand darübergestrichen. Der Revolver des Partisanen wurde in der Familie Basso verwahrt wie ein Schatz, denn man wusste nie, was für schlechte Zeiten noch einmal anbrechen würden. Tatsächlich lag die Beretta noch genau dort, wo Matteo sie vermutet hatte.

Als der Lancia schließlich auf dem Marktplatz von Cursolo zum Stehen kam, schien die Sintflut es sich doch noch einmal anders überlegt zu haben. Die Sturzbäche waren in normalen Regen übergegangen. Dennoch hätte das kleine Dorf auf Fremde den Anschein gemacht, dem Untergang, wenn nicht geweiht, so doch nahe gewesen zu sein. Noch immer floss das Wasser, das in der vergangenen Stunde vom Himmel gefallen war, mit atemberaubender Geschwindigkeit die Gassen hinab und schoss in Fontänen aus den Dachrinnen. Die Aussicht, die sich hier sonst in unendliche Weiten erstreckte, war nach wenigen Metern abgeschnitten.

Aber Matteo hatte genug von diesen Unwettern in den Bergen erlebt, als dass er sich ernstlich Gedanken machte. Als einer jener markerschütternden Donnerschläge widerhallte, die Gewitter in dieser Höhe stets als eine Art Jüngstes Gericht erscheinen ließen, fuhr er dennoch kurz zusammen. Regelmäßig brach während dieser Gewitter die Stromversorgung der hochgelegenen Dörfer zusammen, was aber eine solche Selbstverständlichkeit war, dass es noch nicht mal als Thema für die Plaudereien, zu denen die älteren Bewohner auf den Bänken des Dorfplatzes zusammenrückten, reichte.

Matteo stellte den Kragen seiner Jacke auf, um sich wenigstens notdürftig gegen den Regen zu schützen. Als er die Wagentür öffnete, empfing ihn zum zweiten Mal an diesem Tag ein nasser Schwall, mit einer derartigen Frische allerdings, dass man ihn schwerlich als unangenehm empfinden konnte.

Schon als er die Gasse hinter der Kirche hinauflief, war Matteo klar, dass er die denkbar schlechtesten Schuhe für einen solchen Ausflug trug. Durch die Ledersohlen verwandelten sich die Steine in eine spiegelglatte Eisfläche. Auf den angrenzenden Wiesen würde es eher noch schlimmer werden. Aber das war jetzt nicht mehr zu ändern.

Unmittelbar über dem Dorf begann die Alpe der Gemeinde, die sich einige Hundert Meter weiter den Berg hinaufzog. Auf den Weideflächen fand man in unregelmäßigen Abständen die für die Gegend typischen Rusticos, kleine Steinhäuschen, fast alle waren mittlerweile verfallen. Erst seit wenigen Jahren wurden zwei davon wieder bewirtschaftet. Ziegen und Schafe gab es dort, ein paar Maulesel. An ihren Rändern ging die Alpe ins Val Grande über, und vor allem der dort beginnende Laubwald war bei den Pilzsammlern beliebt. An guten Tagen konnte man dort Steinpilze pflücken wie andernorts Gänseblümchen.

Wo genau sich das Rustico befand, in dem Gisella ihre Rinderzucht hatte aufbauen wollen, wusste Matteo nicht. Aber er würde es schon finden. Er wischte sich das nasse Haar aus dem Gesicht und spürte, wie er sich Erde durchs Gesicht zog, die an seiner Hand klebte, weil er immer wieder auf dem steilen, glitschigen Grund ausrutschte oder ins Straucheln geriet, wenn sich das hohe Gras in Schlingen um seine Füße legte.

Immerhin hatte er sich nicht mit Tieren auseinanderzusetzen, die meinten, ihr Hoheitsgebiet verteidigen zu müssen. Die Ziegen, die normalerweise vorlaut herbeigelaufen kamen und gern auch mal ihre Hörner zum Einsatz brachten, drängten sich leise meckernd unter dem halb eingefallenen Dach eines alten Stalles. Auch die Schafe waren zu hören. Sie hatten wohl in einer anderen Ruine Unterschlupf gefunden. Matteo tastete nach der Innentasche seiner Jacke, in der die Beretta steckte. Er wusste nicht, ob sie im Ernstfall funktionieren würde.

Er war längst bis auf die Haut durchnässt, als der Regen aufhörte und der Himmel aufriss. Kurz blieb er stehen, um Atem zu holen. Eines der Rusticos lag nur noch wenige Meter über ihm. Vorsichtig näherte sich Matteo der Hütte, deren Steindach durch den Regen silbern schimmerte. Beinahe schmerzhaft pochte es in seiner Lunge. Mit einem gezielten Tritt stieß er die dunkle Holztür auf, die umstandslos nachgab und mit einer solchen Geschwindigkeit gegen die Wand krachte, in der sie verankert war, dass er befürchtete, sie würde zerbrechen.

Selbst in dem diffusen Licht, das in die Hütte fiel, erkannte Matteo, dass er hier nicht fündig werden würde. Der kleine Raum war vollgestellt mit Gerätschaften: Heugabeln, Milchtansen, einen alten Kupferkessel, der wohl zum Käsen verwendet worden war. Alles war mit Spinnweben überzogen und schon ewig nicht benutzt worden.

Mit aller Entschiedenheit schob Matteo den Zweifel an seiner Unternehmung beiseite, die durch diesen ersten Misserfolg aufgekommen war, schloss die Tür vorsichtiger, als er sie geöffnet hatte, und lief weiter den glitschigen Hang hinauf. Es dauerte nicht lange, bis eine andere, sehr viel größere Hütte vor ihm auftauchte.

Matteo zog die Beretta aus der Jackentasche und legte auch die letzten Meter rennend zurück, denn das Rustico lag so, dass jeder, der sich darin aufhielt, freie Sicht auf ihn hatte. Die Tür der Hütte, die Matteo ebenfalls mit einem

Tritt öffnete, flog nicht genauso umstandslos auf, wie die vorherige es getan hatte, eher glitt sie überraschend ruhig zur Seite.

»Beinahe hätten wir uns verpasst«, tönte eine Stimme aus dem Inneren. Auf einem Schemel, den Blick auf die Tür gerichtet, hinter einem massiven Holztisch, der wie eine Verschanzung wirkte, saß ein Mann in Bergsteigerstiefeln, dickem Wollpullover und wasserdichter Öljacke und nickte Matteo zu:

»Das wäre schade gewesen.«

Matteo ließ die Waffe sinken und studierte mit einiger Faszination den ihm wohlbekannten Mann. Dennoch war er erstaunt über den Grad der Veränderung, den allein die Kleidung bewirkte. Wenngleich die unrasierten Wangen und das in die Stirn hängende Haar das ihrige zu dem ungewohnten Anblick beitrugen.

»Guten Tag, Herr Maldini«, sagte Matteo und riss mit einem Ruck die Beretta wieder hoch.

Der schüttelte nur den Kopf, nicht süffisant allerdings, so wie es Matteo bisher erlebt hatte, sondern in einer Mischung aus Resignation und Erschöpfung.

»Kommen Sie schon. Wenn Sie hier heraufgefunden haben, dann wissen Sie doch längst, dass ich Gisella nicht getötet habe. Jedenfalls«, ein Schütteln, wie durch einen unvermuteten, kalten Luftzug, fuhr durch Maldinis Körper, »jedenfalls nicht absichtlich.«

Matteo ließ die Waffe wieder sinken und lehnte sich gegen den Türrahmen. Maldini hatte recht.

»Wie sind Sie darauf gekommen, dass ich hier bin?«

»Das Buch über das Liebespaar, das in die Berge flieht, das ich bei Ihnen gefunden habe. Es hat nur etwas gedauert, bis ich Gisellas Initialen erkannt habe. Und dann habe ich mich daran erinnert, dass Anna erzählt hat, dass Gisella nicht nur das Ristorante gekauft hat, sondern dass sie auch Rinder züchten wollte, hier oben. Es musste also noch eine Hütte geben, die ihr gehörte.«

»Nicht schlecht kombiniert.«

»Vielleicht ergänzen Sie die Geschichte um die Teile, die mir bisher dabei fehlen.«

»Vielleicht wollen Sie mir lieber erzählen, was Sie schon wissen, dann kann ich mir ein paar Wendungen sparen?«

»Ein kleines Ratespiel? Ach, bitte sehr, nein. Wobei«, Matteo besann sich kurz, »vielleicht fangen wir doch vorne an. Seit wann benutzen Sie den Namen Franco Maldini?«

Maldini lächelte schwach.

»Nicht ganz die richtige Frage. Den trage ich erst seit ein paar Jahren. Aber was Sie vermutlich wissen möchten, ist, wann ich meinen wirklichen Namen abgelegt und meine Identität gewechselt habe.« Er strich sich die Haare aus dem Gesicht, und noch immer konnte Matteo nur schwer die Verbindung zu dem arroganten Menschen herstellen, der ihn vor wenigen Tagen in Pallanza von den Carabinieri hatte abführen lassen.

»Das war vor fast vierzig Jahren. Ein paar Tage nachdem Filipo Giancomelli umgebracht worden ist. Bei einem selbst verschuldeten Unfall umgekommen, wie die Behörden es genannt haben.«

»Sie waren der Freund, der ihn warnen wollte, dass ihm eine Falle gestellt wird? Auch Sie waren Kämpfer der Roten Brigaden?«

»Ich sehe, Sie haben Ihre Hausaufgaben gemacht. Natürlich wollten wir kämpfen, für unsere Ideale. Gegen den Sumpf aus Politik und Wirtschaft. Eine Zeit lang waren wir tatsächlich überzeugt, dass auch ein Kampf mit Worten seine Wirkung tun würde. Wir haben unterschätzt, dass man früher oder später doch zu Mitteln greifen muss, die man eigentlich ablehnt.«

Matteos Blick fiel auf das fehlende Glied an Maldinis Hand.

»Als es Ihren Freund erwischt hatte, ist Ihnen die Sache über den Kopf gewachsen?«

»Filipos Tod war nur das letzte Zeichen, um mir zu beweisen, was ich eigentlich längst wusste: dass dieser Kampf nicht die Lösung sein kann. Aber natürlich war mir auch klar, dass ich viel zu weit gegangen war, um einfach auszusteigen. Längst stand ich auf den Fahndungslisten.«

»Also sind Sie untergetaucht.«

Maldini nickte.

»Und Filipo Giancomellis Frau hat Sie mit den nötigen finanziellen Mitteln versorgt? Vier Jahrzehnte lang?«

Das Schulterzucken von Maldini schien anzudeuten, dass er auch nicht recht wusste, womit er so viel Großmut verdient hatte.

»Maria ist eine wunderbare Frau. Filipo hat sie verehrt. Und sie hat ihm, soweit ich weiß, nie auch nur den leisesten Vorwurf gemacht, dass er diejenigen bekämpfte, zu denen nicht nur sie gehörte, sondern in gewisser Weise ja auch er: Schließlich war es das Geld ihrer Familie, von dem Filipo lebte, das Geld der Kapitalisten.«

»Sie scheint tatsächlich eine Frau mit einem großen Herzen zu sein. Ich habe sie vor ein paar Tagen in Mailand getroffen.«

Maldini horchte auf.

»Ach, deshalb sind Sie so gut informiert.«

»Sie hat mir nichts über Ihre wahre Identität verraten. Allerdings hat die Nachricht Ihres Todes sie ein wenig zu sehr mitgenommen, als es bei jemandem, der erst seit drei Jahren in ihrer Firma angestellt ist, üblich wäre. Außer, es hätte eine amouröse Verbindung gegeben. Aber die bestand ja, wenn ich das richtig sehe, ganz woanders.«

Auch wenn Matteo es geahnt hatte, der Schmerz, der in Maldinis Augen aufschien, überraschte ihn doch.

»Wollen Sie sich setzen?« Maldini deutete auf einen zweiten Schemel, der in der Hütte stand. Es war nicht ganz klar, ob er damit eine längere Geschichte ankündigen wollte oder ob er noch ein paar Sekunden Zeit brauchte, um sich zu sammeln. Matteo nahm auf dem wackligen Schemel Platz und blickte Maldini aufmerksam an. Der stieß einmal geräuschvoll die Luft aus.

»Ich bin tatsächlich erst seit drei Jahren wieder in dieser Gegend. Bis dahin« – er machte eine unbestimmte, kreisende Handbewegung. Kurz schien Maldini vor sich hin zu sinnieren und Matteo fast vergessen zu haben. Abrupt stieß er dann plötzlich hervor:

»Es ist meine Schuld, alles.«

Dann begann er, Matteo die Zusammenhänge darzulegen. Gisella und er waren ein Paar gewesen, seit mehr als einem Jahr bereits. Gisella hatte ihn und seine Vergangenheit sehr schnell durchschaut. Matteo vermied in diesem Moment, Maldini direkt anzusehen. Das leichte Zittern in dessen Stimme war ihm schon Intimität genug.

Sie hatten ihre Beziehung allerdings nicht öffentlich gemacht, weil Maldini noch etwas zu Ende bringen wollte, das ihn dazu zwang, die Fassade des wohlhabenden Geschäftsmannes aufrechtzuerhalten: Er wollte die schmutzigen Geschäfte von Ottavio di Lauro beenden.

Es stimmte also, was Ibrahim ihm erzählt hatte. Und Maldini entpuppte sich tatsächlich als genau das Gegenteil von dem, wofür Matteo ihn gehalten hatte. Maldini war in Wahrheit ein moderner Partisan im Dienste des Guten. Über seine Menschenkenntnis sollte er bei Gelegenheit grundlegend nachdenken, befand Matteo.

»Mir fehlte nur noch ein winziges Puzzleteil, dann hätte ich alle Beweise gegen di Lauro in der Hand gehabt. Und zwar solche Beweise, gegen die weder sein Kampfhund Foresta noch seine ganzen Verbindungsmänner in den Ministerien etwas hätten ausrichten können. Dann hätten wir neu begonnen, Gisella und ich. Wir waren schon fast fertig mit der Renovierung des Ristorante.«

Maldini war also der bildhübsche Mann gewesen, von dem die auskunftsfreudige Nachbarin, bei der Matteo auf den Abschleppwagen gewartet hatte, gesprochen hatte.

»Ich war mir meiner Sache so sicher«, fuhr Maldini fort. »Sicherer als je zuvor. Ich wollte di Lauro das Handwerk legen und dann hier oben, gemeinsam mit Gisella, ein ruhiges Leben führen. Es sollte mein letzter Kampf sein. Aber ich habe mich getäuscht. Irgendwer ist auf meine Vergangenheit gestoßen. Wollte Geld, um zu schweigen. Das hätte ich ihm natürlich gegeben. Aber bei solchen Leuten steht fest: Die hören nicht auf. Die kommen immer wieder, wollen mehr Geld. Und nie ist man ganz sicher, ob sie einen nicht doch der Polizei ausliefern. Mir war vollkommen klar, dass ich das Land verlassen und mir eine neue Identität zulegen muss.«

Abwesend fuhr er mit einem Finger die Maserungen des Tisches nach.

»Das ist mir natürlich nicht zum ersten Mal passiert. Solche Situationen gab es sicher drei oder sogar viermal in den letzten Jahren.« Er hob die Hand mit dem versehrten Finger.

»Man kann viele Spuren verwischen, aber nicht alle. Und dieses Mal hing jemand in der Sache mit drin. Nicht irgendjemand, es ging um Gisella. Als ich ihr gesagt habe, dass ich das Land verlassen muss, dass es kein gemeinsames Ristorante in den Bergen geben wird, war sie zuerst entsetzt. Nach zwei Tagen aber war sie wie ausgewechselt. Ihre Entscheidung stand fest: Sie wollte mit mir kommen. Sie war Feuer und Flamme. Begeisterte sich dafür, noch einmal ganz von vorne zu beginnen.«

»Warum dieser spektakuläre Abgang mit dem vorgetäuschten Unfall?«

»Damit wäre die Geschichte hier zu Ende gewesen. Mein Tod hätte bedeutet, dass niemand mehr Nachforschungen anstellt, dass, fürs Erste, alle Spuren verwischt sind. Ich habe keine Ahnung, an welchem Punkt das alles außer Kontrolle geraten ist.«

Matteo hatte keinen Zweifel daran, dass Franco Maldini – oder wie auch immer er in Wirklichkeit hieß, wahrscheinlich hatte er das selbst irgendwann vergessen – die Wahrheit sagte.

»Es war alles vorbereitet. Die Flüge gebucht. Die Kopie des Alfa Romeos fertig, ich musste den Wagen nur noch in Genua abholen. Auf einmal fing der Erpresser an, Druck zu machen. Natürlich hätte er sein Geld bekommen. Schweigegeld, um mich ziehen zu lassen. Plötzlich aber verlangte er es von einem Tag auf den anderen. Vielleicht hatte er Angst, dass wir einfach so verschwinden. Aber das war Unsinn, ein Anruf am Flughafen, und ich wäre mit ziemlicher Wahrscheinlichkeit nicht mehr außer Landes gekommen.«

»Wer hat in dem Wagen gesessen, der in den Abgrund gestürzt ist?«

»Niemand, das Gas war arretiert. Vollkommen unproblematisch bei einem Automatik. Ich bin kurz vorher rausgesprungen.«

Matteo sah den Mann ihm gegenüber verwundert an.

»Gehörte zur Grundausbildung bei den Roten Brigaden. So etwas verlernt man nicht, wenn man es einmal trainiert hat.«

»War die Gefahr, dass das jemand beobachtet, nicht viel zu groß?«

Maldini schüttelte den Kopf.

»Sie wissen doch, wie eng die Strecke gerade an dieser Stelle ist. Da konnten keine Zuschauer stehen. Das wäre lebensgefährlich gewesen. Jenseits der Straße und geschützt von Bäumen konnte ich dann vollkommen ungesehen hierherauf wandern. Ein Kinderspiel.«

»Das Geld, das ich bei Gisella gefunden habe, war das für den Erpresser bestimmt?«

Matteo spürte, wie ihn Erleichterung umfing. Zugleich wurde er von Scham befallen, dass er solches Misstrauen gegen Gisella gehegt hatte.

»Eigentlich war es erst einmal für Sie bestimmt.«

»Für mich?«

Matteo meinte sich verhört zu haben.

»Erinnern Sie sich an die Anrufe von Gisella?«

Was für eine Frage.

»Gisella wollte Sie bitten, das Geld zu übergeben. Ich hielt das zunächst für eine heikle Idee. Ich kannte Sie ja nicht. Aber Gisella sagte, dass, wenn es jemanden gäbe, dem sie uneingeschränkt vertraue und der keine Fragen stellen würde, Sie das seien.«

»So, hat sie das gesagt«, Matteo konnte nichts daran ändern, dass seine Stimme kratzig klang.

»Es war eine Dummheit von mir, das zuzulassen. Was sage ich. Es war der größte Fehler meines Lebens. Der entscheidende Fehler in einer Kette von Fehlern. Wir hatten vor, den Plan um zwei Tage vorzuziehen. Ein Unfall bei einer vorgezogenen Probefahrt, die ich dann natürlich alleine gemacht hätte. Warum auch nicht? Die letzten Informationen zu di Lauro und seinen Machenschaften hatte ich an dem Abend, als Gisella Sie anrief, schon bekommen. Aber dafür musste ich eben das präparierte Auto in Genua abholen. Nachdem Gisella Sie angerufen hatte, musste ich losfahren, um am kommenden Morgen, wenn wir starten wollten, wieder da zu sein.«

Der Mann, der Matteo gegenübersaß, rang sichtlich nach Fassung.

»Ich hätte sie nicht allein lassen dürfen. Aber es schien so einfach. Wir mussten ihn mit dem Geld doch nur so lange zum Schweigen bringen, bis wir im Flugzeug saßen.«

»Sie glauben, dass der Erpresser Gisella umgebracht hat?«

Maldini schien in sich hineinzuhorchen.

»Ich wüsste nicht, wer es sonst getan haben könnte.«

»Kann es sein, dass Sie erst mich im Verdacht hatten?«

Maldini lachte gequält.

»Das beruhte wohl auf Gegenseitigkeit.«

»Haben Sie irgendeine Idee, wer Sie erpresst haben könnte?«

»Glauben Sie mir, es gibt nichts, was ich dringender zu wissen wünsche. Aber ich weiß es nicht.«

»Di Lauro?«

»Daran habe ich natürlich auch als Erstes gedacht. Aber die Anrufe kamen bereits seit einiger Zeit. Wäre es da nicht eigenartig gewesen, dass er mich weiterhin in seine Geschäfte einweihte? Andererseits. So funktionieren Menschen wie di Lauro. Sie rächen sich an dir, indem Sie dir das Liebste nehmen, was du hast«, sagte Maldini bitter. Seine letzten Worte gingen fast vollständig in anschwellendem Lärm unter.

Matteo sah den Liebhaber seiner toten Freundin fragend an. Der schien nicht sonderlich überrascht zu sein, sondern erhob sich von seinem Schemel. Der Krach über der Hütte war nun gewaltig. Staub und Grasbüschel wurden durch die geöffnete Tür geweht.

Matteo musste schreien, um die Rotorengeräusche, als die er den Lärm jetzt eindeutig identifizieren konnte, zu übertönen.

»Das Geld lag bei Gisella auf dem Schreibtisch. Wie es scheint, hat sie den Erpresser gar nicht getroffen. Fällt Ihnen nicht ein, wem sie sonst noch begegnet sein könnte?«

Maldini schüttelte den Kopf und spähte an Matteo vorbei nach draußen. Seine Geste schien mehr sein Unverständnis über die Frage auszudrücken als eine Verneinung derselben zu sein. Er trat auf Matteo zu, nahm ihn bei den Schultern und sprach nahe an dessen Ohr.

»Die Toten sind tot. Wir können Sie nicht wieder lebendig machen. Wir sind die, die leben müssen mit unserer Schuld.«

Er machte ein paar schnelle Schritte in eine dunkle Ecke der Hütte, kam mit einem silbernen Aktenkoffer zurück und reichte ihn Matteo.

»Das ist alles, was ich Ihnen geben kann. Bitte machen Sie etwas daraus. Ich kann mich darum nicht mehr kümmern.«

Dann lief er zur Tür, verharrte dort kurz und beugte sich vor, um gegen den Wind des Helikopters anzukommen, der nahe über dem Boden schwebte. Tatsächlich gab es in den höheren, schwer erreichbaren Regionen immer wieder Landeplätze für Hubschrauber, mitunter wurde sogar der Pfarrer auf diesem Wege in einen der entlegenen Weiler geflogen. Hier allerdings war es um einiges zu steil, als dass der Helikopter hätte aufsetzen können. Matteo lief Maldini hinterher und hatte Mühe, sich gegen den Wind zu stemmen. Nun erkannte er auch, wer am Steuerknüppel des Hubschraubers saß: Ernesto Rossi.

Ganz offensichtlich erlebte Matteo hier, wie zwei Männer, die eine gemeinsame politische Vergangenheit hatten, noch immer so eng miteinander verbunden waren, dass sie sich bedingungslos zur Seite standen. Das Oldtimer-Rennen war nur Tarnung gewesen. Rossi war angereist, um Maldini und Gisella bei der Flucht zu helfen. Und Matteo würde sich nicht wundern, wenn er gemeinsam mit Maldini diesem di Lauro auf der Spur gewesen war. Von wegen Filmwissenschaft. Rossi gehörte wahrscheinlich zu den Rotbrigadisten, die damals François Mitterrands Amnestie-Angebot angenommen hatten und nach Frankreich emigriert waren, um einer Gefängnisstrafe zu entgehen. Matteo war jetzt fast sicher, zu wissen, woher der alte Luigi Rossi kannte.

Maldini hatte den Hubschrauber erreicht und kletterte erstaunlich akrobatisch hinein, obgleich die Kufen sicherlich anderthalb Meter über dem Boden schwebten. So sah jemand aus, der das nicht zum ersten Mal machte, dachte Matteo. Jetzt hatte auch Rossi Matteo entdeckt und hob zwei Finger zum Gruß, wie es eigentlich Motorradfahrer taten. Matteo nickte dem Mann zu. Er würde Luigi später dazu befragen. Und der Alte wäre sicher froh, wenn diese Leerstelle in seinem Kopf geschlossen würde.

Gebückt lief Matteo möglichst nah an den Helikopter heran und schrie gegen den Lärm und den Wind, der ihm fast den Atem verschlug, an:

»Warum der zweite Wagen? Der echte Alfa Romeo in der Garage hätte Sie verraten können.«

Maldini beugte sich ein Stück aus dem Helikopter, der an den Seiten offen war, zuckte, so weit es in dieser Position ging, die Schultern und verzog das Gesicht zu einer halb schmerzlichen, halb ironischen Grimasse.

»Es ist ein 1962er Alfa Romeo Giulietta SZ. Wissen Sie, wie wenige es nur noch davon gibt?«, brüllte er.

Dann gab er Rossi ein Zeichen und im nächsten Moment flog Matteo ein kleines schwarzes Bündel entgegen, das hart neben ihm auf der Wiese aufschlug.

Der Helikopter zog an, Matteo strauchelte und wich ein paar Schritte zurück. Maldinis letzte Worte wurden nahezu vollständig vom Rotorenlärm verschluckt. *Geben* und *gute Hände*, war das Einzige, was Matteo verstanden zu haben glaubte. Dann zog der Helikopter in steilem Bogen nach oben, Matteo atmete tief durch und fuhr sich durch die Haare. Wenige Augenblicke später war der Hubschrauber hinter einer Bergkuppe verschwunden. Nur noch ein fernes Brummen erinnerte an das eben Geschehene.

Was Maldini ihm zugeworfen hatte, war ein kleines Lederetui, das nun, als Matteo es aufhob, feucht in seiner Hand lag. Als er den Reißverschluss aufzog, fiel ihm ein Schlüssel entgegen, von dem außer Frage stand, zu welchem Auto er gehörte.

Gisella und Maldini waren ein Paar gewesen. Matteo hatte immer noch Mühe zu verarbeiten, was er in den letzten Stunden erfahren hatte. Der vermeintlich arrogante Dandy ein Kämpfer für die gute Sache. Matteo fiel der Koffer ein, den Maldini ihm dagelassen hatte. Mit schnellen Schritten lief er zur Hütte zurück. Ob die Beweise ausreichten, mussten die Staatsanwälte prüfen. Umfangreich war zweifelsohne, was Maldini über di Lauro in den vergangenen Jahren zusammengetragen hatte.

Matteo tastete, aus selbstverständlicher Gewohnheit, seine Taschen ab. Statt der ersehnten Futuras steckte in der Seitentasche seiner Jacke noch immer das Flugticket, das Gisella in ihr neues Leben hatte bringen sollen. Matteo zog die Papiere heraus und faltete sie auseinander. San Francisco. Was Gisella wohl ausgerechnet auf San Francisco gebracht hatte? Gedankenverloren blätterte Matteo durch die Ausdrucke. Was machte er nun damit? Sollte er das Ticket aufbewahren? Oder es vielleicht hier oben, an dem Ort, an dem Gisella eigentlich hatte sein wollen, verbrennen? Das war womöglich doch zu pathetisch.

Matteo stockte und starrte auf das Papier, zu dem er sich gerade vorgeblättert hatte. Er hatte angenommen, dass es sich bei den anderen Ausdrucken um die üblichen Informationen über Zollbestimmungen und Geschäftsbedingungen handeln würde. Aber dem war nicht so.

Was Matteo in den Händen hielt, war ein weiteres Ticket nach San Francisco. Noch einmal las Matteo den Namen, auf den das Ticket ausgestellt war. Gisella hatte in der Nacht vor ihrem geplanten Abflug noch jemanden getroffen, von dem Maldini nichts gewusst hatte. Oder vielmehr, den Maldini ihm bewusst verschwiegen hatte. Bei allem, was er Matteo erzählt hatte, hatte eine entscheidende Information gefehlt.

13

Annas Salon war noch immer geschlossen. Auch an der Wohnungstür reagierte niemand auf sein Klingeln. Matteo strich sich die feuchten Haare aus der Stirn. Im Laufschritt eilte er die Via Umberto hinauf.

»Dottore, was treibst du?«

Dino lehnte an der Tür seiner Osteria und schüttelte den Kopf.

»Was ist nur in euch alle gefahren? Ist heute Vollmond? Mein Koch sagt, er ist die Treppe runtergefallen, was für eine dumme Ausrede. Geprügelt wird sich der Kerl haben. Jetzt steht er in der Küche und hat Schmerzen. Ich werde ihn nach Hause schicken müssen. Und wer kommt mir für die Umsatzeinbuße auf? Madonna mia!«

Dino schickte eine flehende Geste Richtung Himmel.

»Und du, Dottore, du rast durchnässt und wie von der Tarantel gestochen durch die Gegend, ich hab dich doch heute Vormittag schon hier herumrennen sehen.«

Ohne weiter auf Dinos theatralische Vorstellung achtzugeben, schob Matteo sich an dem Wirt vorbei hinein in den Gastraum. An einem der hinteren Tische saßen Gisellas Freund Paolo und Renzo, in Gedanken versunken und stumpf vor sich hin sinnierend. Am Tresen vor einer

Karaffe Wein lehnte, wie immer in schwarzer Lederkluft, der junge Typ aus dem Maklerbüro. Aus der Küche hörte man das Klappern von Gerätschaften.

»Renzo?«

Der Angesprochene hob den Kopf.

»Wo ist Anna?«

Renzo ließ den Kopf wieder sinken.

»Am Hafen, glaube ich«, antwortete er schwach.

Matteo wandte sich ohne ein weiteres Wort um, schob sich zum zweiten Mal an dem verblüfften Wirt vorbei, der jedoch nur halbherzig protestierte, und beeilte sich, hinunter zum Anleger zu kommen.

Anna stand tatsächlich an der Quaimauer, ein dunkelgrünes Schultertuch fest um sich gewickelt. Ob sie die Augen geschlossen hielt oder auf die Stelle blickte, an der ihre Schwester gestorben war, konnte Matteo nicht ausmachen. Kurz verharrte er und betrachtete die Frau, die er immer bewundert hatte für ihre durch nichts zu erschütternde Würde, mit der sie das Leben in dieser kleinen Stadt meisterte. Aus dem Augenwinkel nahm Matteo wahr, dass Renzo ihm gefolgt war, aber nun ebenfalls, in eine Art Sicherheitsabstand, stehen blieb.

Matteo atmete tief durch. Als er die letzten Meter zu Anna hinunterging, versuchte er sich auf den ersten Satz zu besinnen, den er sich im Auto zurechtgelegt hatte. Anna zuckte zusammen, als er ihr die Hand auf den Arm legte. Als hätte sie auf ihn gewartet, sagte sie aber nur:

»Da bist du.«

»Ja, da bin ich«, Matteo räusperte sich. »Und du, Anna, du hast vor ein paar Tagen schon einmal ziemlich genau hier gestanden.«

Er sah Anna von der Seite an. Immer noch so gut wie

reglos blickte sie auf den See. Langsam schien sich ein ungläubiges Lächeln auf ihr Gesicht zu legen.

»Du hast dich hier mit Gisella getroffen. Oder seid ihr zusammen hier heruntergekommen? Wusstest du schon, was sie dir sagen wollte? Wahrscheinlich nicht. Sie hat dich überrascht. Du warst entsetzt, bist wütend geworden.«

Anna drehte den Kopf zu Matteo. Ihre Augen waren weit aufgerissen.

»Mein Kind«, presste sie hervor.

Dann packte sie Matteo bei den Schultern und schrie:

»Sie wollte mir mein Kind wegnehmen!«

Wie von ihrer eigenen Heftigkeit erschrocken, ließ sie die Hände sinken.

»Und du warst hilflos, weil du nichts dagegen machen konntest, dass sie Mara mit in ihr neues Leben nehmen wollte.«

Anna schluchzte auf.

»Du konntest nichts dagegen machen, weil es nicht dein Kind ist.«

»Sie ist mein Kind. Sie ist bei mir aufgewachsen! Ich bin doch ihre Mutter!«

»Du und Renzo, ihr habt Mara großgezogen. Sie hat bei euch gelebt. Ihr wart eine kleine, glückliche Familie. Aber Gisella war es, die Mara geboren hat. Habe ich recht?«

»Sie wollte das Kind doch gar nicht. Sie wollte es wegmachen lassen. Sie hat doch nur an sich gedacht, an ihre Karriere, an das verfluchte Tanzen«, flüsterte Anna.

»Und dann hat sie ausgerechnet ihre große Schwester um Hilfe gebeten. Ihre große Schwester, die sich so sehnlich ein Kind wünschte, aber die wusste, dass sie wohl nie eines bekommen würde. Du solltest ihr helfen, eine Abtreibung zu organisieren.«

Anna blieb stumm, also sprach Matteo weiter.

»Du aber hast ihr einen anderen Vorschlag gemacht. Sie sollte für ein paar Monate pausieren mit dem Tanzen und das Kind gebären. Das Kind würde bei dir bleiben, ihr würdet es als euer eigenes ausgeben, und Gisella könnte ihre Karriere fortsetzen. Seid ihr während der Schwangerschaft irgendwo hingefahren? In die Berge? Oder hast du auch die ganze Schwangerschaft vorgespielt und nur Gisella vor den Nachbarn versteckt?«

»Sie hat es doch auch gewollt«, wimmerte Anna.

Matteo sah, dass Renzo immer noch in einiger Entfernung stand und sie ängstlich beobachtete. Für Matteo setzte sich Stück für Stück das Drama, das sich zwischen den beiden Frauen vor gut dreizehn Jahren abgespielt hatte, zusammen: »Aber als das Kind dann da war, da wollte Gisella plötzlich nicht mehr gehen. Da waren die Bühne und das Rampenlicht auf einmal nebensächlich.«

»Erst nicht. Erst ist sie gegangen«, murmelte Anna. »Aber nur ein paar Tage. Plötzlich stand sie wieder da. Mit ihren ganzen Sachen. Sie wollte bei ihrem Kind sein, sagte sie. Aber wir hatten doch eine Abmachung. Und jeder wusste längst, dass Mara mein Kind war. Alle waren doch schon vorbeigekommen, hatten das Baby bewundert, hatten sich mit mir gefreut.«

»Also habt ihr eine leicht veränderte Übereinkunft getroffen. Ihr würdet zusammenleben, hier in Cannobio. Mara würde weiter offiziell dein Kind bleiben, und Gisella würde als Tante eine Etage über euch leben.«

Anna nickte.

»Das ist gut gegangen, lange Jahre. Alle waren zufrieden.

Bis zu dem Abend vor ein paar Tagen, als Gisella dir eröffnete, dass sie Italien verlassen wolle. Und dass sie Mara mitnehmen würde.«

»Wie konnte sie so etwas tun wollen, Matteo? Wie konnte sie mir mein Kind wegnehmen?«

Renzo war hinter seine Frau getreten.

»Sie hat mich herbestellt, es war spät, nach Mitternacht. Sie war seltsam aufgedreht, geradezu freudig erregt. Wir haben Wein getrunken, hier, gemeinsam. Und nach ein paar Gläsern fängt sie plötzlich an. Dass sie es mir eigentlich in Ruhe habe sagen wollen und dass nun aber alles schnell gehen müsse. Sie hat überhaupt nicht gehört, was ich ihr sagte, wie ich sie anflehte. Wie ich weinte. Amerika, verstehst du, Matteo, sie wollte alles zerstören.«

Anna stockte.

»Ich war so ohnmächtig vor Wut.«

Sie holte tief Luft.

»Ich habe sie ins Wasser gestoßen. Ich hätte wissen müssen, dass etwas passieren würde, sie war angetrunken. Aber ich konnte doch nicht wissen, das dieses Boot … Ich bin weggelaufen, ich habe sie im Stich gelassen, ich wollte doch nur zu meinem Kind« – ein Weinkrampf, der den ganzen Körper zu schütteln schien wie ein Fieber, hinderte Anna daran weiterzusprechen.

Matteo nahm die Frau, die um ihre tote Schwester weinte und die an ihrer eigenen Schuld, durch die sie für immer gestraft sein würde, verzweifelte, in den Arm. Annas Körper bebte.

Abrupt unterbrach sie ihr Weinen und sah Matteo mit glasigen Augen an.

»Wieso weißt du das mit Mara? Hat Gisella es dir etwa erzählt?«, flüsterte sie.

»Nein, nein, das hat sie nicht. Das hätte sie niemals. Ich habe die Flugtickets gefunden, die Gisella für Mara und sich besorgt hat.« Matteo versuchte, jede Regung in Annas Gesicht wahrzunehmen. »Und ich habe heute Vormittag Teodora Venti einen Besuch abgestattet.« Er merkte, wie seine Stimme brüchig wurde. »Aber es war schon jemand vor mir da.«

»Diese Schlange«, Annas Stimme zitterte.

»Sie und ihr Mann waren die Einzigen, die wussten, dass du nicht Maras leibliche Mutter bist, habe ich recht? Das meinte Teodora Venti, als sie davon sprach, dass die Sache ein böses Ende nehmen würde. Sie meinte eure gemeinsame Lüge. Hat sie euch gedroht, an die Öffentlichkeit zu gehen?«

»Das fällt doch unter die ärztliche Schweigepflicht. Venti hätte seiner Frau gar nicht erzählen dürfen, dass wir keine Kinder bekommen können. Wir haben ihm vertraut. Immer wieder ist Renzo zu ihm gegangen, hat sich ein Mittel nach dem anderen verschreiben lassen.« Erschrocken unterbrach Anna sich.

»Sie hätten doch beide nicht darüber sprechen dürfen.«

»Nein, das hätten sie nicht. Aber sie haben es, zumindest Teodora Venti hat es. Und du wusstest, wenn jemand sich einen Reim auf ihre Andeutungen macht, wenn jemand hinter dein Geheimnis kommt, dann dauert es womöglich auch nicht mehr lange, bis er auf die Idee kommt, dass es sich bei Gisellas Tod womöglich nicht um einen Unfall gehandelt hat.«

Anna sah ihn so ungläubig an, als würde der Sinn seiner Worte gar nicht bis zu ihr vordringen, als würde sie nur ein zusammenhangloses Rauschen hören.

»Du bist heute Morgen zu Teodora Venti gefahren, um

die Patientenakte von Renzo zu holen. Ich habe den durchwühlten Schrank gesehen, aber nicht gleich verstanden, wer da nach was gesucht haben könnte. Hat Teodora Venti dich in der Praxis überrascht? Aber nein, sie saß am Frühstückstisch. Du hast sie also erst erschossen und dann nach den Akten gesucht?«

»Anna hat nichts damit zu tun. Ich bin heute Morgen bei den Ventis gewesen.« Matteo und Anna fuhren gleichzeitig herum. Renzos Gesicht war vollkommen fahl, tiefe Falten zogen sich über seine Wangen und unter den Augen entlang.

»Was hätte ich denn machen sollen? Ich konnte doch nicht zulassen, dass das Kind ohne Mutter dasteht. Wir waren doch schon gestraft genug. Warum wollte diese Frau auch noch das kaputt machen, was uns noch geblieben war? Wenn du erlebt hättest, wie sie uns malträtiert hat in den letzten Tagen.«

»Was hast du getan?«, flüsterte Anna. Dabei schien es Matteo, dass sie trotz ihres Zustands sehr gut verstanden hatte.

Natürlich hatte Gisella ein Recht dazu gehabt, ihr Leben noch einmal ganz neu zu beginnen. Aber hatte ihr das auch das Recht gegeben, im gleichen Atemzug dasjenige ihrer Schwester zu zerstören? Matteo hätte es nicht zu sagen vermocht.

Plötzlich durchzuckte ihn ein Gedanke.

»Anna«, sagte er und griff sie eine Spur zu fest am Arm, »Anna. Du hast gesagt, ihr habt hier gesessen und Wein getrunken. Dann kam es zu dem Streit. Hatte Gisella vorher Anstalten gemacht, schwimmen zu gehen?«

Anna blickte Matteo mit von Tränen verschleierten Augen an. Dann schüttelte sie langsam den Kopf.

»Nein, es war doch mitten in der Nacht. Außerdem hat es viel zu stark gestürmt.«

»Anna«, Matteo sah die Frau, die ihm gegenüberstand, eindringlich an. »Was für Kleidung hat Gisella getragen, als du sie ins Wasser gestoßen hast?«

Wieder schüttelte Anna den Kopf.

»Ich habe keine Ahnung. Eine Hose, irgendeine Hose. Eine Windjacke, ich weiß es nicht. Was spielt das jetzt noch für eine Rolle?«

Matteo nahm Annas Gesicht zwischen seine Hände, sodass sie ihn ansehen musste. Er wollte sicher sein, dass sie verstand, was er ihr jetzt sagte.

»Anna, als Gisella gefunden wurde, trug sie einen Bikini.«

Renzo hob ruckartig den Kopf.

»Das stimmt, den trug sie, als ich sie identifizieren musste.«

»Was soll das bedeuten?« Anna starrte Matteo an.

»Das soll bedeuten, dass Gisella nicht gestorben ist, weil du sie ins Wasser gestoßen hast. Das soll bedeuten, dass sie noch einmal aus dem Wasser gestiegen ist. Dass sie vielleicht sogar noch einmal zu Hause war. Und dass sie am frühen Morgen zum See zurückgekehrt ist und dort ihren Mörder getroffen hat. Um Himmels willen«, Matteo sah ungläubig zu Renzo, »habt ihr denn nicht darüber gesprochen, was Gisella für Kleidung anhatte?«

Anna schlug die Hand vor den Mund, Renzo taumelte ein paar Schritte nach hinten. Matteo wusste nicht, wen von beiden er zuerst stützen sollte. In jedem Fall waren die Informationen, die sie in den letzten Minuten bekommen hatten, sichtlich zu viel für die beiden. Er entschied sich für Anna. Renzo ging schwankend ein paar Schritte am Ufer entlang und sank dann abrupt in die Knie. Kurz befürchtete Matteo, dass er das Bewusstsein verloren haben könnte.

Dann aber erkannte er, dass der Mann in dem nicht mehr ganz so strahlend weißen Leinenanzug langsam hin und her wiegte wie ein Kind, das sich in den Schlaf schaukelte. Bei Renzo mochte jedoch wohl eher das Gegenteil der Fall sein: Er wollte aufwachen aus diesem Albtraum, in dem er einen Mord begangen hatte in dem Glauben, seine Frau dadurch schützen zu müssen. Und in dem sich nun wie ein abgrundtief böser Streich des Schicksals herausstellte, dass es seiner Tat gar nicht bedurft hätte. Anna war unschuldig.

Matteo blickte auf die Frau, die er immer noch im Arm hielt, um sie am Fallen zu hindern. Zum ersten Mal seit Gisellas Tod sah sie weder apathisch aus, noch weinte sie voller Verzweiflung. Sie weinte, aber ihrem Weinen wohnte eine Art Sanftmut inne. Jene Sanftmut, mit der sich ein Trauernder einem Unglück hingeben kann, ohne es zu verdammen.

Durch einen leichten Druck seines Armes bedeutete Matteo Anna, zu Renzo hinüberzugehen. Um den Tod von Teodora Venti würden sie sich später kümmern. Etwas anderes war jetzt wichtiger. Matteo setzte Anna bei Renzo ab, der nach der Hand seiner Frau griff, als könne er sich durch diesen Anker aus einem Abgrund herausziehen.

Matteo lief zum Hafenbecken hinüber und sprang in das erstbeste der kleinen Boote, die dort lagen. Er hatte Glück, der Außenbordmotor rumpelte zwar empört auf, schon nach dem zweiten Ziehen der Leine aber entschloss er sich, in ein gemächliches Tuckern zu verfallen. Vorsichtig manövrierte Matteo an den übrigen Schiffen vorbei und wurde, kaum dass er das schützende Hafenbecken verlassen hatte, von einer heftigen Welle erwischt.

»Verdammte Scheiße«, entfuhr es ihm. Das Boot war in bedenkliche Schieflage geraten. Vom Ufer aus hatte der Seegang sehr viel harmloser ausgesehen. Konzentriert, die Füße fest aufgesetzt und möglichst eng an der Bordwand positioniert, hielt er Kurs auf die drei Boote, die jetzt wieder an einer Boje vertäut waren.

Das Vernünftigste wäre sicher, die Boote nacheinander ins Hafenbecken zu schleppen, um sie dort noch einmal nach einem Hinweis zu untersuchen. Es musste doch etwas geben, das er übersehen hatte. Vielleicht war es sinnlos. Aber wo sonst hätte er noch suchen können? Alle paar Augenblicke stießen die Boote krachend aneinander und ließen einen Gischtregen aufspritzen. Wer um alles in der Welt machte Boote so laienhaft fest? Vermutlich war auch das die Polizei gewesen, und der oder die Besitzer hatten nur noch nicht gemerkt, dass ihr Eigentum hier spätestens in zwei oder drei Tagen leckgeschlagen sein würde. Leider wurde Matteo jetzt klar, dass es ein einigermaßen aussichtsloses Unterfangen sein würde, die Boote bei diesem Wellengang loszubinden. Er würde kaum bis zur Boje kommen, ohne selbst gerammt und womöglich zum Kentern gebracht zu werden.

In der ebenso sinnlosen Hoffnung, von seinem Boot aus etwas erkennen zu können, fuhr er mit gedrosseltem Motor einmal um die drei Boote herum. Ein wenig ließen sie ihn an widerborstige junge Ziegen denken, die sich einen halb ernsten, halb lustvollen Ringkampf lieferten. Dann ging alles ganz schnell. Sein Zaudern hatte ihm bisher ohnehin nur Scherereien bereitet. Mit raschem Griff zog Matteo eines der Boote seitlich an seines heran und machte, den Körper möglichst flach haltend, damit er das Gleichgewicht nicht verlor, einen Schritt nach gegenüber, ohne die

Leine seines Bootes, die er sich vorsorglich zweimal um das Handgelenk gewickelt hatte, loszulassen. Er verharrte einen Augenblick in seiner gebückten Haltung, damit das Schwanken seines neuen Gefährts zumindest ein wenig nachließ.

Vorsichtig richtete er sich schließlich so weit auf, dass er den kleinen hölzernen Schiffskörper einsehen konnte. Er warf einen Blick zum Ufer. Anna und Renzo saßen noch immer dort. Wenn man nicht wusste, was sie gerade beschäftigte, hätte das Paar ein äußerst friedliches Bild abgegeben.

Matteo ließ die Augen über das Holz und über die Maschen der alten Reuse wandern. Noch immer konnte er nichts Ungewöhnliches entdecken. Gerade, als er sich eines der beiden anderen Boote vornehmen wollte, blieb sein Blick an etwas hängen, das fast vollständig zwischen die Planken des Bootes gerutscht war. Seine Finger waren mittlerweile so klamm und steif, dass es ihn einige Mühe kostete, das kleine Papier herauszuziehen, zumal das Boot immer wieder von den Wellen in eine überraschende Richtung geschmissen wurde. Aber schließlich, unter leisen Flüchen, hatte er das Beweisstück fast vollständig befreit, das ihm Samstagnacht in der Dunkelheit entgangen war. Eine der Ecken war abgerissen. Aber das war unerheblich.

14

Nach seinem zweiten Klingeln tauchte eine Gestalt aus dem diffusen Halbdunkel des Ladens auf. Dieses Mal war es kein Traum. Mailand war in dichten Nebel getaucht. Matteo war vom Parkplatz bis in die Via della Spiga gerannt. Erst kurz vor dem Laden hatte er seine Schritte verlangsamt. Während die Gestalt sich der Tür näherte, tastete Matteo noch einmal nach der Beretta, die hinten in seinem Gürtel steckte.

»Signor Basso. Das ist ein schnelles Wiedersehen. Sollten Sie noch etwas vergessen haben? Oder sind Sie an einer neuen Uhr interessiert?« Nicht Giancomelli junior, sondern der Geschäftsführer war es, der die Tür öffnete und Matteo eintreten ließ. Hatte bei seinem ersten Besuch auch schon dieser staubige Geruch in der Luft gelegen?

»Ich hätte tatsächlich noch eine Frage«, sagte Matteo und ließ seinen Blick durch den Laden schweifen. Emilio Giancomelli war offenbar nicht anwesend.

»Bitte sehr«, Vaccani lächelte kühl und lehnte sich betont lässig gegen einen der Vitrinentische.

»Ich habe mich gefragt«, begann Matteo, »ich habe mich gefragt, wer auf die Idee kommen könnte, dass Franco Maldini, der offiziell für das Giancomelli-Unternehmen gearbeitet hat, ein eher spezieller Mitarbeiter war. Und ich habe mich gefragt, wer ein Interesse daran haben könnte, ihm zu schaden, indem er seine wahre Identität aufdeckte. Oder zumindest mit der Aufdeckung drohte.«

Vaccani tat keine Regung, nur seine Augen schienen ungewöhnlich groß. Das mochte aber auch der Verzerrung durch die Brillengläser geschuldet sein.

»Und wie kann ich Ihnen in dieser Sache weiterhelfen?«, fragte Vaccani, dessen kleiner Kopf in einem eigenartigen Missverhältnis zu dem muskelösen, breitschultrigen Körper stand.

»Sie als Geschäftsführer hatten Einblick in die Geschäftsabläufe. Und anders als die übrigen Mitglieder der Familie waren Sie in die Einzelheiten der Familiengeschichte nicht eingeweiht. Warum auch? Irgendwann, vermute ich, ist Ihnen aufgefallen, dass da jemand Gehalt bezieht, aber keinerlei Umsätze vorzuweisen hat. Das hat Sie stutzig gemacht. Also haben Sie weiter in den Bilanzen gesucht. Und da ist Ihnen aufgefallen, dass es regelmäßig Transaktionen gab, seit Jahren, zum Teil in andere Länder, alle paar Jahre wechselte der Name des Empfängers. Da haben Sie noch ein bisschen mehr nachgeforscht. Und irgendwann sind Sie darauf gestoßen, welche Identität am Anfang dieser Kette stand. Oder haben Sie das nur geraten? Haben Sie gepokert? Wussten Sie überhaupt so genau, womit Sie Maldini erpresst haben?«

»Diese reichen Drecksäcke«, stieß Vaccani hervor. »Sehen Sie sich das doch alles hier an.« Verächtlich blickte er auf die Vitrinen. »Die suhlen sich im Reichtum und stecken ihn sich gegenseitig in den Arsch. Und was ist mit uns? Wir dürfen einmal dran schnüffeln, und dann benutzen Sie uns als Fußabtreter.« Mit einer Behändigkeit, die Matteo vollends überrumpelte, sprang Vaccani auf ihn zu. Zwar gelang es Matteo noch, die Beretta zu fassen zu bekommen. Bevor er sie aber auf Vaccani richten konnte, wurde er zu Boden geschleudert, die Waffe glitt ihm aus der Hand, rutschte über den Fußboden davon und verschwand unter einer der Vitrinen.

Vaccani hatte ihn mit einem schweren Gegenstand an der Schulter getroffen. Matteo konnte gerade weder darüber nachdenken, um was für einen Gegenstand es sich gehandelt hatte, noch wie sein Angreifer diesen so schnell hatte greifen können. Er lag auf dem Bauch. Vaccani hatte ihm mit geübtem Griff die Arme schmerzhaft auf den Rücken gedreht und bohrte ihm das Knie in den Steiß. Matteo stöhnte auf, seine Schulter brannte.

»Das bisschen Geld, das ich von Maldini wollte, hätte doch niemandem wehgetan. Das wäre für die Leute hier doch vollkommen unerheblich gewesen. Verstehst du«, er bohrte sein Knie noch tiefer in Matteos Steiß, »ich bin doch kein Krimineller. Ich wollte nur einfach auch mal eine kleine Annehmlichkeit. Nicht reich sein, ach was, ich weiß doch, dass Typen wie ich nur Zaungäste sind im großen Zirkus der Betuchten. Nichts als einen kleinen Bonus wollte ich, dafür dass ich hier den Laden am Laufen halte, während alle anderen den ganzen Tag nichts anderes machen als Champagner in sich reinzuschütten.«

»Aber dann ist etwas schiefgegangen bei der Übergabe«, presste Matteo hervor.

»Du hast die Drohne extra abstürzen lassen, gib es zu. Warum hast du das getan?«

»Ich meine nicht diese Übergabe«, das Sprechen fiel Matteo schwer unter dem Gewicht von Vaccani. »Ich rede von der eigentlichen Übergabe.«

»Was willst du damit sagen? Es gab nur die eine Übergabe. Du hattest das Geld, ich sollte es von dir bekommen.«

»So war der Plan, ja. Das hatten Sie mit Maldini ausgemacht. Allerdings bereits für den Freitagmorgen. Und nicht bei mir am Haus, sondern in Cannobio am Hafen. Ich sollte im Morgengrauen dort auftauchen und Ihnen das Geld übergeben. Aber es kam jemand anderes. Eine Frau, Gisella Tonetti. Warum haben Sie sie umgebracht?« Matteo konnte nicht weiterreden.

Dafür sprach Vaccani. Er sprach mit kaum gezügeltem Hass. Dieser Mann mochte mit Bilanzen kalkulieren können, jenseits davon jedoch schien er absolut unzurechnungsfähig zu sein.

»Sie hat mich ausgelacht. Sie stand da am Hafen und hat mich ausgelacht. Mich verhöhnt. Dass ich doch nicht im Ernst geglaubt hätte, ein feiger Waschlappen wie ich würde ihr Angst machen. Dass ich doch nicht im Ernst geglaubt hätte, dass ich mit meinen albernen Drohungen etwas erreichen würde.«

Matteo wusste, wie impulsiv Gisella gewesen war. Aber warum um alles in der Welt hatte sie nicht erkannt, dass so einem Menschen gegenüber das Schlimmste, was man tun konnte, war, ihn lächerlich zu machen. Ihn zu reizen. Warum hatte sie ihm nicht einfach das verdammte Geld gegeben? Sie hatte doch gewusst, was auf dem Spiel stand. Ein neues Leben. Ihr neues Leben.

Oder war sie womöglich im letzten Moment von Furcht befallen worden? Hatte sie, ohne wirklich zu realisieren, dass sie es tat, dem Schicksal noch eine Chance geben wollen, ihren Plan zu vereiteln? Hatte sie ein Risiko provoziert, durch das sie hätte gestoppt werden können? Was für ein abgründiger Gedanke.

Der Mörder von Gisella hockte über ihm, und dennoch konnte er ihn nicht zu fassen bekommen. Matteo versuchte aus seinem eingeschränkten Blickwinkel etwas zu erkennen, das ihm helfen könnte.

»Ich habe ihr gedroht, und sie hat gelacht. Sie hat alles, was ich bin, mit ihrem Lachen für null und nichtig erklärt. Vaccani, der sich Geschäftsführer nennt, und doch eigentlich nur ein dummer, hässlicher Buchhalter ist. Ein Tintenpisser. Zu blöd, eine simple kleine Erpressung durchzuführen. Und weißt du, was sie dann gemacht hat? Sie hat mich einfach stehen lassen. Sie ist schwimmen gegangen. Zieht ihre Sachen aus und steigt in den See.«

Vaccani hatte sich dermaßen in Rage geredet, dass er gar nicht mehr zu realisieren schien, dass er Matteo gerade einen Mord gestand. Eher machte es den Eindruck, als wolle er Matteo von der Stichhaltigkeit seines Handelns überzeugen.

»Ich habe ihre Sachen durchsucht.« Vaccanis Stimme war schrill geworden. »Es war nichts drin. Sie hatte das Geld gar nicht dabei. Sie hatte nie vor, es mir zu geben. Sie ist nur gekommen, um mich zu verspotten.« Ein asthmatischer Hustenanfall schüttelte Vaccani. Der hohe Ton, der aus seiner Kehle drang, ließ Matteo für einen Moment glauben, dass er keine Luft mehr bekam. Eine Hand löste sich von seinem Arm, und Vaccani wühlte panisch in der Tasche seines Jacketts.

Das Knistern von Papier verriet Matteo, dass Vaccani sich gerade einen seiner Hustenbonbons in den Mund schob. Jetzt. Matteo hörte das Klackern des Bonbons an den Zähnen. Jetzt. Die Entspannung, die der besänftigte Hustenreiz auslöste, hatte Vaccanis Griff für einen Wimpernschlag gelockert, Matteo nutzte den Moment, schmiss sich mit aller

Kraft zur Seite und schaffte es, Vaccani abzuwerfen. Der jaulte auf, strauchelte verwirrt, ohne auf die Beine zu kommen. Der unmittelbar folgende Kinnhaken von Matteo traf ihn gar nicht mit voller Stärke, führte aber dazu, dass sich der Hustenbonbon für ein paar entscheidende Sekunden am Eingang des Rachens verkeilte.

Vaccani röchelte, krümmte sich, sodass Matteos zweiter Schlag ihn niederstreckte. Das Glas seiner Brille splitterte, und krachend wurde er gegen das Bein eines Vitrinentisches geschleudert. Matteo hechtete in die Richtung, in die vor wenigen Minuten die Beretta gerutscht war, hatte Glück und fand sie mit einem Griff. Als er sie auf Vaccani richtete, lehnte dieser in halb sitzender Position an dem Vitrinentisch und hatte die Augen geschlossen, in unregelmäßigen Abständen ging ein Zucken durch den ansonsten leblos erscheinenden Körper. Der Kragen seines Hemdes, dessen Fasern sich kontinuierlich rot färbten, deutete auf eine schwerere Verletzung am Hinterkopf hin.

Schließlich aber regte sich etwas im Gesicht von Vaccani. Während die Augen noch geschlossen waren, verzog sich der Mund zu einem Grinsen. Angewidert schaute Matteo auf die Gestalt, die da vor ihm lag und aus Verachtung für die eigene Armseligkeit zum Mörder geworden war. Vaccanis Blick flackerte, als er die Augen öffnete. Er schien allenfalls halb bei Bewusstsein zu sein.

»Wie bist du auf mich gekommen«, lallte er.

Matteo zog das Papier, das zwischen den Bootsplanken gesteckt hatte, aus der Tasche. Es war ein lilafarbenes Bonbonpapier mit altmodischem Blumenmuster.

»In der Regel sind es unsere eigenen Ticks, denen wir zum Opfer fallen, weil wir sie so verinnerlicht haben, dass wir sie selbst nicht mehr bemerken. Wenn Sie angespannt sind, reagiert ihr Körper mit nervösen Hustenanfällen. Freundlicherweise haben Sie mir ja selbst die Vorzüge Ihrer außergewöhnlichen, eigens importierten Bonbons in diesen Situationen beschrieben. Allerdings hätten Sie darauf achten sollen, Ihr Papier nicht in dem Boot zurückzulassen, mit dem Sie Gisella umgebracht haben.«

»Damit wirst du nicht durchkommen«, fiel Vaccani ihm ins Wort, in seiner Kehle gurgelte es bedenklich. Er würde bald medizinische Hilfe benötigen.

»Das werden wir sehen«, gab Matteo ruhig zurück. »Ich bin überzeugt, dass die Polizei noch andere Beweise bei Ihnen sicherstellen wird. Die Anrufe, die Sie von ihrem Handy getätigt haben. Der Kauf der Drohne. Vermutlich reicht es auch schon, die Aufzeichnungen der Mautstation zwischen Stresa und Mailand anzuschauen. Warum übrigens sind Sie am Sonntag nicht zu der Übergabe auf den Markt gekommen? Standen Sie etwa im Stau?«

»Das reicht alles nicht, um mir etwas anzuhängen«, stieß der Vogelgesichtige hervor, dessen Augen hinter den gesplitterten Brillengläsern kaum noch zu erkennen waren und von dem deshalb nachgerade etwas Gespenstisches ausging.

»Ach, ich glaube doch. Notfalls tut es auch einfach Ihr Geständnis, in dem Sie mir die Abläufe noch mal so ausführlich geschildert haben.« Matteo zog sein Handy aus der Tasche und stellte die Aufnahmefunktion ab.

»Ich kenne mich zwar nicht sonderlich gut aus mit technischen Geräten, aber dafür reicht es gerade noch. Nun ja«, er lächelte und blickte auf das Telefon in seiner Hand. »Vermutlich wird die Aufnahme einige Schwächen haben, nicht zuletzt durch die unangenehme Lage, in die Sie mich zwischenzeitlich gebracht haben. Wahrscheinlich wird es nötig sein, dass Sie bei der Polizei Ihre Geschichte noch einmal erzählen. Apropos …«

Matteo drückte eine Nummer und hielt das Telefon ans Ohr, die Beretta noch immer auf Vaccani gerichtet, der, wie ergeben, die Augen wieder geschlossen hatte.

»Cesario, hier ist Matteo. Sei doch so freundlich und schick zwei Männer in die Via della Spiga. Zum Laden der Giancomellis. Und einen Krankenwagen.«

Dann wählte Matteo die Nummer von Nina Zanetti.

15

Matteo saß vor einer Bar gegenüber dem Fähranleger und nahm einen tiefen Zug von der Futura. Nachdem er gestern beinahe eine Entziehungskur hatte durchmachen müssen, war das kräftige Kraut wahrhaft eine Offenbarung.

»Schön, dass Sie Zeit haben«, die Kommissarin war neben ihn getreten und zog sich einen Stuhl heran. »Darf ich?«

»Buongiorno. Bitte, natürlich.« Matteo hätte sich ohrfeigen können für die Ungeschicklichkeit, mit der er versuchte, ein galantes Aufstehen anzudeuten, was aber nur darin endete, dass sein Stuhl sich zwischen den Pflastersteinen verkantete und er mit der Hüfte gegen den Tisch rumpelte. Immerhin war sein Caffè bereits leer.

Nina Zanetti, die sich heute das Haar locker hochgesteckt hatte, sah nicht nur, wie Matteo nicht umhin konnte festzustellen, hinreißend aus. Sie hatte auch die hinreißende Eigenschaft, über das Geschepper, das er verursacht hatte, mit einer Selbstverständlichkeit hinwegzugehen, als hätte sie es wirklich nicht bemerkt.

»Ich möchte Ihnen danken. Auch im Namen meines Kollegen.« Sie lachte hell auf. »Und Sie können sich vorstellen, dass so ein Dank nichts ist, was ihm leicht über die Lippen kommt.«

Dann sah sie Matteo ernst an.

»Und es tut mir leid, dass es so lange gedauert hat, bis ich Ihrem Verdacht geglaubt habe, dass der Tod von Gisella Tonetti nicht einfach nur ein Unfall gewesen ist.«

Matteo nickte nachdenklich. So froh er war, dass der Mörder von Gisella gefasst worden war, so sehr bedrückte ihn die Tragödie von Renzo und Anna. Der immer schillernde Renzo, der über die Piazza flanierte in seinem weißen Anzug und seinen polierten Schädel stolz in den Himmel reckte. Nun war er zu einer traurigen Gestalt geworden.

»Ich soll Sie von Signora Rosario grüßen«, fuhr die Kommissarin fort. »Sie ist mit ihrer Tochter für ein paar Tage weggefahren, bis sich hier die Wogen ein wenig geglättet haben.« Matteo versuchte herauszuhören, ob in der Stimme der Kommissarin eine Art Unterton mitschwang, als sie Mara erwähnte. Er wusste nicht, ob die Kommissarin über die wahren Umstände informiert war, oder ob Anna und Renzo versuchten, dieses Geheimnis auch weiterhin zu wahren. Wieder einmal erriet die Kommissarin seine Gedanken.

»Ich denke, Signora Rosaria wird wissen, wann der richtige Zeitpunkt ist, um mit Mara zu sprechen. Wir sollten nicht diejenigen sein, die uns anmaßen, das Leben des Mädchens noch mehr durcheinanderzubringen.«

Sie strich sich eine Haarsträhne aus der Stirn, und Matteo hoffte, nicht zu offensichtlich in ihr Gesicht vertieft gewesen zu sein.

»Was wird mit Renzo geschehen?«

»Sicher wird vor Gericht mildernd in Rechnung gestellt werden, dass Signor Rosario sich gestern Nachmittag durch seine Aussage selbst belastet und angezeigt hat«, antwortete die Kommissarin. »Und natürlich werden auch die ungewöhnlichen Umstände, die große emotionale Belastung, unter der er stand, berücksichtigt. Aber er hat Teodora Venti erschossen, dafür wird er sich zu verantworten haben.«

Matteo nickte nachdenklich.

»Ach übrigens«, nun lächelte Nina Zanetti ihn mit der verschwörerisch ironischen Art an, die Matteo ebenfalls schon kannte. »Ich soll Ihnen etwas von Signora Rosario geben. Und Ihnen auch ihren Dank ausrichten. Sie hat mir gesagt, dass sie sich melden wird, wenn Mara und sie zurück sind.«

Die Kommissarin stellte einen leuchtend orangen Kunststoffkasten vor Matteo, der ihm bisher noch gar nicht aufgefallen war. Vermutlich, weil er, als die Kommissarin sich eben zu ihm gesetzt hatte, einzig damit beschäftigt gewesen war, den Tisch daran zu hindern, umzustürzen.

»Was ist das?«

»Ich an Ihrer Stelle würde ihn aufmachen, dann könnten Sie es herausfinden, mit etwas Glück.«

Matteo überlegte gar nicht erst, ob ihm eine schlagfertige Antwort einfallen würde, sondern öffnete den Deckel. Im Innern schillerten verschiedenste Köder, Twister, Löffel, dazu eine Montage, deren genaue Bezeichnung er nicht kannte. Renzo hatte immer wieder in den höchsten Tönen von diesen Utensilien, die in seinem Hinterzimmer ausgestellt waren, geschwärmt.

Die Kommissarin lächelte.

»Signora Rosario hat gesagt, der Laden bliebe geschlossen während ihrer Abwesenheit. Und dass Sie etwas hiervon vielleicht in der Zwischenzeit gebrauchen könnten.«

»Ist das so?«

»Ach, Basso, jetzt stellen Sie sich nicht so an.« Matteo zuckte zusammen unter dem Schlag, mit dem die Kommissarin ihn an der durch den Kampf mit Vaccani noch lädierten Schulter traf.

»Oh«, machte die Kommissarin und sah für einen Moment so aus, als ob es ihr tatsächlich unangenehm wäre. »Entschuldigung.«

»Schon o. k.«, brummelte Matteo und bückte sich zu dem Aktenkoffer, der ihm zu Füßen stand.

»Ich habe Ihnen übrigens auch etwas mitgebracht«, sagte er jetzt und legte den silbernen Koffer auf den Tisch.

»Was ist das?«

»Ich an Ihrer Stelle würde ihn aufmachen, dann könnten Sie es herausfinden, mit etwas Glück.«

»Sie sind ja heute richtig in Form.« Die Kommissarin nickte anerkennend, dann ließ sie die Verschlüsse des Aktenkoffers aufschnappen. Mit den Fingern fuhr sie kurz durch die Akten.

»Ich weiß es leider immer noch nicht. Helfen Sie mir auf die Sprünge.«

Matteo klappte den Aktenkoffer wieder zu, um das Gesicht der Kommissarin, das hinter dem Kofferdeckel verschwunden war, besser sehen zu können.

»Mit diesen Unterlagen, die Franco Maldini in den letzten Jahren zusammengetragen hat, können Sie einem der widerlichsten Verbrecher, von dem ich seit Langem gehört habe, das Handwerk legen: Ottavio di Lauro. Foresta, dieser Anwalt, hängt auch mit drin.«

»Ausgerechnet Ihr spezieller Freund Maldini hat all das herausgefunden?«

»Man sollte wohl nicht so vorschnell sein in der Wahl seiner Feinde.« Die Kommissarin nickte und blätterte rasch durch die obersten Akten. Eine tiefe Falte hatte sich um ihre Nase gebildet.

»Wie kann es sein, dass di Lauro so lange damit durchgekommen ist?«

»Wenn die Opfer schwach sind? Flüchtlinge, Illegale – wie sollen die sich gegen ein korruptes Netzwerk von Mächtigen wehren?« Nun war es Matteo, der die Kommissarin ernst ansah.

»Ich habe keine Ahnung, wie viele am Ende in dieses miese Geschäft verwickelt sein werden. Ich befürchte, Sie werden auf viel Widerstand stoßen bei der Aufklärung. Und Sie werden vorsichtig sein müssen, viele Menschen werden Ihnen übel nehmen, wenn Sie sich in diese Sache einmischen. Aber in diesem Koffer sollte alles sein, was Sie brauchen.«

»Warum geben Sie diese Unterlagen mir und nicht Ihrem Kollegen in Mailand?«

»Cesario hat schon viele Kämpfe gefochten. Ich glaube, er wird langsam ein wenig müde. Außerdem glaube ich, dass Sie die Richtige dafür sind. Man wird mit vielen Menschen sprechen müssen, die auf eine schlimme Geschichte zurückblicken. Man wird sie überzeugen müssen, als Zeuge aufzutreten, Vertrauen zu fassen. Da genügt es nicht, einfach nur ein paar Fakten mit ihnen durchzusprechen.«

Die Kommissarin lächelte, und Matteo meinte zu erkennen, dass sie sich wirklich freute. Wenn er sich nicht täuschte, war eine leichte Röte über ihre Wangen gehuscht. Vor allem aber war er selbst mit Blick auf das reichlich flaue Gefühl in seinen Knien ganz froh, dass er sich in zumindest einigermaßen stabiler Position auf seinem Stuhl befand. Und er hoffte sehr, dass er keinen schweren Fehler beging, indem er die Kommissarin auf den Fall di Lauro ansetzte. Er wusste schließlich, wie skrupellos der Kerl war.

»Wie sind Sie an das Material gekommen?«

»Sagen wir, Maldini hat es mir an bestimmter Stelle hinterlassen.«

»Verstehe. Sie wollen nicht darüber reden. Die Leiche ist übrigens immer noch nicht gefunden worden.«

»Das wundert mich kaum. Wahrscheinlich hat der Fluss sie mitgerissen. Wer weiß, vielleicht wird sie auch in einigen Tagen irgendwo hier am Lago ans Ufer gespült. Mitunter hat auch das Paradies, in dem wir hier leben, seine düsteren Seiten. Eine trügerische Idylle. Aber so ist es immer gewesen. Wer denkt beim Anblick der Berge schon daran, wie viele Menschen dort gestorben sind. Nicht nur im Krieg.«

»Täusche ich mich oder war Ihre Ansicht über den Verbleib von Maldinis Leiche bei unserem letzten Zusammentreffen ein wenig anders? Da hatten Sie relativ wenig Verständnis dafür, dass wir sie noch nicht gefunden hatten.«

Matteo machte ein erstauntes Gesicht.

»Hatte ich das? Kann ich mir eigentlich gar nicht vorstellen.«

Die Kommissarin musterte ihn kurz mit scharfem Blick.

»Wie dem auch sei.« Sie deutete auf den Koffer. »Ich werde mich jetzt verabschieden. Wir sollten keine Zeit verlieren. Nicht, dass dieser Kerl sich auch noch auf und davon macht.«

Matteo hatte damit gerechnet, dass sie nach dem letzten Satz noch einmal prüfen würde, ob sein Gesicht eine Reaktion verriet. Er lächelte sie an. Nina Zanetti schob ihren Stuhl nach hinten, ohne dabei auch nur andeutungsweise in den Steinen hängen zu bleiben.

»Das nächste Mal dann hoffentlich unter anderen Umständen. Passen Sie auf sich auf.«

Dann ging sie mit leichten, federnden Schritten die Piazza hinunter. Matteo sah ihr nach. Konnte es sein, dass alles, was er auf ihre Abschiedsworte geantwortet hatte, »ja« gewesen war? Es war zum Verzweifeln.

Vorsichtig stand er auf, hob dabei den Stuhl mit einer Hand an und stellte erleichtert fest, dass es ihm immerhin nicht völlig unmöglich war, ohne größere Unfälle eine Bar zu verlassen.

Als er in die Via Umberto einbog, wäre er um ein Haar mit den drei Alten zusammengestoßen, die unmittelbar hinter der Straßenecke standen und geflissentlich ein Schaufenster studierten.

»Buongiorno, Männer.«

»Dio, Matteo! Hast du uns erschreckt!« Flavio machte eine Miene, als stünde er kurz vor einem Herzinfarkt.

»Was treibt ihr hier?«

»Wir?«, fragte Beppo. Er versuchte einen unauffälligen Blick auf den Laden zu erhaschen, vor dem sie standen. »Wir brauchen neue Schuhe.«

»Badeschuhe für Kinder?«, fragte Matteo und deutete auf die Auslagen, in denen Plastikschuhe in quietschbunten Farben dekoriert waren.

»Man muss sich einen Überblick verschaffen, um am Ende beim richtigen Schuh zu landen«, beeilte sich Luigi einzuwerfen.

»Ihr spioniert mir allen Ernstes nach?«

Die drei Alten schnitten Grimassen wie beschämte Schuljungen. Dann verzog sich Beppos Gesicht zu einem verträumten Lächeln.

»Die Signora ist sehr schön.«

Und Luigi fiel ihm eifrig ins Wort:

»Habt ihr euch verabredet, jetzt, wo ihr wieder Zeit habt?«

Matteo schüttelte den Kopf und ging weiter. Dann drehte er sich noch einmal um.

»Morgen, spätestens morgen steck ich euch alle in meinen Fleischwolf. Nacheinander.«

Das Lachen der drei schallte immer noch durch die Gasse, als Matteo bereits oben bei Dino angekommen war.

»Dottore«, Dino stand hinter dem Tresen, polierte Gläser und hob kurz die Hand. Er sah mitgenommen aus. Offenbar hatte ihn die Nachricht von Renzos Verhaftung bereits erreicht.

»Ciao Dino. Ich muss nur kurz eine Bestellung bei deinem Koch aufgeben. Ist er da?«

Dino deutete mit dem Kopf in Richtung der Küchentür.

Ibrahim war gerade dabei, in atemberaubendem Tempo Paprika zu schneiden, als Matteo die Schwingtür aufdrückte. Als er Matteo sah, unterbrach er seine Arbeit und nickte ihm zu.

»Alles überstanden?«

»Ja, ich glaube, es ist jetzt alles überstanden.«

»Ich habe schon gehört, dass du den Mörder erwischt hast. Dem Himmel sei Dank. Dann kann Gisella endlich ihre Ruhe finden.«

»Jemand anderes allerdings wird in nächster Zeit nicht mehr so viel Ruhe finden.«

Fragend sah Ibrahim ihn an.

Matteo lächelte.

»Der Koffer mit den Beweisen ist wieder aufgetaucht. Er liegt jetzt bei der Polizei. Bei jemandem, von dem ich überzeugt bin, dass er nicht ruhen wird, bis di Lauro hinter Gittern sitzt. Und mit ihm alle, die mitgemischt haben in dieser schmutzigen Sache. Und zwar für sehr, sehr lange Zeit.«

Ibrahims Gesicht leuchtete auf, er kam auf Matteo zu und umarmte ihn heftig. Dann murmelte er eine Entschuldigung, weil er sah, dass er Paprikasaft auf Matteos Jacke verteilte hatte, und wischte sich die Hände an seiner Schürze ab.

Matteo griff in seine Jackentasche.

»Was ich dich noch fragen wollte, Ibrahim. Kannst du eigentlich Auto fahren?«

»Ja klar. Soll ich dich irgendwo hinbringen?«

Matteo schüttelte den Kopf.

»Nein, nein.« Dann warf er Ibrahim ein kleines schwarzes Lederetui zu. »Das hat mir jemand für dich dagelassen. Natürlich steht es dir frei, den Wagen einfach zu behalten. Falls du das doch nicht möchtest, könnte ich dir einen Händler in Mailand empfehlen, der dir einen guten Preis macht. Der haut einen nicht übers Ohr. Oder höchstens ein bisschen.«

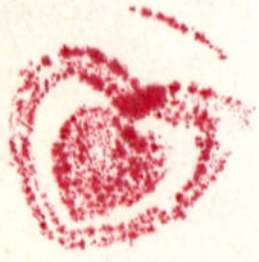